曾昭榕 著
海道
紫氣東來

目次

推薦序　顏思齊・顏水龍・下營顏家　陳耀昌　7
推薦序　陳益源　11
1 李月白　13
2 顏如龍　22
3 倭寇　30
4 浯嶼　36
5 佛郎機　48
6 封侯非我意，但願海波平　54
7 猿鳴四聲淚沾裳　61
8 景德鎮　68
9 蘇麻離青　73
10 藍田日暖玉生煙　82

11 受難 90
12 流刑 97
13 海壇水寨 106
14 花朝節 114
15 陌上人如玉 121
16 明朝散髮弄扁舟 137
17 鯤鯓入海 144
18 伊萬里燒 154
19 白川 163
20 盟誓 173
21 呂宋 178
22 復仇 188
23 小青 196
24 屠殺 206
25 招安 217
26 鳳凰涅槃 223
27 焚餘 232
28 花霄道中 239

29 發棺 245
30 自鳴鐘 249
31 十面埋伏 259
32 船堅炮利 277
33 落土東寧 293
後記 301

顏思齊・顏水龍・下營顏家

陳耀昌

歷史小說是什麼？是歷史爲主？還是小說爲主？

我個人的觀念是，文學小說當然不必膠著於歷史，但也不要偏離到去「創造」歷史。尤其是台灣史在過去被扭曲及遺忘得差不多了，還原及探索非常重要。所以我才會在《福爾摩沙三族記》的扉頁上寫「爲台灣留下歷史　爲歷史記下台灣」。若以文學的角度而言，我贊同翁佳音老師說的，「與其糾葛在是否合乎文獻的史實，不如去注意作者交代的人物、性格、感情，有無感動人，才重要。」

本書作者曾昭榕大膽地以李旦、顏思齊作爲親兄弟來構築這本小說。初看時確實令我嚇了一跳。因爲至少我們可以確定這二人出生地不同。李旦，教名 Andrea，是泉州同安人；顏思齊，教名 **Pedro**，是漳州海澄人。而且兩人年齡似頗有差距。這假設也太天馬行空了。

還好作者已在「後記」中說明兩人並非兄弟關係，以免讀者產生對歷史的誤解。足矣！

我自己有興趣的是，爲什麼作者在本文最終章特別寫道，顏思齊若生子命名爲「寧」。這是作者有特殊用意的杜撰？還是作者有其特殊資訊聯結？

我一直對一個題目有興趣：「顏思齊在台灣留有子孫嗎？」

二〇一七年，大畫家顏聖哲先生告訴我，他們下營顏家，都是顏思齊的子孫。

他的說法，讓我震撼。下營顏家人才輩出，國寶級畫家顏水龍就是出身下營「紅毛厝」。這個地名會讓人多有聯想。自顏水龍開始，藝術顏聖哲、財經外交顏慶章、政治顏純左、文學顏艾琳，都是出自下營顏家。下營還有「顏氏家廟」，可惜我未曾去過。如果他們的家族譜系在一六二〇年代有位「顏寧」，那就太妙了。

依顏聖哲的說法，下營顏家不但是顏思齊的子孫，而且還是顏回的子孫。Google「顏聖哲」，就記載顏聖哲是顏子第八十二代裔孫。顏氏家廟似乎也有此說。但我以爲這種偏重父系社會制度下，很難證實的關連性，姑妄聽之就好。我比較在意的，還是與台灣有深厚淵源的顏思齊與下營顏氏的關係。還有，證據是否充分？

綜合顏氏家廟及台灣省各姓淵源研究學會，說法如下：

入閩始祖：唐，顏洎，登科武第，爲副元帥，唐朝時平定閩南，封建德侯。

顏洎與開漳聖王陳元光都是河南固始人，推測兩人關係頗深，故幾乎同一時間入閩，子孫也都居於漳州海澄。

其後則寫：開台基祖：顏思齊，福建海澄。入台始祖：顏世賢。

依記載，顏世賢大約於一六三〇年渡海來台，先居台南永康瓦厝廓。大約二百八十年前，顏世賢的六個孫子，遷居到六甲紅毛厝開墾。

這裡會有一個問題，顏世賢與顏思齊是何關係？

顏思齊是一六二五年病逝台灣的。如果顏世賢真的如記載是一六三〇渡台開墾（至少十五、十六歲？），而且去了永康，而不是到顏思齊的魍港或諸羅。那麼依我之見，顏世賢似乎不太可能是顏思齊的直系子孫。但是否是顏思齊在家鄉海澄的其他家族親人，則不得而知。

以上是我的淺見，有無更確實的證明或反證，且留待有興趣的人去研究。

推薦序

陳益源

會答應替昭榕的《海道：紫氣東來》寫序，記得是今年一月，她告訴我她「在書寫上得力《金雲翹傳》」、「深深覺得這是一本在國內被耽誤的好書呢！讀完也挺震撼的」。

我熱愛《金雲翹傳》這部「牆裡開花牆外香」的古典白話小說，它在中國雖已沒沒無聞，但經由越南詩人阮攸改寫成敘事喃詩之後，搖身一變，躋身世界文學名著行列，而台灣高陽歷史小說《草莽英雄》演義的也正是書中主角妓女王翠翹和海盜徐海的故事。

不過，等我收到《海道：紫氣東來》書稿之後，卻赫然發現王翠翹只稍微亮了個相，她的戲分甚至比另一位薄命才女馮小青還少；更出乎意料的是，出版過《王翠翹故事研究》中越文本，指導過學生撰寫《馮小青故事研究》的我，怎麼也想像不到嘉靖名妓王翠翹居然會與萬曆才女馮小青同台演出？

喔，對了，這是一本小說，這是昭榕發揮巧思的想像之作，我一定要真心接受這項事實，否則別說翠翹、小青同台，就連《海道：紫氣東來》二位男主角李旦、顏思齊的兄弟關係，我想也不是每個人都可以認同的。

沒錯，這正是昭榕以她無盡的想像與思索，費心撰寫的一部歷史小說，只要讀者願意接納此乃小說，而非歷史，認真地看，那麼大家就會相信這本《海道：紫氣東來》還是非常有看頭的。在極盡華麗典雅而又細膩生動的字裡行間，在環繞著福建月港、浯嶼、日本平戶、呂宋、澎湖、大員等東亞海域之上倭寇、海盜、西方殖民者和傳教士的精采故事裡，流竄著作者大量的知識與情感。通讀到底，你自然就會發現讀它，和你閱讀雪珥《大國海盜》、湯錦台《大航海時代的台灣》或楊渡《1624，顏思齊與大航海時代》的感受迥然不同，得到的衝擊與感動也很不一樣。

你如果可以把這本《海道：紫氣東來》完全當作小說來欣賞的話，說不定你會同意我的讀後感：它有《金雲翹傳》所沒有的武俠豪情，它的視野比《草莽英雄》來得遼闊，它所呈現的「海道」英雄形象也比徐海來得更加悲壯動人。

我真沒想到昭榕這麼能想（歷史）、這麼能寫（小說），改天見面時，我準備力薦她慎重思考清道光十五年（1835）從金門漂到越南的澎湖秀才蔡廷蘭歷險傳奇，我相信以「在國內被耽誤的」《海南雜著》爲基礎，加上她的豐富想像，另一部與海有關、動人心弦的歷史小說，絕對是指日可待的。

如果昭榕肯聽我的建議，能夠將目光望向越南的方向，那就好了。

1 李月白

娘親名叫李月白，河畔初生白茅一樣細嫩的手、月一般白皙的皮膚，可惜左右勝雪的香腮上卻各刺了字。

自小兩人就沒有爹，他們倆也不曾探問，興許是因為自小生活的梅花村，就是個陰盛陽衰的樣子，村子全是妓戶子弟，世代為奴為娼。

他不喜歡二狗這名字，但他更討厭小龜子這稱號，但每次娘總是柔聲道：「等你們平平安安長到十五歲成童，可束髮年紀後，就幫你們取正式名字，一個人要是有了名字就會讓閻羅王給登記在生死簿上，讓城隍前神將給勾了去，等你們成童了，就能取自己的名字，而名字也將跟你一生一世，隨之功成名就、抑或身敗名裂。」

作為妓戶的龜兒，他們是見過不少百戶千戶，這些兵油子閒來時嘴上也常常吹噓自己一戰手刃幾百名土匪草寇，兩手沾滿的鮮血，怎麼洗都洗不掉……

但有一人完全不一樣，那是顏如龍總兵。

他身長八尺，熊一樣的腰身、小山一樣的肩胛，但相貌卻很儒雅，白皙的皮膚上留著一點點髭鬚，約莫一個月左右便會來此，帶著碎銀、書本與吃食。

那是他倆的父親嗎？有一段時間大狗和二狗懷疑過，他們問過娘親這個問題，但她卻只是淡淡搖頭道：「不是，娘就是沒這個命。」

月港作為明國海禁下，唯一可開港通商的港口[1]，向來都是商船貿易的必經之地，兩人喜歡來此看大船入港，從高大如移動城池的福船[2]、較小的草撇船、冬船，以及小巧速度快的鳥船哨船，遠望大小排列、一望無際，只見旗幡飄搖，風聲颯颯，閉上眼睛，感覺像是一枝箭矢，讓一陣風如飽滿的弓弦將自己給彈射出去。

遠處有人大喝道：「進港囉！大船進港囉！」

只見一艘船身墨黑的雙桅帆船駛來，兩側卻繪有魚眼，如一尾鯤鯓以黑雲壓城的氣勢破浪而來，但快到岸邊時卻降下速度，只見兩片雲朵似的風帆收起，待大錨卸下後，便止息於碼頭前巍然不動了。

月港灣坳水深，可容長約十丈的大型福船入港，且漲潮時潮水湍急，若有倭寇自外侵襲，會被潮水沖退。只見碼頭上數十名短衣漢子已立在一旁等待，梯子一降下，隨著一陣陣吆喝聲，短衣漢子一個接一個扛著箱子行進，他們都是鄉下人來此打零工維生，閩地崎嶇多山，加上這幾年天災、逃荒嚴重，佃戶繳不起賦稅，只得成了流民來到城市謀生，甚至連那有田產者生活無以為繼，索性把土地賣給地主，孤身一人來月港討生活，求一條活路。

食頃，各式木箱、麻袋、竹簍已然擺放於碼頭邊上，依照大小分門別類，從竹簍縫隙間依稀可見各色不同的蔬果，色澤豔麗，前所未見。

一個竹簍封得不夠密實，裡頭的水果瞬間滾落在地，兩人見狀趕緊跑去幫忙。

「這是什麼水果，上頭居然有如此的尖刺。」二狗拿起一個，只見上頭的葉子狀似棘刺，外殼亦堅硬如松果，忍不住好奇道。

只見後頭傳來一個聲音道：「這果名波蜜[3]，由南方海道經由安南傳入的。」一轉頭，只見一名中年男子，身著藏青色圓領袍，腰上繫著玳瑁腰帶，腳上踏著雲紋牛皮皂靴，脖子上卻掛著一個懷錶綴著純銀鍊，上頭浮雕有葡萄葉與十字架紋飾，空缺處鑲嵌著雲母、水晶各色半寶石。

「請問您是這艘船的大老闆嗎？」兩個狗兒幫忙將波蜜給收拾好，大狗忍不住好奇問道。

「不不不！我還不是大老闆，這船叫普陀號，我叫陳振龍，是一個大商團底下的小分舵，專門自海上運南來北往的農作物的，像你方才看的波蜜，還有辣得嗆人的辣椒、御麥、黃瓜、胡椒、麝香、蘇木，都是我們做的生意……」

「所以在海道上，可以看見這麼多聞所未聞，嘗所未嘗的氣味嗎？」大狗忍不住道。

「沒錯，這些東西在我們明國聞所未聞，見所未見，但在原產地安南以南，卻是常見之物，賤價便可買到，咱們商人雖為四民之末，便可靠互通有無，使普天百姓都可享受遠方的珍奇。」

「互通有無自是商人職責所在，但依我的所見，大丈夫能揚帆萬里，見到如此多精采的景象，方才波瀾壯闊，不枉此生。」大狗道。

陳振龍道：「說得好，閩人就是要胸懷天下，好，你們要是有興趣，要不要來我這艘小船上參觀參觀？」

「真的嗎？」光在一旁看著早就有些眼饞了，今天竟然有這樣的機會可以上船，自然不能放過這樣的機會了。

---

1 歷史上稱之「隆慶開關」，允許民間私人可自月港出發，遠販東西二洋，但不能前往與明國關係不睦的日本，加上手續繁瑣，開船需要「船由」、貨品需得「商引」，東西二洋各限船四十四艘，東西洋彼此禁止越洋販賣，前往西洋（南海以西）因路途較遠，規定每年十一、十二月出海，次年六月內回銷，東洋（南海以東）多在春初駕往，五月內回銷，由於眾多限制和嚴刑峻罰，加上從中官員舞弊，使得民間走私貿易不降反升。

2 吃水深可一丈以上的雙桅帆船，以福船稱之，而高大如城、吃水可達一丈二深的福船適合遠洋。

3 此處指鳳梨，鳳梨原產於南美洲巴西，因外型狀似松果，味道若蘋果，因此稱為 pineapple，十六世紀時跟隨殖民者的腳步沿中南半島進入廣州，傳入明朝時被稱爲波蜜，因文人見其「有葉一簇，狀似鳳尾。」因此稱爲鳳來，加上「來」與「梨」同音，而切開時果實中樣柱狀與「梨」相似，之後便稱爲鳳梨。

「當然可以，想去參觀，五個銅錢。」

兩人互看了一眼，頓覺尷尬，別說五個，連一個也沒有。

陳振龍也發現兩人的窘況，乾笑一下道：「你們兩個也別說我尋你們開心，我的頭兒交代了，閒雜人等不可輕易上船，除非能繳十個銅錢，我是瞧你們兩人聰明伶俐，才破例的，我這艘船也是租借的，旬日後就要還回去了，待貨物都卸下後就要入船廠保養，你們到時想看，卻也沒辦法了，你們要沒興趣，我就去問問別人啦！」

原來是想要趁還船之前賺那麼一點外快呀！大狗心底想，卻也不好意思說破，只見陳振龍走向其他方向，在人群裡喊道：「來喲！大船參觀喔！倭人的戰甲、佛郎機人的火槍、南蠻的長毛異獸、會說人話、唱小曲的籠鳥、發出聲音且能準確報時的自鳴鐘，一人十個銅錢喔！啊！這位公子模樣清秀，我算您五個就行……」他口中所言都是少見的海上珍奇，多數物品都是只聞其聲不見其形，不一會兒便一排人龍擠在前方。

「走吧！」二狗喪氣道。

感覺留在此處也只能乾瞪眼，大狗邁開步伐，卻不是回去的方向，逕自走向陳振龍面前道：「陳老闆，謝謝你的邀請，我們真的很想上船看看，只是想請問有沒有不用錢的方法呢？」

陳振龍眉毛挑得老高，二狗以為他們會被喝斥離去，像是揮走討人厭的蟲子一樣，但沒有，陳振龍露出很有趣的表情道：「那我給你一個對子，你要是對得出下聯，就讓你們倆免費上船。」

「真的嗎？」二狗聽完眼睛一亮，雖然對聯是什麼什勞子他一概不清楚，但大狗不一樣，他喜歡看書，只要和書相關的玩意，他一定沒問題。

不同二狗的自信，大狗沉著道：「我不知道能不能對得成，但願意試試，請大老闆開口。」

「好，那我就說了：『道不行，乘桴浮於海。』」見兩人似乎沒聽懂，便自一旁取了一塊深色石頭在地上寫這八個字。

「只要對得出下聯，就可以了嗎？」大狗不大肯定，再度詢問了一次。

「沒錯。」

「請問陳老闆，您這船什麼時候要返回船廠呢？」

「就是今日。」他拿起脖子上懸掛的銀盒子，拇指一按彈開，原來是洋人製的鐘錶，他道：「申時，我們便要航至鷺江的船廠整修，此時九龍江的河水還不夠深，要等到漲潮後水夠深，再由四艘小船拖曳而出。」

「那好，陳老闆，請容我想想，申時之間，我若得了下聯，再來尋你。」大狗一鞠躬道。

「陳老闆方才說那什麼，要對什麼什勞子你可想明白了？」方轉身，二狗便忍不住問道。

大狗皺眉道：「不明白。」

「那不就沒戲了，咱們還是走了吧！少在這裡自討沒趣。」

見大狗口中念念有詞，二狗一陣無聊，便跑去一旁扔石子為戲，大狗自附近取了一只蘆管，在沙地寫下上聯後，思忖：平日聽說書，只知道下聯得和上聯字數相同，平仄相反，但難就難在這句可有故實在其中，若是有的，下聯須也要有個故實方才工整……

只見碼頭上人群散去，此刻晚風吹來，那賣涼茶的小販生意瞬間大好，許多人拿著一碗涼茶慢慢地喝，遠處夕陽如同一輪紅色的車轂，赤粼粼的半漂浮在九龍江上，此時陳振龍也和隨船的夥計在一旁，只見有人抬了一張藤椅併小桌几，手上拿著一片赤紅色的瓜果啃著，手上沾黏著汁液。

已有小廝端了一盆水來讓他洗手，又拿了毛巾擦了兩個掌心後，才悠悠道：「你們兩個想好下聯了呀？」

「沒錯，我一共想了三個，倘若對得不好，還請陳老闆指教。」大狗道。

「成，你說吧！」

「第一個是：閩之船，揚帆指晨星。」

「不好，這上聯的『桴』就是船，上聯與下聯忌諱文義重複，再來呢？」

「多謝陳老闆解釋，第二個我想的是：海之道，南北通日月，既然我這海字與上聯重複，可見也是不行了，看來我只剩下第三個了。」

「沒錯，而且你要知道，對聯要上仄下平，你兩聯皆仄聲，也是不可的。」

「多謝大老闆指教。」大狗鞠躬道，心想，我只有想到將「明」拆為日月二字，卻沒想到平仄問題。

「那最後一個：風雲會，紫氣東海來。」

感覺陳振龍的眉毛微微震動，「這是你自己想的？可不能誑我。」

「真的是我自個兒想的。」

「那你是如何知曉紫氣東來的故事？」

「我和弟弟二狗會去醉仙樓聽張麻子師傅說故事，記得他提過老子出函谷關，尹喜望天上雲氣知有紫氣東來之典故，一時也未想到，那時苦思不得，正巧見到遠處商家寫著：『紫氣東來鳳麟飛，雷驚凍土蘊富貴』兩句，便斗膽化用了。」

「真可惜，只是這『道不行』的『不』字是個虛詞，下聯的『雲』卻是個自然界的實詞，好的對聯也得詞性相同，平仄相反才好。」

「多謝大老闆。」大狗道。

感覺二狗的臉色一整個拉垮著，口中不時泛著嘀咕，並拉著大狗的衣袖要離開，陳振龍笑道：「白折了那麼多時間，你應該很懊惱吧！」

「不會，多謝大老闆的教導，我學了不少對聯的知識，雖然無福上去參觀，卻也使我增長不少，在此多謝您了。」大狗再度一鞠躬道：「我們告辭了。」

只見一名小廝跑來，在陳振龍耳邊說了幾句，正當兩人轉身，走了幾十步，突然聽見一聲叫喚，卻是身旁那小廝道：「我家主人叫你們回來。」

聞言二狗臉上瞬間爬上了喜色，事情似乎有轉機了，連忙拉著大狗衝回去。

只見陳振龍此時已經起身，見他兩人走來問道：「你們可知道這對聯背後有個故事嗎？」

「不知道，還請大老闆明示。」

「你聽清楚了，這下聯原本是：人之患，束帶立於朝。」一面說，他自衣袖裡取來一枝毛筆，隨手自旁邊取來一片木板，在上頭寫下。

「乘桴浮於海，和這『束帶立於朝』都是論語的典故，上聯是說自己的理想無法在中原施行，只好去海上避世，下聯則是說，人在朝廷做官，出將入相，一世威名，卻處處掣肘，實乃一世之患。這上下聯是出自一名大英雄、大豪傑的。」

「我知道，你說的是戚繼光將軍。」二狗道。

陳振龍臉上露出了詫異、苦澀的表情，搖搖頭道：「戚將軍是大大的英雄好漢，這無庸置疑，只是，只是我要說的這人卻是大大不同，朝廷都說此人是大壞蛋、大奸賊，但在我眼裡，他才是真真了不起的大英雄。」

「您說的是誰呢？」大狗問道。

「淨海王：汪直，你們聽過嗎？」

大狗道：「聽過這個名號，卻不知其故事，陳老闆若不棄，可否告知一二……」

「這……如果說戚將軍是陸地上日一般的存在的話，那徽王汪直，便是海上明月一樣的存在，日月相繼，方能與人世帶來光明，只可惜，唉！不說了，要是再說，可就犯忌諱了……」陳振龍道：「好了，方才我底下的總管說船廠內因修補幾艘船而延誤了時辰，再一個時辰已是退潮，因此會派水夫[4]來此拖曳，也罷，這段時

4 水夫：縴夫，內河中的船遇到淺水，往往難以前進，需要有人用縴繩拉著前進，以拉船為生的人就是縴夫。

間我就領你們兩個上船，讓你們開開眼吧！」

「真的嗎？」二狗聞言兩眼都直了。大狗趕緊押著他的腦袋兩人一鞠躬道：「多謝大老闆。」

沿著木梯爬上甲板，倚著船舷鳥瞰下方屋舍儼然，另一方卻是渲染赭紅色的鱗浪一層又一層洶湧而來。

大狗不禁看呆了眼，心底想道：果然一上船，視野便完全不同呢！我一生也當要立定志向，方能居高臨下，視野開拓。

有人端來一個捏絲戧金五彩漆盒子，陳振龍自裡頭取出一個細細長長的管子，拿了一小撮乾絲放入其中，點燃後吞吐一陣陣煙霧來。

「這是菸草，我和佛郎機人買來的，有提神之效，燃燒後的灰燼泡在水裡還可驅蟲。」接著領兩人進入船艙間，指著地面鋪平著的一片片荷葉大小的葉子道：「這是這個，我有試著買塊田地種種，要是種出來了，就可賺進大筆銀子。」接著自一旁麻繩間摸了一陣，爬出了幾隻蜚蠊，說也奇怪，不過指腹一半大小，也較平日所見小了一半。他取出兩個赭紅色的物事，「呶！給。」一人一個朝兩個狗兒丟去。

「這是番薯，也是佛郎機人傳進來的，我把藤子藏在麻繩中，就沒被他們發覺，偷偷帶至月港，我已經開始種植了，這作物容易生長，什麼貧瘠的丘陵都種得活，航行時帶上一籮筐也能久放，味道甘美，你們倆吃吃。」

「多謝陳老闆。」大狗道，只見二狗已經用身上衣服將外皮擦了幾下，便放入口中咬下，甘甜而脆。

船艙深處的房間內，上方懸掛著鐵鑄的大燈燭火，燭火搖曳間，塑著一陶瓷聖像，身在十字架上，頭上金光熠熠，卻不似熟悉的天上聖母或關聖帝君。

陳振龍道：「這是佛郎機人的聖母，他們管她叫聖母瑪莉亞，閩人拜媽祖，佛郎機人拜聖母瑪利亞，我在海上航行久了，也隨他們擺設這樣一個神壇，我還取了個教名奧斯汀，見起面來特有親近感，待會兒到了鷺江，應當可以見到一些佛郎機人，不過你們倆回去可別說嘴。」

「是的，我們曉得。」明國實行海禁，外國人不可進入明國的領地，更遑論與之交易，但夷人身上往往攜帶珍稀的商品，在沿海的浯洲嶼、海壇島，暗中與漁民走私貿易。

再度走出船艙只見泥濘間穿著蓑衣的水夫左右以麻繩扯拽著腳下的大船，隨著一陣陣整齊的吆喝聲，已航至鷺江，由於月港內泥沙容易淤積，因此退潮時必須依靠水夫以人力拉扯，兩人正四處晃蕩間，卻在岩石陰影處看見一些詭異的黑影。

「噓！」大狗趕緊拉著二狗低伏在一旁，此刻天邊懸墜著長庚星，海與天交界漸次隱沒，隨著黑影逐漸移動，舢舨飄移而來，前頭幾人生的髡首鳥音，穿著左衽衣裳，神色鬼祟。

2 顏如龍

在梅花村最外頭有一座木頭搭成的牌樓，左方以楷書寫道：一雙玉臂千人枕，右方則是：半點朱唇萬客嘗。橫批：送往迎來。

離梅花村一箭之遙處便是梅花千戶所，每隔二旬，梅花千戶所與廈門中左所官軍就會來此留宿，這是大狗與二狗最不開心的時刻，因為娘親一個晚上至少要招呼二十多位軍爺，他們就得獨自去外頭晃蕩半天，要是提早回去，沒準會讓來此嫖妓的官兵給痛揍一頓。

那日，二狗和梅花村裡最高壯的王驢兒單挑，雙方幾十個兄弟紛紛下注，比誰能贏，一文、兩文……銅錢水流一般地潑灑在碗底，兩邊嘍囉開始鼓鬧喧騰著，他們的叫喊聲幾乎快將整個梅花村的茅草屋頂給震掀了，雙方站定後，驢兒朝他衝來，他先作勢後退，後退到快到草繩圈起的界限後，突然一個轉身，將驢兒衝撞而來的整個力道給洩了，他一時收勢不及險些跌跤，但整個人快跌出界外之際卻停在半空，原來二狗一把揪住他的上身。

驢兒回身就是一拳，但二狗直接閃身，一把捉住驢兒手肘便是朝外一折，這下可不得了，痛得驢兒哇哇大叫，但愈叫嘴上卻罵個不停……這下二狗可怒了，直接一腳踢向他膝蓋，滿滿的濁黃泥水淹沒至驢兒的鼻腔間，握起碗缽大的拳頭就是輪番重擊，身旁之人不停大聲鼓譟，瞬時他有些興奮起來，拳頭上的血像是海水一樣的腥鹹氣息，突然一陣力量將他整個人往後一扯，騰空摔成倒栽蔥，一轉頭，竟是顏如龍。

「你方才下手太狠了，我要是不出手，就要殺人了，他與你也沒什麼深仇大恨，何苦如此？」

「操你媽的，老子打老子的，干你什麼事？」

那人的臉色逐漸變了，像是海浪逐漸凝固、堅硬的波濤，突然蹙眉道：「永遠不可說這樣的話。」

二狗沒管，掄起棍子往前，使盡全身的力氣，從上而下以雷霆萬鈞的氣勢，一擊，但瞬間卻恍若擊在一大團棉花之上，輕飄飄地不著力道，整個人飛升出去，接著，便一點知覺也沒有了。

等到清醒之際，只覺得自己躺臥在茅草床上，小几上一燈如豆，全身痠疼的感覺，但一轉頭，便見一個高大漆黑的背影，以福船的姿態，坐在桌前。

他注意到小几上有一把長刀，這刀生得真好看，像是一尾不斷擺尾游動變化的鯉魚、吞了金鉤靜定止息一般，刀鞘上鑲著金鱗吐珠圖樣，刀柄上是用黑、赤相間的皮繩一層層纏繞，但他印象最深的，是刀柄末端垂墜著一朵五瓣梅花的吊飾，火焰般的赤紅，火星子般熠熠，瞬間刺痛他的眼眸。

娘親推門走了進來道：「知道你今日要來，今早我就備下這下酒菜與羊羔酒與你，尤其是這羊羔酒，是六個月前我買了十斤羊肉置於米漿、酒麴後，便密封收起，前幾日才開封，酒香濃烈甘美，我先乾為敬。」

飲罷月白悠悠一嘆：「真是對不住您，我聽大狗說了，二狗對您失禮了，是吧！這孩子從小就衝動、暴戾一般的性子，自他會爬會跳後，我為他操過的心就沒少過，我常常巴望著他長大了，能懂事些，不料卻是越來越過分，今天要不是碰上了你，要是碰上了他人，沒傷筋斷骨，也得去了半條命，只是想到他竟然這樣衝撞你，算來都是我管教無方，還真是對你不住……」

「別這樣說，只是我瞧這孩子戾氣太重，眼看就要傷了條人命，才決定出手，你也別掛懷，而此次我前來，乃是有要事告訴你，戚將軍接到上頭的命令，要前往漠北去抵禦瓦剌，此後，沒有個三、五年，料想是無法回鄉，說不定還會埋骨異域、戰死沙場，因此我將一些生活用品與碎銀取來與你，希望這段時間，你能好好地過……」

「你說……什麼？」

只見她眼神怔忡，像是失了魂似的，他見過娘親這樣的神情，每當她必須接待來此尋歡的軍士時，便是這樣的眼睛，眼瞳中一點點影子與迴光倒影都不存在，空空蕩蕩的，連笑容都像白瓷一般的僵硬，娘親為什麼名字要叫月白呢？因為她生著一張如月般的鵝蛋臉、月牙一般的眼眉，但就他記憶所及，她一直都是蒙著塵埃的白玉盤，只有顏如龍來的那幾日，她才會展露她的眉頭，露出那曖曖內含、玉一般潤澤的質地。

或許因為如此，所以他特別想擊敗眼前這男人。

長嘆一口氣道：「這些年來，我們娘仨也不知累了你多少，要不是有你的幫忙，我們恐怕早就死了，屍體都成了溝中餓莩，男兒志在四方，此去你應當也有建功立業的機會，說不準，等你回來，就已經是個把總了。」

「這我卻不敢想，畢竟世道如此，越是位高權重，就越得小心翼翼、如履薄冰，只是我此去，就是放心不下你們，雖然這幾年東南沿海大致平安無事，但我其實心底清楚，倭寇不過是忌憚戚家軍的威名罷了，不過三五年，必又來犯，尤其是賊首曾一本，號稱海上天子，前些日子有倭寇襲擊鷺江，人數雖不多，但我卻疑心是他派出的前鋒，之後準備大舉來襲，然而卻苦無證據，加上此時漠北軍情告急，著實兩難。」

「這幾年我從未聽過泉州附近有何海寇騷擾之事，料想被擊敗後他們應當元氣大傷，此時偃旗息鼓，不會再犯了吧！」

「不……你莫要小看了曾一本，他底下擁有的火器與海上船艦十分龐大，所配鳥銃，可百步之外取人性命，加以倭人戰術嚴謹又通曉誘敵戰術，之所以暫時雌伏，不過是受迫戚家軍威名。撤離後繼任的軍隊是否有足夠的軍備與兵力，我十分憂心。以盔甲來看好了，雖然為了抵禦火器，兵部設計了棉甲，但實際操作下卻發覺不少棉甲只是裡頭以紙筋攙塞，隨便流矢一來便是穿胸之禍，因此作戰時前線一觸便立即潰逃，後方軍士爭先恐後逃命，東南沿海多水澤，往往溺死於水鄉間，且船廠大多老舊傾頹，各巡撫名下的船艦早已不堪使用，難以抗衡，因此，倭寇捲土重來，恐怕是早晚之事。」

李月白道：「你說的是沒錯，但是這幾年下來，我也看淡了世事，我身子不好，興許還未能活到那日呢！不過近日聽聞佛祖法音，聽了一個故事：《魚籃觀音》，對世事輪迴倒是有深刻的體認，幼年時我也痛恨過自己的命運，但是又能如何呢？這是祖上的罪孽，只盼得今生把罪孽給贖了，圖個來世的清淨無垢身，來世不要在這樣的苦海中浮沉、受盡苦楚。」

嘆了一口氣，他道：「說來我會來此的緣由，也要從數十年前說起，記得，那是祖父臨死前的事情了吧！那時，我們所有子孫都跪拜在外頭長廊上，爹突然走出門，要數十名孫兒依序走入，身為長孫的我走在前頭，那時，風中殘燭的爺爺躺臥在床褥之上，手上握著一卷長軸，爹取來了大聲宣讀後，所有的人都驚呆了，裡頭的內容是：顏家直系子弟世世代代需出一丁照料李姓樂戶子弟。

爹朗誦完畢後，幾乎已經是毫無知覺的爺爺，眼睛卻出現了一點點微弱的光芒，像是乞求一般的，看著底下兒孫，當時我聽見底下微微的私語與非議，我們顏氏為世襲百戶，為何要紆尊降貴去與賤戶之人交往？當時，我內心也是一樣的疑惑直打鼓。

爹又朗聲問了一次，底下依舊無人回應，我不知哪來的勇氣道：『我願意。』

當爹領我上前，爺爺將巍巍的手覆於我頭上後，便溘然而逝了。放聲大哭還沒多久，爹便要我起身，來到家族祠堂列祖列宗牌位前發誓，一定要謹守祖訓，那誓言著實令人心驚，如有不從便是五雷轟頂，緊接著父親交與我一鐵盒，十萬兩的銀票、一張田契，以及一本名為《呻吟語：建文遺臣始末》的手抄本，使我明白了一切，那些你、我，還有祖上三代前的歷史。」

「如龍，你說的我都知曉，其實自我懂事以來，我娘多多少少，也將我的身世與祖上的一切告知與我，但知曉那些，又有多大的差異嗎？不過是讓我更清楚且透徹地感嘆自己的命運罷了，直到見到了你，說真的，我才相信，原來這黑暗的濁世中還存有真正的光明，但接下來你大可不必如此，就算是祖先留下的家訓，此時，真正記得的人也沒有多少了，更何況這也是命吧！很多事情本就拗不過命。」

「方讀完此書之際，本來，我還不大敢相信，但當我第一天踏進此處，我才感到驚訝，原來真有這樣一個地方，就在五代之前，我們還是世代交好的姻親，但卻因為靖難之役而判若雲泥，那時，我五世曾祖只能在你們籍沒為奴之前，來得及將李家的一名襁褓稚子偷偷抱出，偷偷納入我們顏家族譜，這樣算來，我與你其實流著相同祖先的血液呢！不過真正讓我下定決心去遵守這家規的，卻是因為你，雲韶，我還記得第一次踏入此處，我所聽見的曲子，是這樣的仙樂飄飄，聽之恍若置身於天界。」

李月白，字雲韶，以善彈撥樂器聞名於教坊司，柳琴、阮、月琴、琵琶無不精通。

此時，李月白的臉不禁微紅，像是夕陽渲染於無垠無際的海浪波濤上，酡紅、細碎卻短暫，他從未見過娘親這樣的神情，拿出一把琴，那是她習用的黑檀木琵琶，以象牙為軸，她先轉軸調音幾下後，坐定道：「你不說，我還差點忘了，既然你要去漠北，今晚，就讓我奏一曲〈琥珀匙〉與你，望你武運昌隆，得勝歸來。」

告別了李月白後，方走出梅花村，沿著雜草生得密不透風的山路間行。

此時應當是戌時吧！只見星夜無垠，抬頭四望皎然，草叢中不時傳來唧唧的寒蛩鳴聲。

他突然立定不動，回身道：「出來吧！」

後方一人高的草叢間，嘴上啣了一柄短刀，站立一名五尺孩童，那是二狗。

「怎麼了？不甘心，想再來打？」眼眉一挑，挑釁的神色，二狗不禁大怒，雖然自己知道怎麼一定打不贏這人，但是要嚥下這口氣，卻著實不甘心。

「這樣好了，我讓你一隻手、一隻腳，只要你可以碰到我的衣裳，就算我輸，如何？」

二狗瞬間眼睛一亮，指著他鼻子道：「這是你說的，可不許耍賴。」

「你要是輸了，如何？」

「你要是輸了，就叫我爺爺，我要是輸了……」

「就叫我爹。」

「好，誰怕誰！」二狗興奮道。

半蹲踞身子，擺出白鶴拳的招式，白鶴拳是閩人熟悉的拳法，二狗很能打，這點他也知曉，為此還偷偷跑去幾間武館的圍牆外偷看人打拳，他一直覺得，只要成了最能打的人，就再也不會有人欺辱自己了。

他身子不過到顏總兵的腰際，因此拳頭再怎麼往上揮，連喉嚨也搆不上，因此他打算一腳飛踢直衝胸口，接著雙手攻擊下陰，待對方吃痛後屈身一個肘擊撞上他鼻梁，這招為白鶴展翅。

他擺好架式後前衝，右腳一踢，然而，卻彷彿踢中磚牆那樣，動彈不得，原來顏如龍只是一隻手，便牢牢地抓緊他的腳。

二狗更憤怒了，猛力一抽，不料顏如龍卻借力使力，將他的腳一個托起後旋轉，揚起左腳直踢他的腰間，他要閃躲一時卻難以動彈，只覺剎那間天旋地轉，整個身子半沉在黑土裡，輸了，徹徹底底輸了，施展了最強的拳，居然連對方的身子都碰不著，最屈辱的是，對方還只用了一隻手一隻腳，他還以為自己很強，沒想到這樣弱。

「另一個狗兒，你可以出來了。」

草叢中探出另一人，那是大狗。

「二狗，你知道為什麼你搆不著我半點的衣裳嗎？」顏如龍走到面前，一把將他後頸提起如提嬰兒，他感覺筋骨無力，腳步還是虛浮的，見他提問，只是愣愣地搖頭。

「你方才一握拳，我便看出你所使的叫做白鶴拳，這個拳法要是練熟了，強身健體、單兵作戰都有一定效果，但若是臨場戰爭上，則處處受制，像你一開始朝我衝來，我就看出你衝力有餘，但平衡不足，我只需在你快靠近之際，閃身，扯住你的腳，馬步必定虛浮不穩，因此我佯裝要攻擊你腰際，實則打你下盤，你要知道，習武之人最重的是馬步和下盤，下盤穩了，出拳才能疾如風、徐如林，侵略如火、不動如山。」

後頭這幾句話非常咬文嚼字，要是換了平日，二狗一定連聽也懶得聽，但眼下他敗得如此慘，又是個好勝的性子，當下便覺得這話大有道理，卻琢磨不透。

「這話也不是我說的，而是我們軍界的祖師爺爺：《孫子兵法》上說的。」顏如龍道：「而我一生追慕的大英雄、豪傑，他也是吸收了孫子兵法中無數的理論，加上自己的謹慎與實戰經驗，成了一代軍神，你可知道，我說的是誰？」

大狗道：「是戚繼光將軍吧！」

「沒錯，我年少有幸，曾在戚將軍底下上戰場殺敵，原本官軍的組織陣形龐大，不適合閩浙這樣崎嶇多山的地形，因此戚將軍融合各種武術做改良，設定一種以十六人為一組，可以因地形不同而變為八人小組的鴛鴦陣一十八式，你要知道，當戚將軍在招兵時，來的有多少拳師都是武藝高強，但在戰場上，個人的武藝不足以作為戰爭致勝的依據，要做到百戰百勝，卻非僅在武藝上勝過倭寇，還是得憑藉兵法，老實說，我今日會來此，其實是來向你娘道別的，因為再一個月，我就要上漠北了，這段期間我可以教你這套操練，這可是我們戚家軍入門操練的基本課程，你聽過戚家軍嗎？」

他點點頭。

「你想學嗎？」

「想。」他大聲道。

「好，我便將全數演練給你看，你先看一次，要是有什麼不清楚，我再詳細說明，第一招：仙人指路……」

待十八式全部演練完畢後，他道：「你要是真能熟練此陣法操練，日後自有機會加入我大明海軍，殺盡所有倭奴，保家衛國，也能讓你娘過上好日子。」

「好！我一定努力操練。」二狗大喊道。

「很好。」

「願賭服輸，我要叫你爹了。」二狗的表情還有些臭，看得出來心不甘情不願，但有什麼辦法，誰叫自己輸了呢！

「好吧！那你就跟我姓顏吧！」他以為自己會被取笑、甚至被汙辱，但沒有，顏如龍只是將大手放在他腦門上，令他打從心底升起一股從未有過的溫暖，奇異卻動人。

3 倭寇

遠遠的，一名肥敦敦的胖子喘吁吁跑著道：「快、快，倭寇來了。」

二狗一個箭步衝向前，抓住張胖子的衣領道：「真的假的，他們有多少人。」

那胖子搖搖頭，喘著氣道：「我……我不知道，只知道他們騎馬，人數大概五十，不……可能近百，遠遠的我便看見一陣煙塵，就……就趕緊跑來報信了。」

二狗沒見過真正的倭寇，但此時，梅花千戶所的葉千戶正率領底下士兵在此玩樂，此千戶常常吹噓自己戰場上砍起人頭來如何厲害云云，而底下至少也有一千名士兵抄起武器便可以作戰，一想起二狗實在是太興奮了，忍不住要看一場熱鬧的官兵大戰倭寇的武場戲。

他衝到廣場前，順著竿子爬上最高的瞭望台，抓起銅鈴上的粗麻繩用力甩起，他奮力擺盪，彷彿自己也化身銅鈴的一部分，整個人要被甩到地上的爛泥灘一樣。還一面大喊：「倭寇來了喔！大家！倭寇來打劫了……」接著順著竿子溜下，也不管此舉是否唐突，直奔李月白接客的房裡，一開門便是：「葉千戶大人，倭寇來了。」

不知此時葉千戶已然完成好事了沒，他原本臉色漲紅著，像還滴著血的生豬肝，然而，就在聽到話的一瞬間手中的杯盞掉落，顫抖道：「你說，倭寇來了？」

二狗點點頭道：「是的，大人，是否要糾集士兵？」

他不知所措地看看周遭，一副強作鎮定的神情，才道：「快……快糾集士兵，本千戶要親自領軍。」

當所有軍士在梅花寨門口排好陣勢，有些人似乎尚未完事，衣服一半尚露在甲冑之外，而每人手上都拿著鉤戟長鎩不同武器，但也有不少是匆促間只提了根棍棒，以至於這些軍士乍看之下與一旁拿著鋤頭犁耙、頭戴草笠的農民們，沒多大分別。

二狗一面緊緊捏著自己的棍棒，一面將濕潤右手插在褲襠，偷偷撫摸著一把匕首，那是他在閩海泅泳時，打撈出的一柄珍品，為了這一天他練習過殺魚、殺豬，為了就是要在一盞茶之後，將這隻最鋒利的匕首，插入倭寇的心口。

約莫過了一炷香，前方大路空空蕩蕩的，連一隻黃雀也沒飛過。

「來人呀！傳本官斥候，至前方調查倭寇蹤跡，盡速回報。」

約莫又過了半個時辰，斥候回報道：「回稟千戶大人，十里之內除了幾名農民經過外，並未看見倭人蹤跡。」

「再去探。」

又過了一個多時辰，斥候回報道：「啟稟大人，方圓三十里東南西北小人都探詢過了，完全沒有倭寇身影。」

「方才是誰假報消息的，把他給我捉來？」

二狗趕緊衝出來，驚訝道：「大人，我方才真的有聽見有人喊倭寇來了。」

「那人呢？叫他出來給本千戶一個說法？」

二狗趕緊看看周遭，記憶中是一個穿藍褂的胖子，容貌有點生，但只要看一眼，他一定認得出來，記得方才他還在人群中的，但怎麼回事？不管怎麼找，就是不見人影？

「人……人……不見了。」他囁嚅道。

「該死，竟然敢欺騙本千戶，來人呀！把這亂傳消息的小子給殺了。」

左右兩邊各一人迅速抓住他的臂膀，他想掙扎，但只覺整個人逐漸上升，雙腳虛空踩不著地，葉千戶一手像掐雞脖子似的緊緊擰住他咽喉，那感覺像是溺水，眼前一陣熾白，整個人像被拋向大海載浮載沉。

此時，一陣哭聲絲繩似的將他拴緊，引他回腳踏實地的陸地，他看見李月白跪在泥塗，一面用雪白的螓首，暴雨似的狂點在泥坑上，一面道：「大人，都是賤婢管教無方，回家後一定嚴加教育，求千戶大人您胸有大量，赦免了這孩子吧！」

大狗也跪在李月白一旁，一把眼淚一把鼻涕地懇求，好不容易他可以呼吸了，緊接著像斷了線的風箏，整個人被甩脫到一大片泥漿之上，他聽見葉千戶大喊道：「來人呀！把這小龜子鞭打十五下，再將他吊起，三天三夜都不准給他一粒米、一口水，要是三天後他還活著，本千戶就既往不究，但要是他死了，你們也別怪本千戶無情，這就是欺騙的榜樣。」

受完鞭刑後，二狗就被吊在瞭望台的竿子上，整個身子至少離地有三尺高，粗麻繩緊緊拴住他的雙手，遠遠看去，像是一大塊懸在半空中的臘肉。

半瞇著眼睛覷著日頭的驕陽，好熱，汗水滴到眼睛幾乎睜不開眼，好痛，方才被捶拊鞭打的地方現在就像火焚似的疼痛，但為什麼會這樣呢？他明明聽見倭寇前來的消息，為什麼又突然不見蹤影呢！他好恨，但就算想破頭卻也想不出來。

經歷那日的鬧騰後，二狗著實吃了不少苦頭，在屋裡歇息了幾十日，但除了身體的皮肉傷外，心理的傷才叫人難受，好幾日王驢兒那一群手下每經過他屋前都會發出一陣陣倭寇來了的嘲笑聲響，弄得他氣悶不已，雖然大狗道不理睬他們便是，但他還是難受，為此，雖然傷好了，卻也賴在屋裡，不想出門。

亭午時分，燠熱、無風，空氣裡漂浮著潮濕的鹹味，讓人感覺有些犯睏，但此時干擾的蚊蚋聲耳際響起，二狗伸手一拍，拔尖的海螺聲響起，彈子似的衝向天，像春節時煙火高高地在天頂上呼嘯，向四面八方散逸成星星點點的火光子，又像指爪刮過陶器表層、高低刺耳的尖銳聲。

這聲音如魍魎、如鬼魅，如鴟鴞夜哭於犬牙交錯的月下墳塚間、城隍夜審小鬼於陰曹地府之內，但一聲還未停歇，竟然又聽見另一聲更拔尖的聲響，接著第二聲、第三聲……連綿不絕的海螺聲，如同海潮般瞬間將他們給滅頂。

緊接著二狗聽見更可怕的聲響，彷彿平地一陣清雷，在萬里無雲湛藍似海的天際炸得戛響，緊接著一陣井然有序的馬啼聲，卻不知從何而來，有些壯漢趕緊抄起木棍和釘耙，二狗也緊張地望向梅花村入口處，等待大軍壓境。

然而，倭寇卻是從後方而來。

幾十匹馬，恍若波濤起伏的海浪，這些馬來得太突然了，好多人瞬間都嚇呆了，手上緊捉的農具應聲而落。

又是一聲尖銳的叫喊，但此時不是海螺聲，而是倭寇昂起脖子對著天空，高高的長嘯，排出一字陣勢，卻不進攻，只見左方為首一人頭盔上呈現金銀牛角之狀，左右各裝飾五色長絲，類同鬼神，手上卻拿著一柄文弱的摺扇。

颯，摺扇一揮，倭人刀鋒朝上，耀眼的日光下漾出一陣驚人的白光。

見他們未上前攻擊，幾十名男子互看一眼，抄起傢伙就往倭人身上招呼，但二狗什麼也沒瞧見，瞬間刺眼的白光炸痛了他的眼眸，那是倭人將刀鋒向下，一時上下四方盡白，七、八名壯丁，連一聲尖叫都還沒發出，就這樣身首異處。

其餘男人約莫也嚇呆了，有人拋下了武器往後奔跑，弓箭、標槍如飛蝗，將他們一個個釘臥於地上，二狗張大了嘴巴！本來他就知道倭人十分厲害，但沒想到竟然如此強悍，但他更驚訝的是，當一壯漢兩手抓著鐵耙往前衝去，其中一人只拿著一隻手臂長的銅管，一砰，那人便倒地而亡了。

血，濃稠的血汩汩流出，此時突然有人拉著他跑，那是娘親，一手拉一個，陀螺似的將他們拽到村後一間倉房裡，她奮力地敲打卻發現打不開門，倉皇一望，只見木廊走道上一堆橫豎交錯的柴薪、兩個儲水的大缸，一次抱一個，將兩個狗兒給塞進柴薪的後方，又將地面上好幾個醃製白菜、酸筍的缸子擺放在水缸上，以免倭人發現。

娘親披散著頭髮踉蹌跑著，但一名賊人瞬間抓住她頭髮往後扯，朝那人手臂一咬，頓時掙脫，接著手中提著切肉的刀子，抖抖索索地往前衝去，但一柄尖刀刺穿了她的身子，赤膊的倭人背上紋著火鳳的印記。

賊人一把撕開她的衣服，侵入她的身體，發出嚎叫與呻吟、凌辱的姿態持續了將近一炷香時間，二狗霍然站起，想衝出去，幸運的是殺伐的慘叫使那賊人沒有注意到近在咫尺就有兩個狗兒躲藏，大狗一把將他扯下，熱辣辣的一巴掌，鹹鹹的液體，從指間、舌尖流入，是眼淚嗎？還是血水的滋味，二狗不知道，但一轉頭只見大狗將半個指掌放入口中，鮮血自牙間流出。

耳邊盡是嗡嗡的耳鳴聲響，不知過了多久，毒焰襲來，他倆趕緊跑出，只見外頭星月無光，連草叢間的蛩兒也噤聲了，地面好幾灘凝結的鮮血，但火已經燒起來了。

「快逃。」

「要去哪？」

大狗指向西邊，沿著西側小路後約莫一箭之地，便是廣闊無際的大海。

緩緩吐出兩個字：「浯嶼[5]。」

5 浯嶼，位在九龍江的河、海交會口處，與大、二擔島隔水相望，即今日金門的西南方，是漳、泉二地交界的海中小島，地雖近漳州府海澄縣，明時卻歸泉州府同安縣管轄，係廈門、同安、海澄和龍溪的海上門戶。

4 浯嶼

浯嶼，這緊鄰漳州不過幾箭之遙的彈丸之島，百步左右便可周匝一圈完畢，但由於終年皆是鯉雨鹹風，布滿陡峭岩石，土壤磽薄無法耕種，但兩個狗兒三歲就能泅水，七歲便能游水至此處，他們知道，島上雖然無人居住，但就在山上一處馬鞍狀背風之處，有幾棟無人居住的房子，作為船舶進入月港的中繼站，為了預防與夷人或倭人交易被官軍發現，許多商人都會在此設立偷渡據點，以逃避官軍稽查。

此時正是漲潮時分，碎裂的白浪一波波湧來，此刻一陣轟然裂響自西北方傳來，數道小山堆垛出的白浪尖頭，突兀著火焰的紅蓮，依稀是一艘三桅福船，卻被東南方八幡船[6]上的火炮擊中。

隨著天崩地裂的炮擊聲，又是一陣地震似的顛簸，大狗幾乎以為自己要聾了，他的眼睛逐漸失焦成海浪的顏色，天地之間，汪洋之上，兩人的性命就像是螻蟻一樣的渺小……

幾片碎裂的木板漂流過來，大狗趕緊順勢抓住一片木板，一轉頭只見二狗亦是如此，抱著殘碎的浮木大力地划水，朝浯嶼的方向。

「快呀！大狗，快漲潮了，再不快點，咱們就要被海水給淹沒了！」二狗道。

游了好幾個時辰，躺臥在岸邊，身子卻虛軟的如飄搖的海草，不知不覺，終於上岸了，方才被擊中的福船應當已經沉沒了吧！說來諷刺，如果不是福船被毀，剩餘的木料漂浮至他們的周遭，才有依靠能安全漂浮至浯嶼，但船上之人呢！應當都成了水底波臣了吧！這種感覺令人心底一陣苦鹹。

倒臥在岸上，不知不覺，閉上了眼睛。

當再度清醒之際，一陣陣鹹風混著苦苦的海水沖上海面，此時，大狗才意會到自己十分飢餓。

此時，二狗突然大喊：「你看，那是什麼？」

只是夕陽將海面上渲染著一片碎裂的金波，一個白色的影子載浮載沉，一開始他以為是從村裡逃出的豬仔，當然，也有可能是媽祖魚，大狗曾經聽人說過，那些從漳州出港的商船或漁民，碰上颶風，讓白豬一般的媽祖魚給救了的靈驗事蹟，媽祖魚就是湄洲孋的使者，只要誠心誠意地祈求，就會顯靈。

二狗衝到後頭取了一塊完整的舢舨，整個身子趴在上頭，便往中央游去。

二狗向來水性極好，從小就能在水裡睜開眼睛，且能閉氣一炷香的時間，此時正是漲潮時分，他看清了，那是一個載浮載沉之人，二狗知道垂死之人最會掙扎，你要是被他抓住，恁憑水性似蛟龍，也只能與之溺斃，因此最好趁掙扎力量減弱，再來施救。

但說也奇怪，那人卻始終未沉入水底，只見他腹部膨起，似擁一物。

「你沒事吧！」二狗滑過去道。

那人似乎很疲憊，艱難地點了一下頭，他的聲音聽起來很柔弱，應該也是個孩子，他也是跟他們一樣，自倭寇屠殺下殘存逃生的百姓嗎？一想到此二狗整個人熱血都沸騰了起來，他先將舢舨滑過去道：「別害怕，放

6 日本室町時代到江戶時代的海盜船通稱為「八幡船」，這是由於倭寇多半信奉武神八幡大菩薩，並繪製旗幟，上書「南無八幡大菩薩」七字，代表神明庇佑的香火與船舶的記號。

心，我不是壞人，有我呢！我會保護你的。」

他先將上半身靠在舢舨上，在水底蹬起腳來划水，離岸邊尚有一段距離，此時，大狗已泅了過來，與他分就舢舨兩頭用力划，不過一刻鐘，便已靠岸。二狗趕緊將那人背在身上，好輕、好軟的身子，這還是個孩子吧！他的眉毛淡淡的、很清秀，眼睛半閉半張著，他似乎沒喝多少海水，只是被大浪給沖昏了頭，整個人虛脫疲乏。

突然他鼓得小山一般的肚腹消了下來，從衣襟之下取出一個皮袋，原來，方才是用這東西泅水的。

「這裡是哪裡？」是個姑娘的聲音。

「浯嶼，我叫二狗、他是我哥哥大狗，你呢？」

掙扎地抬起身子，一雙漆黑好奇的眼瞳周匝了他們倆一圈，緩緩道：「小六。」

小六似乎很虛弱，他們輪流背著她回到山坳上的屋子，此時，大狗突然停下了腳步，像是發現了什麼？自草垛間拉出幾條藤子，接著，順藤摸出幾個石頭大小的東西，道：「呶，給你，要不要吃吃看？」

「這是什麼？」二狗疑惑看著這不像石頭又不像芋頭的東西，比荸薺還大上好多倍，鼻尖嗅一嗅，混著草泥的氣味。

「這是番薯，之前在陳老闆船上吃的，還記得嗎？」

「真的嗎？」

「我記得上回在陳老闆的船上，番薯生得是這個模樣，應該不會錯。」一邊說，大狗領著二狗來到背風處，找到一處山坳凹陷處裡頭儲著一汪子雨水，將甘藷洗了洗，放入口中。

如果生的能吃，烤熟了後滋味應當更加美味吧！這樣一想，迅即自海邊撿來幾片碎木，又摘了數十條甘藷枯藤為引子，又從箱子內找到一些沒受潮的火種，折騰了半天，淡灰色的煙緩緩燃起。

他們將身上的衣服脫了，架在一旁烘烤，接著又找了幾個儲貨用的麻布袋席地而坐，此時，大狗乖覺地發現一處地板之下似乎有木板鬆動。

「二狗，你來看看？這是什麼？」

兩人合力將木板一處裂縫試著撬起，不料一處門板大小的木片，就這樣整片被拉開，只見下方寬約八尺、深可四尋，堆垛幾十來個木箱，上蓋著防水的帆布，二狗首先跳下去，試圖抬起一個最小的木箱，卻文風不動。

「好重，裡頭是塞黃金還是鉛塊呀！」

正當疑惑之際，大狗也跳下來了，兩人合力打開一看，一個小小見方的木箱子中，裡頭竟然抽出了幾十件絲綢衣料。

閃閃熠熠的蕾絲、彩雲一般滑順的內襯、蓬裙、緊身胸衣和鑲邊飾帶，還有手帕、摺扇、絲巾……上頭鑲加工過的寶石，蟬翼般的輕柔、異國馥郁的香膏直鑽入鼻子裡來，瞬間把兩個狗兒都看呆了。

「這……怎麼會有這些東西呢？而且……這要怎麼穿呀？」大狗還來不及阻止，二狗便已用力抽出一件絲質長裙，酥油色的亮面，摸起來卻似滑膩膩豬油一般。

「這些看起來都不是中原的服飾，應當是賣給夷人的商品質料，你瞧這些面料，有花緞、皺綢、較硬的塔夫綢和最柔軟輕盈的絲質薄紗。」

「既然是昂貴的商品，為什麼又會被棄置在此處呢？」

「這我也不知道，或許是交易時未談定交易的金額，也或許是東西做了，但佛郎機人卻不滿意，因此存放在此處，待價而沽，不然還有一個可能，就是在走私過程中為了躲避明軍的查緝，像那時我們在陳老闆船上，碰上官軍那樣。」話還未說完，只見二狗早已拿著手上那件長裙與小六道：「給你，快換上吧！要是冷了吹風受涼就不好了。」

「你也是和我們一樣，家人都被倭人殺了嗎？」

小六點點頭。

「真可憐，不過你別怕，這裡現在很安全，而且，我們會保護你的。」

當番薯和蚵仔在火焰上烤熟，微焦周圍帶點濕潤汁液的蚵仔，和因火焰燻烤呈現焦黃色的番薯，綢繆成一股難以言喻的滋味時，只見從方才都低著頭，如同礁石上緊閉的蛤，默不作聲的小六，霍然地睜開一雙漆黑的大眼。

「你餓了嗎？這個給你吃。」二狗一手甘藷、一手蚵仔道。

此時的小六已經換上乾淨的絲綢衣裳，過長的袖子捲起來，像是兩團雪白色的麻花，她伸出雙手，卻遲疑著不知該如何接手。

「這是蚵仔，把周圍打開就可以吃了，你沒吃過嗎？」

小六沒回答，她顯然也是餓壞了，一放入口中也顧不得燙，拚命地吞下去，好不容易吞了下去，看了他們倆一眼，感激道：「謝謝。」

這是他們第一次聽她說話。

不是熟悉的漳泉音，而是字正腔圓的官話。

一晃眼，在浯嶼就住了幾十日。

他們推測小六應該乘船時受到倭人八幡船的炮擊，或許就是他們游向浯嶼時看到的那艘，剩下的人不是成了倭人的俘虜，就是掉下海底。

「小六，你不會游泳，怎麼來到浯嶼的呢？」大狗問。

小六指著皮袋子，做了一個充氣的動作，又指了一下自己的肚子。

「你真聰明，怎麼知道皮袋子充氣可以漂浮在水上呢？」大狗忍不住好奇道。

「我看過佛郎機的傳教士用過，那時好多點著火光的箭矢射來，家丁們把小船降下，我和其他人都坐在小船上，但炮火射到附近濺起好大的波浪，瞬間小船翻覆了，我那時抓住了一個舢舨，又將皮袋子吹滿了氣，然後努力踢水，不知不覺，就游到了這裡。」

小六不多話，她總可以清清楚楚地分辨出誰是大狗、誰又是二狗？幾箭之遙處，小六便會喊道：「二狗，你來幫我搬柴。」或是對著潮水道：「大狗，我給你說書。」從未喊錯。

一日夕春之際，三人收集好柴薪點燃火焰後，望著扭轉閃耀的火光，二狗突然道：「我有個主意，日後，咱們就三人一塊生活好了，大狗，茶館裡的張麻子不是說過桃園三結義的故事嗎？咱們也來個結義可好，日後有福同享，有難同當，生死禍福永不分離。」說完，二狗跳了起來，將午時吃剩的牡蠣殼，取來一片邊緣鋒利的，先在火上烤了一陣，對準掌心，劃開一道口子。

「來，小六，會有點疼，你忍耐一下！」捉起小六的手，她的手真小，看起來比他小許多，指尖細長而白，軟軟的卻似麵團一般。

小六的眉頭皺了一下，鮮血自掌紋下的裂口緩緩滲出。

「疼嗎？」

小六搖搖頭。

二狗舉起自己的右掌，緊緊貼在小六的掌上，此時大狗也已將掌心割出傷痕，待二狗放下掌心後，將他掌心的傷口牢牢地貼在小六的傷痕上。

「這是我們兄弟的血，讓你的血，流入我們血液之中，此後血濃於水，即便天涯海角，終將前來聚首。」

接著三人一塊下跪道：「皇天后土在上，日後我們三人願結為異姓血親，不能同年同月同日生，但求同年同月同日死，我李二狗與……」正當他要起誓之際，小六阻止了他道：「等等，既然要起誓，怎麼能用這樣的渾名呢？以後別叫大狗二狗了，趁此機會，取一個新的名字吧！」

「好極了，我早就想替自己取個新名了，只是想破了腦袋也想不著，小六，你說，我該取什麼名字才好。」二狗道。

「我想想……」小六手擒一截枯枝，走路的姿態像極了說書人道：「大狗，你說你的娘親名為月白，月的反面則為日，乾為陽，坤為地，但名為日似乎要太滿了，要知月盈則虧，日中則昃，不如，你就叫旦好了，你知道旦字怎麼寫嗎？」

這是他們第一次清楚地聽見小六說了這樣多話，她的聲音字正腔圓，像薄如蛋殼的瓷杯輕撞一下，碰出金聲玉振的聲響，沒想到小六的聲音這樣好聽。

睜著一雙螢火粼粼的秋水，以枯枝在沙上畫一個圓圈，又畫了一條線道：「這就是『旦』的小篆，小篆是一種很古老、從秦皇帝那時候留下的文字，秦始皇，中國第一個皇帝，你知道吧！旦字就是太陽從地平線初昇的一刻，代表光明與無窮無盡的希望，旦，有了這個名字後，你得相信自個兒，不論日後你身上發生任何慘絕人寰的悲劇，總有一日，你就像這初昇的旭日，能將光芒與溫暖帶入這個人世。」

當小六琅琅說了一大段充滿道理的話，終於輪到二狗了，他忍不住滿心期待地看著她道：「輪到我了吧！我也想要跟大狗一樣，取一個聽起來很厲害、強大的名字。」

「讓我想想好嗎？」小六閉上眼睛作勢思索半晌，接著道：「我看，你就叫『思齊』吧！你的性格太衝動了，衝動容易壞事，論語有言：『見賢思齊，見不賢而內自省。』要是不知道向誰學好，就以旦哥哥為模範，好好向他學習吧！」一面說，小六又用竹枝在地上畫了一個字，她道：「你瞧，我現在寫的，是一個『思』

字，思字底下是一個心，本朝曾有一位聖人說過，心外無物，宇宙間的萬事萬物道理，無不涵攝在一己心中，而良知則為知善知惡樞紐，一個人不論出身如何，只要時時刻刻涵養一己良知，行知行合一之教，定可成聖成賢了，記著，要做一個有心的好人，切莫要成為無心之人呀！」

腦中反芻著小六所說的話，她是怎麼知曉這些道理的呢？李旦忍不住好奇起來，莫非小六的身分與他們倆截然不同。

此時二狗卻大聲朗朗道：「這成聖成賢又有什麼好處呢？我只想要成為這世上的王者，威風凜凜地過日子，此後再也不用看誰的臉色。」

小六道：「你莫要著急呀！人凡是還有一口氣，好好活著，未來總是會有機會，對了，既然你們倆都有了新名字，作為交換，讓我告訴你我的名字吧！小六是我在家族的排行，名字叫唐……」

此時，一陣拔尖的聲響彈子似的從海上竄起，一時之間，他想起上下四方盡白，恍若數道白虹交織而成的刀鋒光幕。

他從來沒有那樣害怕，像害了時疫般整個身子上下抖索著。

還是小六抓著他的手，搖晃了幾下道：「快跑。」

「等等。」大狗，不，現在應該稱他為旦了。

「怎麼了？」

「我突然想到一件事情，之前，我們住在山頂的木屋時，那裡物資充裕，任何生活用具一概俱備，當時雖然我心中一直有個疑惑，但總想應當是原本島上生活的人家，搬遷後留在此處的，但之前我們不是才思索過，倭人究竟藏身在何處？方才我突然有一個念頭，就是……」

他轉頭，眼神略帶恐懼道：「會不會這裡，其實是倭人的巢穴，而此刻他們劫掠後，正要歸來……」

三人迅速沿著下坡奔跑，小六卻滑了一跤。

「你怎麼了？」思齊關切道。

她沒說話，但皺著眉毛，表情顯得有些痛楚。

「扭傷腳了嗎？」

她默默地點頭道：「你們快逃，別等我了。」

「不成，我背你。」

「不可以，那樣的話，咱們都會被抓的。」小六道。

「這樣好了，思齊你先扶小六先到一旁的草叢堆裡躲起來，記得，千萬不要出聲，我倆往那兒跑，引開倭寇的注意。」旦道。

小六一直很安靜，從小時候，她便很擅長等待。

摸摸扭傷的那腳，已經不那樣疼了，此時自己該如何是好呢？要先回小屋等待，還是留在原地？

此時，她聽到一陣陣叫喚的聲響，蹲低身子屏氣凝神，是狗兒們嗎？他們遵守約定回來找她了嗎？

隨著腳步聲靠近，她發現這聲音是很熟悉的，與她習用的話語一樣，是官話。

那聲音道：「咱們整座浯嶼幾乎都翻遍了，也沒找著唐小姐的影子，眼下我底下的兄弟也累了，要再沒下落，我看，咱們還是撤了。」

這聲音很沉，是個中年男聲。

「這……紀捕頭大人，您行行好，小姐雖然落水了，但說不定她得媽祖娘娘護佑，僥倖不死，正等著我們去尋她回來，咱們別這樣輕易放棄好嗎？」

「凝香姑娘，不是我不幫你，你想想，唐姑娘落水之際已是七日，她不熟水性，已經九死一生了，除非被哪幾個附近打魚的好心人正巧救起，但這幾日沿海附近的漁戶都尋過了，無人有見過你家小姐的影子，抱著最後一絲希望，來到這浯嶼上，浯嶼可是無人島，因是倭寇走私的巢穴，才會建有屋宅，她沒碰上倭寇，絕對是餓死，要是碰上倭寇，恐怕下場更是悽慘……」

輕輕地探出半個螓首，只見七、八人手擒火炬，但人群中卻有一人是熟悉的，她立即大喊道：「凝香，是我，我在這裡。」

「你是……」為首那名中年漢子走來，那就是方才出聲的紀捕頭吧！她低頭道：「我是南京太僕寺丞唐聿的女兒，唐嫣然。」

「小姐，小姐，你沒事吧！」一名鴉鬟、臉如紅霞的丫頭衝上來，緊緊抱住她道。

小六，不，現在應該稱嫣然了，她搖搖頭，眼睛還有些失神道：「放心，我沒事的，有人救了我。」

書房正中央黃梨木的桌案上，一名身著鬱金色長袍、前方補子繡上仙鶴的男子，口唇間花白的鬍鬚約長三吋，乍看瘦得像是一截枯枝，但眼神奕奕如獬豸，此刻，他手中正把玩著一只黏土土塊塑成的土塊，像是在琢磨七律中拗句，沉吟半晌，沿著案緣踱步後，放在一處海灣，這是一個製作得極為精細的地理模型，上頭窪然岈然、高低錯落若蟻穴處為陸地，而羊皮平面處畫有波瀾者為海面，幾處放置有小木板以蠅頭小楷標註，分別為：烽火門水寨、小埕水寨、南日水寨、浯嶼水寨、銅山水寨。

乾瘦的指尖輕扣一個個字跡，像是吟誦拗韻與險句般念誦出：「海中腹地、箭在弦上」八字，將兩座小土推移入內地後，便是一陣深沉的嘆息。

唐順之會煩惱，是有原因的，前幾日沿海發生倭患，唐家次子唐聿帶著一房妻眷正好行過九龍江，遭到倭寇八幡船炮擊，船遭擊沉，眾人落於海中還好多數被救起，但其中一個女兒卻失蹤了，雖然已經派遣地方捕快協助尋找，卻仍沒有消息。

「老爺，您等的人到了。」就在此時，門房傳報道。

一名頭髮灰白、身著寒磣青衫的中年男子，但一張蠟色臉容卻是詰屈聱牙的倨傲，如墨的濃眉下一雙眼睛彷彿經歷過熾熱窯變後，逐漸冷卻、降溫後的鈷藍色青花，那是一雙半生寂寞的瞳孔。

那人進門後只是深深一揖，接著道：「荊川兄，許久未見了，此次入獄本以為九死一生，不料得您營救，此番恩德，文長恐怕只有結草銜環，方可報答萬一了。」

「文長兄莫要出此言，你本是君子，與胡宗憲大人不過是為了抗倭而不得已依附嚴黨，忍辱負重多年，都是為了沿海數萬黎庶，此是他人縱然不知你的苦楚，老夫豈能不知呢？可惜嚴氏父子失勢，胡大人死於獄中，而你也遭連累，身陷囹圄，法網嚴密，老夫也是動用許多關係，才能救你於獄中，但今日見你顏色憔悴，忍不住感嘆萬分。」

徐渭苦笑了幾聲道：「如今的我不過是還殘留在世界上的一抹孤魂罷了，現在想想，當初在胡大人麾下，與您、俞總兵與戚將軍共事之時，那時的自己才可稱得上是真真切切地活著，是昂然於天地間的七尺之軀，當時胡大人訂下剿撫並用的抗倭方針，機關算盡，可惜最終一步錯，步步錯，還是得以戰止戰。」

「沒錯，本以為花了幾十年的功夫，終於肅清倭寇了，哪裡想到，今日曾一本竟又捲土重來突擊月港呢？自我大明朝立國以來，閩越沿海一帶設立五寨三遊，目的便是禦敵海上，俾使賊人無法上岸，可惜百年後承平日久、海烽久息，人心因而怠玩苟安，以至於水軍廢弛，將士甚至怯於過海，因此，才犯下將水寨自浯嶼遷往廈門、以及將海壇遊兵遷回鎮東衛的大錯，當時我便上書首輔張居正大人，力陳此舉無異是開門揖盜，種下倭人來犯的遠因，今日來看，實如老夫所言，看著滿目瘡痍的景象，毋乃叫人痛心至極。」

「說來說去，還是因為數年前那事而起，徽州府，歙縣。我這一生沒有做過什麼問心有愧之事，唯一一件，便是無法保住『那人』性命。」

「我明白，你說的便是他……但殺一不義，能就有道，為此，我也只能贊同王本固大人的奏摺，你的確是來尋過我，要我與胡大人一同聯名上奏，然而，聖上對於這些海寇，一向是深惡痛絕的，我又豈敢捋虎鬚呢！」

徐渭雙手負在身後，深深嘆了一氣，此時一名僕婦未敲門，便欣喜地衝了進來道：「老爺，小姐找著了。」

「真的嗎?太好了，在哪裡找著的呀?」唐順之道。

「說來你一定不信，就在浯嶼。」

「真的嗎?」那略帶皺紋的額頭露出欣慰的神情，見狀，徐渭道：「荊川兄，恭喜你家人無礙，既然如此，今日我就不打攪了，在下先告辭了。」

「不可，文長兄，今夜已經晚了，無論如何請你住下吧！」

「不了，我還有要事，先離去了，對了，我手上有一部新作的雜劇《四聲猿》，若不嫌文字粗陋，便留予你做個紀念吧！」

5 佛郎機

好不容易擺脫追趕的倭寇，但再度回到原本躲藏的地點，卻不見小六身影，兩人又在附近細細尋了一遍，什麼都沒找著，倒是在海邊尋到了幾具被海水浸泡、面貌模糊的屍體，其中有一具年齡與衣著都與小六相似，兩人哭了一陣，將屍體拖到陸地埋了，露宿了幾天後想起了慘澹的身世，眼看能摘取的甘藷逐漸吃盡，又擔心白日會碰見窩藏在此的倭寇，一想到此，兩人商量後，決定返回月港。

再度返回梅花村，觸目所及，草叢間橫陳著屍體，斷首殘肢、被耙出的內臟，綿延幾十里不聞人聲，只有一片死寂。

正想如何找些吃的東西，此時，卻見月港碼頭前停著一艘卡拉維拉帆船，上頭懸掛著白帆上繡著藍色的十字架，與紅黃交錯的旗幟，幾十人從梯子上走來，為首的是一名深目隆鼻的男子，穿著深黑色布袍，脖子上卻掛著一串閃爍的十字銀飾，他身後幾十名和他一樣穿著的人物，兩人一組，將屍體抬到推車上。

短短幾炷香的時間，碼頭邊的死者便被清理大半，黑袍者將屍體推往一處濱海的空地，交錯排放後，淋上焦油點火，順著火勢他們手持胸前十字架，喃喃朗誦經文。

旭日初昇，此刻焚燒的篝火已然止息，只剩下燒成烏黑色的骨頭，他們背上背著籮筐的陶瓷瓦罐，以拾穗的姿態，放入骨頭。

李旦就這樣跟隨在他們身邊，當一只瓷罐滾到他腳邊時，他注意到上頭的青花圖案，一尊手持淨瓶的水月觀音，但頭髮卻呈現蜷曲狀，而周圍圍了數十名佛郎機模樣的人，皆誠惶誠恐地跪拜，以眾星拱月之姿。

當他撿起瓷罐之際，一名黑袍者轉身對他道：「多謝你，孩子。」竟是道地的閩語。

當葬儀工作結束後，那人道：「我是耶穌會的教士，名字叫做殷德里。孩子，你的名字呢？」

「李旦。謝謝你們，但為什麼你們要做這些事呢？」

「孩子，我來自海另一端的國家，會千里迢迢乘船來此，是為了拯救你們這些人，你知道上帝嗎?唯一的神。」接著，從口袋裡拿出一張畫片，上頭印刷的色彩十分鮮豔，但大體與瓷罐上的圖案並無不同。

「上面的人物是聖母瑪利亞，孩子，你若在人世受了什麼難，儘管向她禱告，她必會回應你。」

「謝謝你！」記得在陳老闆的船艙內看過相似的塑像，只是船上的木製雕像是白皙的皮膚配上藍色玻璃的眼珠，但畫片上的聖母卻生著一副觀世音菩薩的容貌。

殷德里問道：「孩子，你的家人呢！還在這個世界上嗎？」

他搖搖頭道：「我娘親被倭寇殺死了，只剩下一個弟弟，他就在……」

李旦起身，正打算尋找思齊所在，然而，瞬間便雙腳一軟，什麼也瞧不見了。

像是落入深沉的海中，他感覺身子是浮的，鹹海之中不斷上下飄動著，一醒來，只發現自己躺在草蓆之上，一燈如豆，小桌前正坐著一名深黑色的背影。

那人轉頭，他的容貌很清秀，年歲應當與他相近。

「你終於醒了，好些了嗎？」聽這聲音是個男孩，他還以為是個女孩。

「我怎麼會在這裡呢？發生了什麼事情？」感覺身子還十分困乏，他掙扎爬起，那男孩來到他身邊攙扶他起來道：「喝點茶吧！不要緊的，殷教士方才為你診療了，你沒有生病，只是因為脫水和營養不良，還有點腹瀉，你先喝點茶補充營養，再吃些東西就成了。」

「謝謝你，我的名字叫李旦，請問你是？」

「我叫尼古拉斯．賈斯帕，漢名是一官，另一個人是你弟弟吧！」

「沒錯，思齊他……現在在哪裡？」

「當你昏厥時，他十分緊張呢！一直大吼大叫的，殷教士想要幫你，他卻不讓他靠近，鬧騰了一陣，才慢慢將他給勸服了！」

「我弟弟性格衝動，衝撞了你們，有失禮處我在這裡說聲道歉，請勿見怪。」

「不要緊，方才他都在這裡一直陪伴著你，直到剛才才去吃點東西，你最好再休息一下，等好些了再離開。」

李旦閉上眼睛，再次醒來，身旁是一張熟悉的臉，思齊正靠在牆壁上打盹著，聽見他起身的聲音，睜開雙眼開心道：「你可清醒了，太好了，你沒事吧！」

「應該沒事，讓你擔心了。」李旦摸摸空空的肚皮，感覺自己除了飢餓難耐外，應該沒什麼事！

思齊低聲道：「那就好，我以前常聽人說佛郎機人都是些妖怪，那時你昏倒了，我還很緊張，生怕你被他們給吃了，還好後來跑來幾個和我們年紀差不多的閩人，經他們解釋後，我才知道他們是大夫，來幫你治病的。」

李旦道：「你說的人是尼古拉斯．一官嗎？」

「沒錯，除了他之外，還有一個叫華宇的男孩子，聽說跟我們一樣父母雙亡，就讓洋教士給收養了。」

「是嗎？」李旦神色有些恍然，幽幽地看著遠方。

「你……在想什麼？該不會？」畢竟自小一塊長大，見他的神情，思齊猜測了一、二分，遲疑道。

「沒錯，你也看到了，佛郎機人雖然不是漢人，但對待我們這些流民，卻十分慈愛，而且，就像之前聽陳老闆說過的一樣，他們精於航海和貿易，身上有著無窮無盡的學問，方才轉瞬間就治好了我身上的病，反正現在無處可去，若是有機會，我想要留在這裡。」

思齊張大嘴巴訥訥地不開口，過了半晌，才道：「所以，你要和我分開了嗎？」

李旦心底也十分不捨，但也只能道：「你還是想要去從軍嗎？」

思齊點點頭道：「我要從軍，這是唯一活下去的方式，也只有這樣，才能為娘親報仇。」

一騎車馬飛奔而來，為首之人穿著武官的飛魚袍，身形有些矮胖，腰上戴著一柄軍刀，一來便呼來喝去道：「你們這些佛郎機人在此處做什麼？沒有得到官府的允許，外邦夷人是不可在此活動的，若不速速離去，就別怪本千戶率軍隊將你們驅離。」

「這不是葉千戶嗎？」思齊拉了李旦低聲道：「他竟然沒……死？」敢情千戶大人和他們兩兄弟一樣福大命大，莫不是也在倭寇砍殺人之時，找了個草叢躲起來裝死了吧！

殷德里趕緊上前道：「這位大人，我們是耶穌會的教士，經過此地，因見月港受倭患肆虐，屠戮慘烈，因此提供治療與人道救助，我們初來乍到，不諳明國律法，還請勿見怪。」

「去去去！非我族類，其心必異，本大爺今日只警告你們，我給你們半天的時間，快坐上你們的船，走人，否則我便傳訊五里外的梅花千戶所派兵來驅趕你們，刀劍無眼，別怪我不客氣。」

殷德里自口袋摸出一個圓形的銀盒，向前一揖道：「這……半日實在太匆促，可否寬限一日，這只懷錶可準確報時，上面以薔薇為飾，若大人不嫌棄，還請笑納。」

葉千戶將腰刀連刀鞘指去，殷德里將懷錶掛在上頭，在那時，鐘錶還是稀罕物事，李旦也只在如陳振龍那樣的商人身上看過一、兩次，當這名百戶手中拿著銀墜子連著的懷錶時，感覺眾人的眼睛都盯在他身上。

他隨即將懷錶收起，咳了下喉嚨順道吐出口濃痰在石板上，才道：「那我便寬限一日，明日我再來……你們可趁這段時間速速離去。」

「多謝大人。」殷德里鞠躬道。

「大人……」只見葉千戶矮敦敦的身子拉扯馬匹，領著一列兵士正要離開，思齊趕緊衝上去道：「大人，你還記得我嗎？我是二狗呀！」

「你……二狗？你沒有死嗎？」葉千戶的臉色有些詫異。

「沒錯，我可以和你一起回去嗎？顏如龍總兵現在可在梅花千戶所？要是他已經從漠北回來，我想去見他。」

「旬日前顏總兵是回來了沒錯，只是他是何許人？你要見就可見！」他斥責道。

「千戶大人，你放心，請讓我一試，若顏總兵不願見我，我自然立刻離去，絕不會連累於你。」

葉千戶躊躇了一下道：「近日千戶所裡正好軍額不足，好吧！既然你如此誠心，我就給你行個方便，你快步跟上。」

思齊道：「多謝大人。」一轉頭，望著李旦，心裡頭只覺千萬般難言的滋味，卻無法明說，只哽咽道：「我走了！哥！我走了！你好好珍重呀！」

「再見了，思齊，一定要好好活下去呀！」李旦大喊，隨著思齊快速跑的身影隱沒在馬蹄煙塵之中，不斷地對他招手，遏抑著自己往前追上去的衝動，但某種程度而言，他知道，思齊內心何嘗不是！

剎那間，他感覺彎生樹枝，像是被雷電給劈中的一股強烈的劇痛。

「你不跟你弟弟一起走嗎？」殷德里問道。

「我並不想從軍，如果可以，我想要學習更多知識。」李旦感覺這或許是自己的機會，他道：「殷教士，請問你們從這麼遠的地方航行而來，不論在任何地方，見到的日月，是否是一樣的呢？」

「不一樣，隨著你航行地點的不同，在我們所在的佛郎機、天竺、乃至你們明國，每一個地點，所見的日昇月落的時間點，都不同。」他指著自己桌上一個銅製的圓球道：「那是因為地球是圓的。」

世界是圓的，是像一個碗一樣嗎？他疑惑著。「如果我來到了日出之國，是否我真能看到最早的太陽呢！」

「可以的，如果你來到一條名為格林威治的換日線，是日照的起點也是結束，往東，會多一日，我們船艦便是不斷地往東方前進呢！」殷德里手指滑過銅球緩緩滾動，經過正橫線交錯的區塊，平面的地形彷彿逐漸飄浮起來，以立體的姿態。

「殷教士，請問，我可以跟你們一起生活嗎？」李旦問道。

彷彿是順理成章的答案，殷德里沒有訝異，只是溫柔地問道：「為什麼？孩子。」

「因為我想要追逐，海面上最初照下的光芒，就像追逐神的光一樣。」

從那淡灰藍色的眼瞳裡，反射出地球儀的小小圓形，與自己的倒影，除此之外，彷彿還有一股神祕的顏色，像是那未知的神、綿延廣袤的大海，他一直以為陸地與海，都會綿延成一個直線，但這髮色特異的人，卻告知他世界與他的眼珠一樣，都是渾圓的球體。

「好，待我將行李收拾好，安頓一切上船後，立即為你受洗，在此先替你取一個教名吧！就叫安德烈。」

6 封侯非我意，但願海波平

約莫未時，來到了梅花千戶所，問明了顏總兵的所在，一名士兵指向兩名士卒站立的營帳前，他向前說明了來意。

「去！顏總兵正在研究軍情，不會見你的，滾！」

「兩位大哥，煩請你去通報一聲，我是他的舊識，你們只要說梅花村的二狗，他就會見我的！」

「梅花村？那不是軍爺們享樂的地方嗎？那鳥地方的人，也配來這見顏總兵，二狗更是什麼鬼名字，就是你嗎？這樣的狗名字也好說出來，莫來由地汙了爺兒的嘴，滾……」

思齊漲紅了臉，他生平最恨的便是讓人給瞧不起，正待要發作，卻見一面熟之人，此人是洪升，方才與他一同隨葉千戶從軍的新兵。

「思齊，你有什麼要事要見顏總兵呢？」洪升將他給拉至一旁問道。

「算了，說了你也不信！」思齊怒不可遏，甩頭轉身就要離去。

「等等！」洪升一把拉住他道：「思齊，你莫要急，我方回來便聽說了，只因月港遭逢重大倭患，有一顏姓總兵緊急調返，自巡撫大人以下，每一位把總、總兵、千戶、百戶皆要罰俸一月，且期限內掃平倭患，而此刻總兵大人正在營帳罵人呢！那些士卒怎肯替你傳喚呢！咱們先到一旁坐坐，我聽說自百戶以上軍階者進去，已過了一個時辰，最遲再半炷香，應當也罵完了，到時你再去與之相見，豈不甚好。」

兩人尋了松樹下幾塊大石胡亂坐下，思齊道：「敢問大哥，你從軍多久了呢？」

「你別叫我大哥，叫我阿升就成了，說來不好意思，其實我跟你一樣，也是來參軍的，我原本是惠安一帶的漁民，由於附近不時有海盜出沒，占據海壇，一次捕魚時，正巧碰上盜賊，我身中數刀僥倖落海未死，但父兄皆遭海盜所殺，因此，我立誓要加入官軍，為家人報仇，正巧聽聞沿海衛所正在調兵遣將，這才收拾行李，朝月港奔來，我方才聽你口吻，也是想參軍的。」

「沒錯，我亦是母親遭倭人所殺，我和哥哥約定好，殺母之仇不共戴天，必要殺盡倭寇以報此仇。」

方說到此，只聽見身後一陣雜沓聲響，轉頭，只見數名千戶、百戶灰頭土臉出來，幾人走後，營帳內走出一男子，那是顏如龍總兵。

思齊正要向前相認，腳步卻一陣遲疑，忍不住一股自怨自艾之情湧上心田，想自己畢竟出身如此卑微，若是碰了個釘子，也是意料之事，何苦自討沒趣呢？

然而，顏如龍卻瞧見他了，他的臉色一開始是驚訝，但緊接著露出狂喜的神情，瞬間朝他跑來，一把將他給牢牢地抱在懷裡，那剛勁的力道、扎實的溫暖剎那間使他有一股奇異又久違的感動，感覺有一股熱淚，在眼眶周匝打轉。

「你是……二狗？你沒死，竟然還活著！」

紫檀木小几上擺著一錫製長嘴嗉壺，斟下兩杯蜜蠟似的茅台，顏如龍先一飲而盡道：「倭禍後，我接到兵部的命令，命我帶兵返回月港，卻只見滿目瘡痍，再來到梅花村，亦是焦土一片，待了數日卻始終打探不到你們母子仨的消息，因為死傷人數過多，月港將近十分之一的人口都無法倖免，周匝盡是無法辨認的屍體殘肢，其中一截手臂上有著你娘親的梅花刺字，我猜想那應是月白的遺骸了，找了塊墳地為她安葬後，再燒化了一些紙錢且痛哭一場，本想再慢慢尋訪可有你們二人的消息，但消息閉塞音訊難通，正煩憂之際，不料今日竟然見到你，真叫我驚喜萬分。」

此話情真意切，不由得令思齊紅了眼眶，他忍不住摀住雙眼，但還是不經意地自眼角落下了幾滴淚，再度睜開眼睛，只見顏如龍手中已出現一截如意似的斷木，上頭鑲有玳瑁硨磲，他記得，那是娘親彈的琵琶。

「這是我所能找到的……月白的遺物！」

思齊輕輕地兩手接過，凝視著這截斷木，上頭的刻痕是那樣的熟悉，他道：「總兵大人，此物，你是從梅花村找出來的嗎？」

顏如龍頷首道：「沒錯，既是月白的遺物，我就想著有一日，能交給你們兄弟一人。」

思齊緊緊地握著，彷彿握著母親的手，過了半晌，才道：「總兵大人，多謝了，但，我想此物還是請你留下吧！我不知該怎麼說，但我記得，你很愛聽我娘親的琵琶聲，是吧！我相信娘親若是有靈，他也會希望我這樣做的！請務必收下……」

「是嗎？好！既然你如此說，我便權且收下了！」顏如龍道。

「對了，你之後究竟是怎麼逃離倭寇的殘殺，過程中想必是吃了不少苦吧！」

思齊將逃難，和與李旦分離兩件事約略敘述一番，並道：「總兵大人，倭寇入侵那日我僥倖不死，之後我就一直希望可以加入大明的海軍，殺盡倭寇，為娘親報仇。」

顏如龍拍案道：「那正好，我最近又重回劉燾總督麾下，他是戚將軍的老長官，其文韜武略完全不在戚將軍之下，思齊，你若想為娘親報仇，就加入遊兵吧！因為為了集結實力抵禦倭寇，朝廷已經下令，要讓總督大人統領福建廣東兩省兵馬，此次所需船舶與軍士數量龐大，非短時間可達成，但當務之急是先在海邊設立五寨七遊，並利用春、冬兩季汛期加強巡防，先切斷他們的陸地補給線，這些人雖名為『海』盜，但其生活所需、海上航行物資還是得仰賴岸上奸民接濟，此次的倭亂若無嚮導，恐怕也無法如此迅速屠戮沿海省分後迅即離去。」

「莫非總兵大人您認為，是梅花村裡出了個奸細嗎？」

「若不是梅花村，也必定是月港人士，人數恐怕也不止一人，他們分工細密，有人負責補給錙重、有人負責打探消息，但作為倭奴，他們身上都會以刺青為印記，見面時呼口令為暗號，若是沒有完全將這些細作給揪出來，儘管咱們軍備部署再嚴密，也會功虧一簣。而隨著海盜勢力不同，代表刺青也各異，目前海盜頭子中，勢力最大的，便是曾一本了，他本是大盜吳平底下的一支兵馬，自從吳平讓戚繼光大人給剿滅後，餘下勢力分崩離析，曾一本趁機掌權，底下估計有雙桅大船四十多艘，戰船哨船各三十多具，部眾兩千多人，他底下共分四門水師，分別是：青龍林道乾、白虎袁進、朱雀林鳳、玄武朱良寶，他們四人背上分別刺有四靈獸的刺青以代表自己身分，船上各插青白朱黑各色牙旗以區隔，他以南澳為根據地，與占據潮州的林道乾相呼應，虎據一隅如附背之癰，你所見到那名殺死月白、背上刺有鳳凰之人，十之八九，就是朱雀林鳳。」

「所以你的意思是說只要殺了他，就可以為娘親報仇了！」此時思齊的眼睛燃燒著熾熱的血，他忍不住握緊拳頭道。

「說得容易，只是林鳳以各島為據點，深藏大海之中，又嫻熟海戰，不易抓獲。」

「那該怎麼辦呢？」

「我曾與總督大人多次談過，要如何才能消滅倭寇，使東南沿海的百姓安身立命，但每每談到此事時，總覺得艱難萬分，要知道，倭寇中有不少人其實都是沿海的刁民，他們貪圖鉅額的走私利益，無視開朝洪武大帝片板不許下水的禁令，與倭人勾結，而本地不少仕紳都牽連其中，尤其是本地的高家為首，現在當家者為高采，此人是一名閹奴，曾擔任過司禮監秉筆太監，致仕後憑藉著手腕與人脈，於此地占有數百甲田產，生活豪奢，平日起居坐臥有僭越之態，但迫於威勢，歷屆巡撫也都小心翼翼、不敢過問，總督大人疑心他就是與倭寇暗通聲息之人，卻又苦無證據，要想一網打盡，得小心謹慎避免傷筋動骨。因此，總督大人私下曾提出一策略，派遣幾名謹慎乖絕的細作混入曾一本部眾之中，好暗中掌握高采與海盜勾結的證據，但這個人必須不是軍戶出身，亦不可有加入戚家軍之紀錄，才可取信於曾一本，否則就算他成功混入其中，也不容易成為底下的要員，而此人還得武藝高強，方有機會在他面前建功露臉，而最重要的一點，他還得與倭寇有不共戴天的仇恨，方不會如入鮑魚之肆，與之化去，功虧一簣！」

「請問，你們已經找到合適的人選了嗎？」

「我私下尋了幾人，目前已經湊集九人，還差一人，只是陸續找出的人選，都不入總督大人的眼裡。」

此時他心底突然升起一個念頭，像是沉重的鐵錨深深地落入海水之中，那一股篤定不已的感受，隨著這個念頭的逐漸升起，他開口道：「既然沒有合適的人選，那麼，就讓我去吧！」

「思齊，我並不希望你去。」顏如龍沉默地凝視著他半晌，才緩緩道。

「為什麼？總兵大人，您方才所說的三點，無一不是符合我呀！我本就賤戶出身，賤命一條，無牽無掛，眼下，我活著的目的只賸一個，一是從軍殺敵，二便是手刃仇人，割下他的頭顱並心肝，祭奠娘親在天之靈。」

見顏如龍不語，思齊又道：「總兵大人，您難道還是認為我的才能不足嗎？我已經不是以前那個衝動的二狗了！」思齊緊緊握著拳頭，牙關死咬著，雖然過了這麼多月，但一想到村人死前的屠戮景象，他還是彷彿生了瘟疫似的為之戰慄。

「好吧！既然如此，我便將你名姓列入，明日便告知總督大人此事我已安排妥當，你可千千萬萬不要叫我失望！」

「多謝總兵大人！」思齊趕緊下跪道。

夜晚，在顏如龍的營帳之中，燈火熒煌中，顏如龍道：「明日，你前往徽州，我會修書一封讓你帶在身邊，到了歙縣你在石板橋第三棵柳樹邊，會遇見我埋伏在曾一本手下的線人，他會安排你加入朱良寶的麾下，而我也會伺機讓你能在倭賊中立下幾項功勞，提升你的地位，如此一來你便有機會接近林鳳，雖殺母之仇不共戴天，但你千萬要沉得住氣，莫要小不忍而亂大謀。」

「是，我明白了！」

顏如龍又自懷中取來一本冊子道：「這是一份造假的黃冊，是你的新身分，你瞧。」

思齊打開一看，上頭寫道：顏振泉，漳州海澄青礁村人，世襲農戶。

顏如龍繼續道：「閩地多山崎區，原本可耕作的田地便破碎稀少，一旦遇上乾旱水溢，百姓無以為生，便向地主借貸，長久下來，土地泰半落入豪強、地主手裡，如這位顏某一樣，雖是世襲農戶，卻流落成無田可耕的窘境，這類人口絕非少數，至少占本省人口十一有餘，但無以為生卻仍要繳納高額賦稅，因此多淪為流民，不少人便客死異鄉，我之前曾私下尋訪這類人的戶籍，目的便是有朝一日可作為一個暗子，對付倭寇時可用，這是顏振泉尚在世時的工作，你最好也熟讀一番，畢竟，此後你不再是梅花村妓戶出身的二狗了，細讀他的生平，對你隱藏細作身分多少也有幫助。」

「是，但總兵大人，我可以有一個請求嗎？」

「你說，我想保留『思齊』這個名字，可以嗎？」不知為何，他有些執拗此點，或許是因為娘親說過的，名字會跟著他一生一世，不論大成大毀，也因為名字的確是他與李旦、小六的牽繫。

「這是樁小事，不然你就以思齊為名，小字振泉即可。」

「多謝您了！我感激不盡。」

「不要緊的，思齊，老實說，我會拐著這大彎，實際上還有一個最大的目的，便是擺脫你的樂戶身分，要知道在我們明國，賤戶一輩子都只能受人欺凌的，但是若你真能立下軍功，我便有把握讓你以良民身分，此後不論是軍戶或農戶，至少保你後代血脈生生世世都不須為奴為娼，這才是我真正的目的，更何況我還記得與你的承諾呢！你不是說，你要跟我姓顏嗎？這姓，就是我給你的承諾，你若是能立下大功，保我閩南沿海百姓之安危，我便可正式向族長提出收你為義子，譜你於家譜之中。」

「總兵大人，我絕對不會辜負您的期待的！」感覺一口熱血上湧，思齊起身，一個叩首道。

當他再度抬起頭，只見顏如龍自懷中取出一柄匕首，那是思齊見過的那柄。

「來，給你。」

「這……」近看更覺得這只匕首刀工細膩，刀鞘上一尾纏繞的金鯉像是追尋著可望而不可及的寶珠，尾巴部分延伸到刀柄處，下方並垂有一把松青配桃紅穗子並一朵梅花結，他依稀記得，母親曾經在油燈下挑亮燈花一面打著穗子一面瞇縫眼兒的模樣，瞬間金鯉整齊一分為二，抽出刀身時，一股寒芒倒映著冉冉如墨的雙眉。

「這把匕首是利用倭人戰役後留下斷折的倭刀，再請我們明國的鐵匠加以鍛鍊出來的，觸髮毫毛立斷，一般的凡鐵不是對手。那是數年前，我加入戚家軍參與的一場極為艱困的戰役，地點就在嘉嶼這個小島，倭賊占據島上的最高點，要擊退他們，只有趁退潮涉水前進，再組合成鴛鴦陣，那日我們手持沉重的盾牌、狼筅和長戟，光是渡河便花了好幾個時辰，雖然一上岸便遭遇倭賊襲擊，但我將士視死如歸，無人退卻，終於在全員上岸後集結鴛鴦陣，倭人防線大潰，利刃穿心、落海逃亡者不計其數，而我軍死傷僅數人，那是戚家軍最驕傲的一場戰役。為了紀念此役，戚將軍特意將斷折的倭刀打成金鱗匕首，贈與參與此役的所有將士，今日既然你要成為我們明軍的內應，此去任務艱鉅，又要小心翼翼、還得時時刻刻忍辱負重，因此我把這金鯉刀贈你。」

這是他記憶中魂牽夢縈的刀，不知為什麼？當第一眼見到這刀時，他就深深地喜歡上了，但當這刀的重量落在他掌心裡，卻仍有一股作夢般的不真實感，竟這麼簡單就得到了？凝視了半晌，他才想起自己忘了要先推辭才是。

「不，思齊，不用說了，寶劍贈壯士，這匕首就是贈與你的，更何況此行凶險，如有什麼急於星火之事，你有事得見我，此劍內刻有忠魂不滅四字，可為信物。」

7 猿鳴四聲淚沾裳

徐老兒一手撐著油紙傘，一手提著酒壺，眼前荒塚新墳犬牙交錯，加上天陰雨濕，使得這迂曲小徑行走起來更加濕滑難行，一不小心便滑了一跤，還好踉蹌不穩時瞬間將酒壺給裹在懷裡，但也震得不少酒漿四溢，也罷！反正自己本就是要取酒來那人墳前澆瀝的，雖未到準確之所，但凡是后土所在，也無須太過計較了。

只是現在究竟走到哪了呢？周匝草叢間莎雞鳴鳴，大小不一的墓碑多已傾頹，字跡漫漶，但更多是僅有石塊推砌的萬人塚，雨聲悽悽慘慘戚戚，新鬼煩冤舊鬼哭，天陰雨濕聲啾啾，如此光景，若真何時出了西山一窟鬼魅，也不意外。想當初自個兒在倭寇的戰場上見識多了戰爭的慘烈與死亡的屠戮，大炮轟炸下，多少十月懷胎的赤子，就這樣化為血肉模糊的焦塊，也因此倭亂平息時，徐老兒才會向胡巡撫請求覓一塊墳地，埋葬這些無主孤魂，當中，也有不少是認不清面貌、無人招領的官軍屍首吧！雖在世時官兵強盜楚河漢界、涇渭分明，但死後卻同在后土的慈悲下，以枯骨為蛇虺狐鼠的巢穴！

方才一跌腰骨可傷得不輕，一時半刻疼得直不起腰桿，忍不住感慨萬分，想自己年紀也不小了，應當要多小心才是，怎會弄得如此田地呢？

告別了顏總兵，思齊啟程前往歙縣，打算依照文書中的紀錄與線人會合，卻不巧路頭貪看了幾簇桃紅柳綠的景色，加上在酒家歇息時多飲了幾杯，眼下多半是因為天色昏暗，因此走岔了路，不料迷路失道，又碰上了大雨，還好自己趕緊披上了蓑衣，但前後左右周匝盡是一色的霏霏細雨，五步之外，伸手不見五指，真不知該往哪處走才是。

「老伯，你怎麼一個人在這兒，可是受了傷？」只見前方燈火熒煌，亂石崩雲間箕踞著一瘦骨嶙峋的七旬老者，一雙眼睛卻矍鑠非凡，恰似一截窯燒千萬遍卻斷截的頑鐵，仍殘留著寶劍的青鋒，卻被棄置於此處，徒留未完之缺憾。

「你這年輕人，看你相貌堂堂，怎麼不知敬老尊賢，還不快扶我起來避雨。」

思齊忍不住吐了下舌頭，看來這老人脾氣有些火爆呀！但摔了跤又淋了雨，任誰都會惱怒吧！且轉念一想，自己以思齊為名，尊賢敬老乃見賢思齊之事，當下不以為忤，一把將其扶起道：「彼處有一棵大樹，多少可以擋雨，我扶您老上那兒去歇憩，可好？」

待樹下坐定，思齊旋即問道：「老伯，想請問您這是何地，我要往歙縣，需經過一山名白虎崗，可是此處？」

「這哪是什麼白虎崗，白虎崗是距此地二十里左右的山崖，兩旁草木扶疏、路又寬大，每隔五里左右就有酒家可歇息，與此地可是萬分風馬牛不相及，此地名萬鬼坵，當地人又名亂葬崗，專門收納那些無主孤魂，大廟不收、小廟不留的屍首，便都一塊兒扔在此處了！」

「是嗎？那看來我是迷路了！老伯，你是何方人士，也是迷路了才來此嗎？」聞言他忍不住懊惱，看來此夜也只能在此將就一番了。

「我是要前往遼東，只是想在離開前來此處弔祭一位故人而已，年輕人，你要去哪兒？又是緣何緣由得去歙縣呢？」

雖然知道此刻任務艱鉅，但想起之前顏總兵對自己熱切的眼神，深藏在胸懷中的金鯉刀彷彿兀自發熱，一寸寸熨燙著自己的熱血，摸一摸胸口，有種不吐不快之感，於是他低聲道：「老伯，我告訴你一個祕密，我其實是一名官軍，日後要剿滅倭寇，守衛天下太平的！」

「你是官軍？是哪位總兵麾下的？」徐渭問道。

「這是祕密，請恕在下不便告知。」

看這老伯的神色，思齊突然有些懊惱，自己明明就是在顏如龍總兵底下做事，但卻因細作身分不敢明言，看著他的神情，顯然是認為方才自己在胡吹大氣一番。

正當他還思索自己是否該辯解幾句時，這老伯卻起身道：「既然此處與你相逢，也是有緣，咱們就一起喝酒吧！不瞞你說，我以前，也在官軍底下做過事，參與過抗倭大戰，那時的官軍可真是威風凜凜呀！君不聞：『俞龍戚虎，殺人如土。』敬我大明海軍一杯！乾。」

感覺老人原本冷卻的眼神彷彿剎然被點亮了火光，接過酒杯，思齊一杯大口飲下，熱辣辣的氣息，烙鐵似的熱意。

但此時雨勢間歇，「老伯，你說此處被稱作亂葬崗，表示有很多死者囉！這些死去的人，究竟有什麼人呢？」

「可多著呢！有百姓、倭寇、明軍，因為幾十年倭亂下來，死者枕藉，不少屍首都成了無人收的溝中瘠，因為是倭寇，所以不得入祖祠中祭祀，因此那時我與主持此事的大人商量了一下，決議在郊外尋了一處偏遠的僻靜處，安葬這些無主孤魂，還有一些家貧無人認領的明軍們。」

「原來如此。」望著眼前橫斜傾頹的亂石陣，若非這老伯解釋，自己還不知道呢！他忍不住心底一陣感慨，生前誓死兩立，死後卻骨肉相依，自己若在任務未完成前便死了，是否也會曝屍郊外，這樣寂寞地死去呢！

「但除此之外，這裡，還有一個沉睡了的偉大的王者。」正當思齊內心一陣惆悵之際，又聽見聲音道。

「王者？老伯，這話我可就不懂了，你說的王是誰呢？」

然而，此刻他的眼色突然籠罩了一層寒霜，他牢牢盯了思齊一眼，從頭看到腳，又從腳看到頭了一周匝，又看了四下，依舊只有霪雨霏霏、寒蛩啾啾的景色，彷彿自嘲似的輕嘆一口氣道：「走吧！我帶你去看看他的墳墓，你便會知曉了。」

「啊！終於找到了。」

從思齊手上接來火把，撥開荒煙斷草，逐漸照亮的墓碑字句中，他喃喃念道：「道不行，乘桴浮於海；人之患，束帶立於朝。啊！是的，就是這裡了。」

看著這斷截的墓碑，他識字不多，更不懂其意，正當疑惑之際，只見徐老頭低頭，在墓前摸索一番，自土堆中摸出一個鐵盒，道：「啊！就是這個了，上頭寫著徽王二字，小兄弟，徽王，淨海王汪直，你聽過沒？」

「聽過，卻不甚清楚，這天下王不都姓朱嗎？怎會有異姓呢？」

「這你就不知道了，陸地上是一個王，而海上又是一個王，只是這海上的王遭了欺騙，來到了陸地，汪字有個水，是萬萬不能離水的，因此龍困淺灘，最終只能引頸就戮！」

「是誰設此毒計，誘他上岸呢？」思齊驚訝道。

「不是旁人，就是我！」接著呵呵笑了幾聲，但這笑聲卻比哭還要淒厲萬分。

思齊心想這老頭果然古怪，卻又不知該回什麼，於是攙著他道：「老伯，眼下雨勢間歇，我想再往前走走，說不准碰上個村落，就不用露宿荒郊野外了，你要不要和我一塊走呢！我扶你……」

走了半個時辰，兩腿漸乏之時，見到前方傳來火光，再往前半里，原來是一個小村落，思齊尋了一戶農戶，給了幾個銅錢，得了一個放莊稼的空屋暫借一宿，他扶著徐老頭進去後，替他除去鞋襪，鋪了個床褥讓他躺了，感覺整個身子又濕又冷，連包袱也濕了，天色已晚又不便烤火取暖，只得拿了乾布擦乾身子，胡亂吃幾塊乾糧充飢後，稻草堆上倒頭便睡。

農家許早便聽見雞啼聲響，思齊翻了個身，卻聽見一聲聲撞擊聲響，朦朧中，卻見徐老頭手擒一把鐵椎，一雙眼睛圓睜著，奮力便要往額上重戳！

「住手，你要做什麼？」思齊這一見嚇得可不輕，他見過死傷枕藉的情景，但如此毫不留情的自殘，卻是頭一遭！

「五峰兄，我知道你說的是對的，你起義海上，目的豈是稱王封侯，乃是以身為海上長城，也是為我大明保境安民，你說戚將軍那：『封侯非我意，但願海波平』亦是你心中肝膽寫照，我豈會不知呢？」

徐老頭伸出指爪對著虛空胡亂抓了半晌，又道：「我知道，百姓之所以成為海寇，都是迫於生計所然，若是陸地上還有活路，又豈下海呢！你之所以建立義旗，自號淨海王，淨海，掃蕩海亂是也，你目的就是保障百姓安寧，使那些出海謀生的不成為水底波臣，而你之所以願意接受招安，目的也是希望朝廷能開放海禁，使百姓能在明國軍隊的保護之下，遠泛東西二洋，不致受到倭人或佛郎機人殺害！那時與夷人交易的民間商販，船上若非得到你的五峰旗號，無法順利出海經商，但海禁卻是祖宗成法，朝廷不許，我與胡大人也無可奈何呀！」

思齊原本還以為徐老頭不過在說些瘋話，但後頭的話語卻越聽越是心驚，心底想，這五峰究竟是何人呢？居然有那麼大本事，又稱淨海王，看來就是汪直了，只是他不是倭寇首領嗎？為何徐老頭口中，對他卻是敬佩不已，不下戚將軍呢？

而這徐老頭，又是何許人呢？

「市通則寇而轉為商，市禁而商轉為寇，你說這道理，我也是懂得，唉！想當初我與你在獄中煮酒，你提起海防部署與倭寇容易入侵的幾個衛所、沿岸容易成為倭寇淵藪的島嶼，我全都聽得仔仔細細了，你最後說了，你一死不足惜，只有兩個願望望我達成，其一便是取消海禁，准泛東西二洋；另一則是你要尋一個能繼承你遺志之人，將你一生的心血交託與他……我一生對你不起，要是無法達成，豈有面目在九泉之下與你相見呢！」

「我在做什麼？」感覺血痕渲染自己的半邊臉，他吶吶道。

「你什麼都不知道嗎？」思齊問，一炷香前，徐老頭方才止住了一連串的囈語，悠悠地閉上眼睛，思齊找了一塊布巾為他止血，簡易包紮。

「得罪，方才有許多聲音在我腦袋裡鬧哄哄，惹得我片刻不得安寧，那些都是鬼，我只好……劈開腦袋將他們趕走。」

這話說的如煙似魅，配上他略微血絲的雙眼，令人一陣毛骨悚然。

「老伯，你別多想了，你沒有家人嗎？我找人寫封信，送去給你家人，可好？」

徐渭搖搖頭道：「我孤身一人，之前是有個妻子，但是，被我親手殺死了。」

這話音平平淡淡，但卻有股說不出的蒼涼感，思齊不知該說什麼？

「你瞧我這額頭，是不是有一道疤痕。」

見老頭脫下頂上的布巾，露出額上一道斧劈，閃電一般的烙痕，雖然傷痕已癒，卻以蛇蛻的姿態留下一道怵目的傷痕，不禁令人想像最初刀擊的猛烈。

「老伯，你是怎麼受傷的，是讓倭寇給傷的嗎？」

「不是，是我自己拿鐵椎砍的。」

以這傷痕來看，這一椎下去幾近致命，他究竟是什麼樣的人、碰上什麼樣的事？非得選擇這樣激烈的方式自殘呢！

「我這一輩子做過許多壞事，在老夫謀略下，鴆殺無數英雄豪傑，就算一死，也是報應使然，只是，只是仍有心願未了。」說完，自懷中取來鐵盒。

昨日陰雨日暗，尚看不清楚，此時晨光參差中，徐渭以身上的衣裳將鐵盒仔細擦了，卻也奇怪，放在泥土中的東西卻一點鏽痕也無，瞬間精光四射，彷彿一柄刀鞘，露出寒芒的光彩。

他口中吟誦道：「白鷺沙鷗點清江，明月海上共潮流，人生在世豈稱意，明朝散髮弄扁舟。」一面用手指輕輕拂過上頭的字句，接著倏忽轉頭，以慓烈的眼神瞪著他道：「快！你快背起來！」

思齊不禁有些惱怒，本想拒絕，但卻看見徐老頭的眼色，轉眼變得淒楚、可憐，他不免心軟，便道：「老伯，我向來大字不識幾個，你要我背詩，怕是背不全的，如果是我大哥，他比我厲害得多……」

「不要緊，我教你……」

徐渭將詩意解釋了一番，又教了他不少背誦法門，一刻鐘後，竟也背得有模有樣，只見徐渭面露笑容，但臉色卻更加蒼白，他不由得擔心道：「老伯你好好休息吧！別再說話了。」

「不，老夫知道，我命不久矣，年輕人，你心地好，你跟我說，你是官軍，是嗎？」感覺一雙熱切的眼睛望來，思齊道：「是！老伯，你希望我幫你把這個鐵盒，交給一位能征善戰的將領嗎？」

他卻搖搖頭道：「不是，年輕人，我年輕時雜學旁搜，因此一生科場無緣，卻懂得看面相，你額顙方闊、鼻意寬廣，你命在馳騁海上，這命格，有一個名稱叫『紫氣東來』，與那汪直一樣，都是利在海上，不利大陸的，今日，我便將這鐵盒交與你，這裡面藏了淨海王一生、藏匿海上的重大祕密，你好好收著，等日後……」

「日後，找一個忠君愛國的好將領嗎？」

「不！」徐渭的眼睛霍然如火炬，以最後焚燒的姿態道：「找一個海上大盜，讓他闖一番事業，在海上開疆拓土！」

8 景德鎮

那日，李旦在殷德里的主持下，正式受洗成為教徒，這應當是一個新生吧！此後將前往未知的海道，但沒想到卻被告知，他與華宇和幾名傳教士，要乘船前往江南。

「我們要去哪裡呢？」李旦問道。

殷德里指著地圖上兩浙之間的九江口道：「我們要先去景德鎮，你知道嗎？孩子，那裡被稱為天下瓷都，明國出口的瓷器，全都來自於那裡。」

在這座丘陵環繞，有一百多座官私窯場的城鎮，殷德里先雇了車馬至衙門繳交了官方許可的文書後，便在郊外先找了一戶廢棄的院落，打掃安頓。

這是一棟三十多年都無人居住的古宅，殷德里將此地取名為道明堂，自箱子底層取出一個絳紅色的十字架，在屋頂之上立起，一進門中央原本是供奉先祖的神明廳，命人將左右隔間全數打掉，開通作為可容納五十多人的宣道之所，最中央擺上黑檀木所製的十字架與聖母聖子像，左側的廂房則保留作為祈禱室，而後方則作為教室與臥室，當布置大抵底定後，殷德里開始為他和幾名孩子授課，一幅巨大的海圖懸掛粉牆上，小几上擺著黃銅所製的地球儀。

箱子裡，則放著一只能將所有事物放大的圓鏡子、依照人體比例的骨架、玻璃罐中放了許多不同色澤的粉末，還有細膩的素描插畫多幀，這些，都是教士親手所繪的手稿。

全都安頓好後，教士開始授課，有佛郎機語、神學、基礎化學、幾何學和生理學，李旦雖然毫無基礎，但他天資聰穎，經過幾日的學習，程度已大致能追趕上其餘的同伴。

空閒時日，他們便會去旁邊的土地耨草、整地，撒下遠方帶來的種子，生長出小小的綠苗。

附近的人多半對他們敬而遠之，李旦也明白，在大多數的明人心中，洋鬼子著實怪異，加上沿海寇亂層出不窮，多少都會將這筆帳算到他們頭上。

他曾經問過：教士不會生氣嗎？但殷德里只是搖搖頭道：「孩子，我們都是罪人，只有真正地信仰真神，才能得到救贖！」

一日，李旦和華宇兩人提著水桶，去外頭挑水時，卻見一個年齡相仿的孩子，藍染短衣，在門外張望。

「你有事情嗎？」

然而他一開口，那人便扭頭跑得不見人影。

挑滿水桶內的水，又幫華宇將水桶的水給裝滿，華宇年紀雖小，但做起活來已經駕輕就熟，只是身子還有些瘦弱，因此李旦擔心他力道不夠，道：「你要是累了，就歇息一下不要緊。」

「我知道的，哥！」華宇道。

孩子彼此間都以兄弟相稱，李旦也樂意多個弟弟照顧，畢竟思齊離他遠去，心中思念有增無減。

回程的路上，前方一名和華宇差不多高的男孩走來，青藍色的布衣，背上背著一筐高嶺土，埋頭往前走去，此時，李旦身後一群小孩跑來，堵在路中。

「又要幹麼？」那男孩抬起頭道。

最中央的男童身形高大，他指揮著手下將石頭擲去，但對方早有準備，雖然背上是極重的土筐，但他很快閃過迎面而來的飛石，接著自懷中掏出幾塊事物丟去，流星般的銀芒破空而過，順利地砸中一個男孩面門，額頭見了血瞬間哇哇大哭，其他人也慌了，站立一旁顯然不知所措。

但戰局瞬間扭轉，為首的男孩一整個撲來將他撞倒，以野狗的姿態跨騎在他身上，握起拳頭正要猛揍時，卻硬生生地停住在半空中，一轉頭，有人拉住了他，那是李旦。

「你們這麼多人打他一個，勝之不武。」

「干你什麼事呀？」那男孩爬起，握緊拳頭正要回擊時，卻一整個飛撲到前方，收勢不及跌了個狗吃屎。

原來是當他一拳揮來時，李旦借力打力，順道絆了他一腳。雖然拳腳功夫不似思齊那樣凌厲，但畢竟耳濡目染，對付一般的流氓地痞是不成問題的。

他掙扎起身，卻動彈不得，原來李旦趁機一腳踩在他後背上，連續好幾次掙扎，但臉卻始終貼在泥濘上動彈不得，只聽到耳邊傳來一陣沉沉的聲響道：「你乖乖離去，我就放你起身。」

他不甘心地點點頭，起身，原本還想再打，卻怯怯有些恐懼，躊躇了幾下喊道：「你有種莫要跑，老子之後再找你算帳」這類的廢話後，轉身逃跑，那幾名孩子見為首的那人逃逸後，也紛紛逃散，一人還不忘轉頭罵道：「番婆，滾回海上去吧！」

「那是燒窯失敗的窯片，所以才會有顏色。」當李旦好奇地撿起方才丟人的石片，端詳一番時，聽見聲音道。

他以為這是一名較瘦削、嬌小的男孩，沒想到卻是個少女。

「你沒事吧！」李旦關心道：「你背上的東西真重，我來幫你吧！」感覺她背上被繩索勒出兩條壓痕，一個與他差不多年歲的女孩，卻要做這樣的苦工，令他感到不忍。
她搖搖頭道：「不用了。」
他注意到她有一雙和常人不一樣的眼睛，是很深很深的藍，海水的顏色，還夾雜了一點點淡灰，她髮色也有點不大一樣，雖然她戴著頭巾，但在方才的攻擊下，露出了一截蜷曲的頭髮，日光之下像是蒸熟過的酒麴般，散發蜜釀的酒紅色。
她的五官，有幾分像是佛郎機人，李旦忽然想起，她似乎就是出門時在門口見到的那名探頭探腦的孩子。
「這些人跟你有什麼仇恨呢？為什麼要欺負你……」
「他們哪裡能欺負我，我也不怕，我隨身都帶著窯燒破裂的瓷片當武器，他們敢打我，我就要他們好看。」
她身子頗瘦弱，不過才到李旦的肩膀，口氣卻這樣好強，只見她臉頰和手臂上大大小小傷疤，新的舊的，令人心疼。
「你要是傷口痛，可以去我們那兒，殷教士在山丘下租了一棟三合院瓦房，裡頭有藥材可以為你治療，我早上看到的人就是你吧！你是不是對佛郎機教士有些好奇呢？還是想要了解什麼？」
她有些不高興，眼眉一挑道：「你這人也很奇怪，明明就是個華人，為何卻和那些洋教士混在一塊呢！」
李旦挑起了水，一面走，一面為她說明自己的遭遇，從倭寇屠戮到被教士收養，或許是自己悲慘的遭遇著實令人同情，感覺她的臉色和緩了一些道：「我叫青蘭，父親是佛郎機船醫，據爺爺所說，船隊至此來購買大量的青花瓷，當時正好爺爺生了一場怪病，大夫束手無策，那名船醫以奇特的醫術治好他的病，為了答謝他的恩德，母親在天主的見證下嫁給了那名船醫，後來母親便有了身孕，他承諾日後會回來找母親和我，卻一去不返。」
差不多此時，青蘭停了下來道：「好了，我家到了。」她指著眼前紅漆大門的深門大院道：「這是弘窯，我爺爺便是在這裡擔任窯燒工人的，謝謝你今日救了我，日後你要找我，只要來這裡說要找我爺爺李弘，或是找李青蘭，便可。」

9 蘇麻離青

那日夜晚，一陣急促的敲門聲驚醒了李旦，打開門卻見青蘭濡濕的臉龐哭泣道：「不得了了，窯廠裡發生大事了，快來救人！」

殷德里也聽見了聲響，走向前道：「孩子，你先別哭，能否告訴我，發生了什麼事情？」

「我也不甚清楚，但酉時經歷了一個多時辰的高溫，爺爺與其他的工人原本打算將描繪好釉料的瓷器放入其中窯燒，但不知為何，才一放入便傳出一陣炸裂的聲響，我原本睡著了，聽見聲響後跑出去一看，只見半個窯都被炸坍了，地上都是火苗子，和燒得通紅的碎瓷，工人師傅都在地上哀號喊疼，其他人都連忙跑來撲滅火勢，扶起受傷的人，也有人去請大夫了，但是，但是我看爺爺疼得厲害，身上被瓷片割出好幾道傷口，想起佛郎機的大夫十分厲害，因此，因此就趕快跑來……」

「我不是真正的大夫，因此可能幫不上什麼忙，不過，倒是可以做一些簡單的燒燙傷護理。」說畢，便提了裝有醫療器材的黑色包包，李旦提著煤油燈，三人往土丘上前進。

還未到窯場，便可見到幾十人紛亂雜沓，不少人提著水桶滅火，遠看火勢似乎並不嚴重，因此得到控制，只是多數人都受到一定程度的燒燙傷，推開大門，原本擺放在架上的粗胚和窯燒好的瓷器都碎了一地，無法分辨，李旦小心翼翼才不至於腳被扎出鮮血，布滿塵土的地面上不少人渾身汙泥地坐著，發出一陣陣哀號聲。

「爺爺！你沒事吧！」青蘭眼眶含淚，朝著一名臉色潮紅、頭髮半黑半白的佝僂老翁跑去。

窯場的工作十分辛苦，窯燒工人與繪飾師傅都得四、五個時辰待在窯場之中，因此都會患有眼疾或是肺癆，青蘭的爺爺看起來已是知命之年，卻仍在此處工作，不禁令人感到一陣艱辛。

殷德里隨即上前診治，端詳了半晌道：「你爺爺身上有四、五處燙傷，要快速以清水降溫清潔，其他燒燙傷的人也都要如此辦理，依照患部面積大小，決定診療先後順序。」

「理查德？」老人的一隻眼睛受了傷，半瞇著眼睛睜不開，僅用另一隻半瞇的眼睛盯住他道。

「爺爺，你在說什麼？他是佛郎機的教士，不是那人。」

青蘭的爺爺看著他，依稀有一種恍如隔世感，半晌才默默地點了頭，道：「對不起，我認錯了人，我是這裡的領班李弘，多謝你了。」

「不會的，你的眼睛受了傷，讓我看看！」殷德里讓李旦高舉煤油燈，仔細地對準李弘的眼睛，立刻道：「瓷器的碎粒扎著了眼球，要立即用大量、煮過的水沖洗，千萬不可以搓揉，否則會有視力損傷！」

青蘭依言去取水，李旦先幫忙扶起李弘，靠在牆壁上，接著殷教士陸續為其他人檢查，雖然傷者甚多，但多數人患部面積並不大，都屬表皮的燒燙傷，李旦依照教士的囑咐，挑來煮沸後的飲用水，加些許食鹽用來清潔傷口，又在患部上覆蓋清潔日曬過後濕潤的毛巾做護理，經過緊急降溫與簡易包紮的處理後，傷口已經減緩。

窯場原本就是與祝融為伍之所，此刻已有學徒取來雲南白藥，協助傷者在患部進行醫治，殷德里對這個草藥感覺十分有興趣，取了一些聞了聞，之後收了一些起來，又見原本磚頭所砌的已然坍塌了半邊，以窯口為軸心，地面上散射著一堆碎石瓦礫。

「方才究竟發生了什麼事情呢？這裡看起來，就像是被火銃炸過一樣？」殷德里問道。

這樣的景象，李旦並不陌生，他曾經看過八幡船射擊的景象，雖然現在已經消散，但一進入室內，他便感覺到一股硝煙的氣味。

「我也不知道怎麼回事？我帶著徒弟們在窯場趕工，主要是因為接了一筆大生意，得在期限內繳交貨品，為此，我們窯場自是上下不敢懈怠，卻沒想到今日卻出了這等事。」

「滾開！」突然他聽見一聲叫喊，青蘭原本去盛水，卻在門口大喊一聲，逕自拾起地上碎瓷奮力丟去，流星似的銀芒劃破黑夜轉瞬不見蹤影，但她仍不甘心，一雙眼睛緊緊地盯著外頭一片闃黑，那虛不可測的鬼魅。

「怎麼了？」李旦上前道。

「我看見了，慶窯的人。」

只見教士對他招手，示意他離去，眼見多數的人都得到了緊急照護，似乎也不需要繼續留在此處以免妨礙眾人休息，便隨著教士離去了。

殷德里還記得那是他七歲的時候吧！他的父親是一名煉金術士，在一個幽暗的實驗室之中，書架上擺著古老的書籍和各種動物的骸骨，桌案上各種玻璃瓶裡裝著銅綠、赭紅粉末，還有各種礦物、植物標本。

父親屬於一個神祕的集會：道明會，道明會是由一群對真理充滿熱情的煉金術士和天文、物理學家組合而成的，背後出資者是一名公爵，他每年給予優渥的資助，並對道明會的眾人提出各種不同的要求。

而公爵對父親的要求，便是能夠窯燒出和東方一模一樣的青花瓷。

他曾經在飄洋過海的木箱子中，看見端放在中央的一只蟠龍青花天球瓶，那渾圓的瓶身，像極了先知哥白尼所提的地動說那樣腳下渾圓的球體世界，而那逆時針呈現流動S型的青龍則彷彿要破空而出般，扭動著三爪與圓睜的怒目，使他驚歎不已。

那時，青花瓷仍是貴族才有資格享有的奢侈品，但為了找出青花瓷的奧祕，父親一鎚將青龍撞擊了粉碎，以放大鏡仔細尋找斷片碎裂的紋路、粉末。

那個月，父親一共敲碎了五個天球瓶、四個碟子和一個僧帽壺，但是不論怎麼嘗試，父親總是沒有找出最合適的配方，窯燒出來的瓷瓶，不是太軟，就是太粗糙。

父親的弟弟，也是道明會的煉金術士理查德，決心要去古老的東方古國，尋找中國瓷的比例，他搭上了一艘名為向日葵號的大船，但再也沒有回來，他彷彿被抹煞在可見的地平線一般，那時，雖然眾人已經能接受足下的土地是一個球體，但畢竟誰也沒有真正見過，世界的盡頭是虛無的飛瀑還比較容易引人想像，有一段時間，理查德就是一個行駛到畫框外的存在，整個身影被抹滅在道明會的紀錄之中。

父親過世後，懷抱著未能解答的疑惑，和研究青花瓷徒勞無功的負債，走入了土地的呼吸裡，小小的殷德里沒有別的選擇，進入了能供應衣食的教會生活，最終以優異的神學表現成了耶穌會教士，乘上海后號，前往那充滿暈染青藍水墨的國度，除了打算傳播上帝福音，還有，便是繼承父親與叔叔未竟的遺志，找出青花瓷的奧祕。

經歷四百三十八天的航行後，他先來到了天竺，在這裡學習了漢文和中國習俗的一些相關知識，一方面等待耶穌會同仁與明國的洽談，為前往明國做準備，等到時機成熟時，便前往明國，海后號上除了他之外，還有另一名傳教士湯瑪遜，兩人也都同屬於道明會的煉金術士，而湯瑪遜的目的是要前往日出之國——日本。

當李旦走入書房之中，只見殷德里左眼上正戴著一個單片眼鏡，几案上擺著數片瓷片，李旦注意到，這是昨日來到弘窯現場，地面上與瓦礫混在一起，自窯內撞碎的瓷片。

「教士，請問您發現了什麼嗎？」李旦好奇問道。

殷德里示意他往前，將一片瓷片的裂口放在他面前，以指尖刮出一些薄薄的粉末，李旦吸了一口，硝煙的氣味，瞬間令他想起不快的回憶。

「這是硫黃，精煉後能製成火銃之中的炸藥，以發射彈子。」此外，他又拿了一個玻璃小碟，上頭塗了一層薄薄的草藥，道：「這是昨日帶回來的雲南白藥，我將其混水再透過紙張的透析，發現裡頭竟然含了一種會造成灼傷的礦物，碳酸鈣。」

「那是什麼？」

「你們這裡，好像是叫做生石灰。」

一走出門口，便看見青蘭正在門前的柳樹間踱步，見他走來，對他招了招手。

「你來得正好，你爺爺和其他的工人都擦了雲南白藥嗎？方才教士發現了裡面加了生石灰，千萬別再擦，只會使灼傷越來越嚴重的。」

青蘭皺眉道：「怪不得……」

李旦注意到，她的眼睛是紅的，像是哭過，趕緊道：「我去和教士說一聲，一起去看看大家的狀況。」

「我懷疑，是慶窯下的手。」青蘭似乎對佛郎機人有些畏懼，走在殷德里身後隔著七、八步的距離，挨在李旦身邊，見前後無人，便低聲對他道。

「慶窯？」

「慶窯的老闆祖上，與我們弘窯的先祖原本是一對兄弟，後來因細故分家，由於兩家在窯燒技藝上不分軒輊，生意上屢有衝突，彼此互相爭奪、傾軋，據聞有一年弘窯接到一筆窯燒素面白瓷的訂單，釉料卻遭慶窯掉包，還好那次因禍得福，反而窯燒出冰裂般的細紋，得到海外貴人的讚賞，反而得到了大筆訂單，從那次之後，我們弘窯對於釉料成分的掌握，都列為不傳之祕，除了避免技術外流外，也是避免有人藉機陷害，誰曉得昨日又發生這樣的意外。」

「原來如此。」

「我聽爺爺說，我們弘窯之所以可以窯燒出青蘭祕色的青花瓷，就是因為我的父親，離開之前，給予了新配方的蘇麻離青，這種釉料塗在胎底上，就能產生冰晶似的裂紋，水墨渲染的效果，如玉色青空，也就是那一年，我們在品質上開始超越了慶窯。」青蘭口中不無驕傲道，接著轉頭對他道：「你知道釉料中有多少變化嗎？深青、海水青、鴨蛋青、象牙白、銀白和琥珀色，但青蘭是釉料中最祕色、也是最難調製的一種靛藍，因為此色除了靛青色外，還得透過澆、淋、浸、刷等反覆的好幾道功夫，一層又一層地上釉，使燒製後的瓷器呈現羊脂白玉的光澤，因此爺爺才替我取了這個名字。」

當殷德里再度走入房裡之時，感覺李弘另一隻未受傷的眼睛，升起青藍色的海霧，眼神像是穿透了這名黑袍者，回返了數十年前的一個下午。

那時，他只是弘窯中一名負責手繪的師傅，日日夜夜，在高溫火焚下，凝視著滾燙的火爐。

妻子難產，只留下一名獨生女兒，十三、四歲，白淨的臉皮，細瘦的腰枝，女兒和亡妻生得很像，他一直想著有朝一日，女兒能招贅個和他一樣窯場工作的小夥子，生幾個胖小子，到時自己要燒一個一人高的百子圖青花天球瓶，慶賀李家長命百歲、福澤綿延。

然而，意外卻來得如此猝不及防，數日的晚歸後一早起來他感覺異常地疲倦，身子乏力便是一陣寒熱交替，冷時如落地獄，熱時如沸油鍋，閨女嚇得不輕，求助了大夫卻是藥石罔至，閨女在菩薩前喃喃祈求，若有人能救我父命，民女願為其僕妾、為其牛馬，在所不辭。

於是，眼球宛若青花天球瓶的男子出現了，理查德，穿著黑袍的洋教士，讓他服用了一種名為奎寧的藥物後，他竟漸漸恢復了健康，這男人似乎對青花有深深的著迷與眷戀，可以一日在房裡十個時辰研究瓷胎與釉料而不疲倦。

數月後他乘船離去了，留下一罐新配好的蘇麻離青，還有閨女肚子裡的孩子。

沒有三媒六聘，只有按洋人的法子，十字架前披著白紗代替蓋頭，彼此互許終身，他是半句洋文都聽不懂，只能看著這滿頭蜷曲褐髮的佛郎機人，牽著自己閨女的手，為她套上了鑲有珍珠的戒指，之後閨女生下一個寶石般蜷曲紅髮、眼色如青花的女孩兒，那時，理查德已經離開了，閨女哭泣著，原本想要把嬰兒給溺死的，但他考慮了半晌還是拒絕了，他說：菩薩不會同意的。

閨女就這樣哭哭啼啼的，將孩子給生了下來，理查德說過，三年後他就回來，小孫女兒牙牙學語了，理查德沒有回來，下一個三年又過去了，小孫女開始識字洗衣裳了，但理查德還是沒有回來，又下一個三年過去了……

孩子的爹依舊音訊杳然，期間，閨女受盡了村人的白眼與碎語，有一天，留下了孩子之後再也沒見著她了，有人說她投了井，但更多是說她淫奔了，而他只能將目光投注在熊熊的窯火之上，以理查德留下的蘇麻離青，用鼠鬚筆白描勾勒，窯燒出炫目神采的各色青花來。

「這幾日你們窯場裡的雲南白藥就別再使用了，我帶來了治療燒燙傷的新藥，將這個藥膏覆蓋在傷患處，一日兩次。」殷德里自漆黑的手提箱裡取出一小罐青花瓷罐道。

青蘭走來將藥瓶接過，為了預防又被摻入有毒的物質，她決心要好好保管。

「多謝你了！能否請你為我看看眼睛？我這眼睛是否能康復！」李弘道。

以指尖微微撐開他的眼皮，李旦幫忙提著煤油燈立在一旁，方便殷德里觀察眼睛的狀態，他仔仔細細地看著那一隻略帶血絲、有些灰白的眼球道：「應該是因為炙熱的灰塵碰觸到了傷口，使得眼結膜的部分有輕微的灼傷，但主要視力退化的問題，應當是因為長期在高溫的環境底下工作，因此造成了眼部病變，很遺憾，沒有方法可以徹底治療，必須充分休息，不然可能會有失明的危險。」

「怎麼會這樣！爺爺，你千萬別再勉強自己的身子了。」青蘭自幼與祖父一起長大，聽完擔憂道。

「很抱歉，目前我只能提供的治療可能作用不大，但我可以給你這個！」接著自黑箱內取出一個手繪畫片，耶穌被釘在十字架上，頭上戴著荊棘皇冠，而上方小字則寫著：我的父親哪，若是可以，求你不要讓我喝這苦杯！可是，不要照我的意思，只要照你的旨意。

「如果你有任何需要的時候，就向上帝祈禱吧！只要你虔誠祈求，我主必定回應。」

李弘伸出巍巍顫顫的手，接住了畫片，放在離自己一掌心不到的地方凝視了許久，接著起身，青蘭趕緊扶住他，他來到斗櫃前摸索了一下，在一個漆盒裡拿出了一張泛黃、邊緣略為破損的畫卡，那是一張受難圖。

殷德里看著如此相似的兩張畫片，悠悠道：「理查德是我的叔叔，當初他會來此，就是為了探尋青花的祕密而來的，只是他後來再也沒有回來了，據那日返回同船的海員道，應當是經過非洲大陸時染上了瘧疾，因而死亡。」

青蘭聽完身子忍不住開始顫抖，雖然她對這從未謀面的父親沒有任何一點情感，但是當確認死訊之時，一顆心仍是忍不住激動不已。

她抹著眼睛喃喃道：「原來我沒有被拋棄了，爸爸他……只是因為再也回不來了！」她哭得眼淚鼻涕都流了出來，正覺得掌心濕滑之際，卻有人貼心地遞上手絹，朦朧中她道：「多謝。」

李弘又道：「我這眼睛，是不堪用的，但我擔心的是期程的延誤，旬日之後，我們弘窯便得繳交一批青花瓷與閩地的商人，以漕運的方式送入月港，若是延誤了期限，得付十倍的罰金，眼下時日快到了，但前日的爆炸卻使原本預計出廠的青花瓷付之一炬，眼下該如何是好呢？」

「爺爺！讓我成為你的眼睛吧！我幫你在胎底上繪畫。」擦乾了眼淚，將手絹還給李旦，青蘭道。

「你！這可不成……窯場是不能讓女人進來的！我……我可不能破例！」

「不要緊的，爺爺，你若信得過我，我也可以幫忙。」李旦道。感覺教士對青花瓷充滿濃厚的興趣，或許這也是一個良機。

「但除了這個之外，還有一個最為嚴重的問題，就是當初理查德給我的蘇麻離青釉料，已經不夠了。」李弘道。

「你身邊還有剩餘的釉料，可以讓我看看嗎？」

在李弘的指示下，自床底下一個陳舊的木箱子裡，取來一個瓷器的小罐，裡頭放著細緻的粉末，殷德里聞了一下道：「我拿回去化驗看看，說不定可以配出蘇麻離青，但是我需要明白瓷器胎底的比例為何，才能有充足的把握！」

「這……是我們弘窯的不傳之祕……」

「我了解，但此刻正是非常時期，無論如何都無法破例嗎？」

李弘斬釘截鐵道：「你……你和理查德一樣，來到這裡一開始假情假意，卻都只想探聽瓷器的祕方，要我將這祕密說出，卻是休想！」

「爺爺！」青蘭見狀拉著李弘的衣袖道。

殷德里起身道：「老師傅，敢問蘇麻離青，可是明國或景德鎮所產？」

李弘一時語塞，不知如何回答？

「蘇麻離青又稱回青，乃是波斯所產，我們道明會自遠地而來，除了帶來真神的福音，拯救陷溺的靈魂之外，還有一個目的，便是文明的交流，回青既可在景德鎮發揚光大，那為何瓷器的製作不能回傳至他國，以碰撞出更強大的技術與文明呢？我們渡海航行，目的便是如此！」

李弘不語，只是扭頭道：「我身子不舒服了，青蘭，送客！」

「那就告辭了！」殷德里領著李旦道，但李弘沒有轉身，青蘭的面色有些尷尬，但殷德里卻不以為忤，因為他能感覺到，這個老人身上有太多的情緒，並不單單是針對他一人而已。

10 藍田日暖玉生煙

沿著迂曲的山徑一路向上，當來到弘窯前的四方形院落，李旦正打算敲打門上的銅環之際，那絳紅色雙扉卻自己開啟了，只見青蘭從裡頭走來，一雙眼睛紅腫。

「糟了，爺爺他剩下的蘇麻離青，被偷走了！」一見李旦她便道。

「怎麼會這樣呢？」

青蘭恨恨道：「我之前就在想，窯場不明爆炸，雲南白藥中又被摻入石灰，一定是有內鬼，果不其然，爺爺底下的大弟子周大方領了一批弟子離開，投靠了慶窯了！」

「怎麼會這樣呢？難道又是……慶窯下的手？」李旦有些驚訝，雖然他不大清楚事情的前因後果，但在此種緊要關頭，竟然發生這樣的事情，忍不住令人驚訝於慶窯的心狠手辣。

「那還用說嗎？只是……我真的不懂，爺爺一向把周叔叔當成兒子一樣來看，還有意將衣缽傳給他，為什麼周叔叔會做出這樣的事來，眼下爺爺的心情糟透了，而且我能感覺，他的眼疾又復發了！眼下此種狀況，我真的不知該如何是好？」感覺青蘭眼眶泛紅，帶點泫然欲泣的神情，李旦卻不知該說些什麼安慰之詞才好，正當思索之際，青蘭抬頭問道：「對了，你怎麼會來這裡？」

「喔！我是替教士送東西來的，這是他要我給你爺爺的。」李旦自懷中掏出一個玻璃燒瓶道。

「這是什麼呢？」

「改良的蘇麻離青。」

望著地面上擺放著大小、高矮不一的素面瓷胎，像是未出生的胎兒，正等待著女媧摶土為人的巧手，點綴出丹霞似的青花釉於其上，李旦道：「雖然教士已經調配出最新的蘇麻離青，但效果如何？還是得經過實際窯燒過後才能知曉，畢竟教士並沒有真正的施與釉彩、窯燒過，只是在之前研究的紀錄基礎中，調整了鐵與錳的比例，能否燒出祕色，仍得視施釉者的技藝而定。」

「那……如果還是無法燒製出來呢？」青蘭的聲音有些乾啞，或許是因為這段時間她已經經歷過太多的變卦，使她內心在思索時，自然而然呈現出最糟的狀況。

「這……我也沒有辦法，但，再怎麼樣總是要嘗試一下才知道。」

「那好，我去和爺爺說一聲。」

約莫一炷香之後，李弘半駝著身子走了出來道：「小兄弟，多謝你了！」他一隻眼還覆蓋著紗布，手上還擒著一枝畫筆，先是略微顫抖地一拜，李旦趕緊向前扶起說了聲：「切莫如此，萬不敢當！」

李弘起身道：「不！我已經仔細考慮清楚了，麻煩你去請殷教士過來吧！都這個時刻了，老朽如我，也願意將自己微薄所知全盤告知了，畢竟旬日後就得交貨，而且，釉料的調配與瓷土的比例上有著緊密的關係，稍加一有個失誤，窯燒的作品便失敗了，要是所有的瓷土最終都得全部敲碎了丟到慈溪裡頭，咱們弘窯非破產不可了，都這個生死存亡的關頭，還有人願意施以援手，我又豈敢藏私呢！拜託你快去請教士來吧！」

「更何況……」李弘嘆了氣道：「殷教士所說的道理，我怎麼會不了解呢？因為他所說的話，就和幾十年前，青蘭的父親對我所說的話，幾乎是一模一樣。」

約莫一個時辰後，殷教士已經來到了弘窯前，只見多數的素胎瓷器上的花色紋底，大體勾勒完畢，而青蘭正拿著畫譜，針對細節部分做細膩的勾勒，見此情狀，李旦也道：「若你有需要，讓我來幫你吧！」

「你會畫畫嗎？」青蘭斜睨了他一眼道。

「是不大會，不如，我替你磨個墨吧！」

只見兩人並坐在一塊兒，燭火搖曳下，專注地看著泛黃的畫譜，中央兩個條凳間，放著一個膝蓋高的、紋路暗沉黝黑的檜木箱子，李弘將上頭的麻布掀起，彷彿坐缸的肉身菩薩，暗紅錦布上襯著冰肌玉骨的三爪蟠龍天球瓶，瓶身中央的青龍一雙眼睛渾圓靈動，扭動的身軀彷彿要撞破瓷瓶飛升而出，然而，卻見瓶口放射出一個半月形的破損，令人想到朗朗蒼穹上的缺月不得不之憾。

李弘的口氣略帶自豪道：「這就是我初次窯燒出青蘭祕色的天球瓶，但是在取出過程中，不慎撞傷了一個口子，原本我們在窯燒搬運時，都有可能出現一些人為失誤，因此，我們原本就會習慣多燒出一些瓷器作為備品，那時想反正也無法販賣，正好作一個紀念，我花了些銀子，這個自帶殘缺的天球瓶留下。」

接著他將放在腳邊的木箱子打開，取出裡頭兩個陶罐，打開指著裡面的粉末道：「這個黑色的陶罐，裡頭的是產自高嶺的瓷土，而白色陶罐中淡黃色的粉末便是糯米土，要窯燒精美的瓷器，關鍵點除了火候，就是高嶺土與糯米土比例。」

接著自懷中取出一個包裹的錦帕，打開之後是碎裂如拼圖的瓷片，殷教士趕緊自口袋中取出一個放大眼鏡戴在右眼之上，隨著李弘的指畫觀察瓷器的斷裂處。

「最後則是二次窯燒，我們弘窯的瓷器，能做到：『白如玉，明如鏡，薄如紙，聲如磬』，就是因為加入了一部分窯燒失敗後磨成的細粉，再次窯燒過後，瓷胎便會明如初雪。」

當再度睜開眼睛，已是天色熹微，李旦揉揉眼睛感覺一點疲憊，起身，才發現身子上蓋著一件百衲被，不知是教士還是青蘭幫他蓋上的，一夜未好好就寢感覺全身仍是倦怠不已，隔著竹簾縫隙間，此刻已經不見李弘老師與教士的蹤影，不知兩人是否已經討論完畢？

就在此時，他聽見腳步聲，只見教士從另一個方向走來，他雖一夜未睡卻仍步履從容，臉上未顯倦色，一雙眼睛仍是澄淨如水，將手放在他肩上道：「孩子，今日辛苦你了，事情已經告一段落了，我們回去吧！」

「已經調整好做恰當比例的蘇麻離青嗎？」

「不知道，只能說，一切都是真神的旨意。」

回到屋舍裡，華宇盛了水讓教士洗過臉後，他便又點起煤油燈，在桌案前拿起鵝毛筆，將方才的手稿一字一句地整理在羊皮紙上，他難道不會疲倦嗎？李旦忍不住疑惑，但自己可真是不行了，一碰上竹簟，便又睡得不省人事了！

等再次清醒之際，已是晌午，他不願睡太久趕緊起身，去後頭端了一盆水來洗漱，此刻他才想起教士一整晚都未休憩，輕手輕腳地走至書房，只見燈火已然熄滅，教士應當已經去休息了，這時，只聽見華宇聲音道：「李旦哥哥，外頭有人找教士。」

「教士應當才安歇沒過多久，先別打攪他吧！讓我出去看看。」

方才往門外走去，便看見青蘭踱步來回的身影，靠近之時只覺她臉色有些蒼白，令人想起未上釉的素色胎底，此次窯燒的結果究竟如何呢？她究竟是來傳達好消息或是壞消息呢？

黃梨木長几上，青蘭先將自己手上靛青色包袱取下，裡頭是桐木所製的盒子，揭開上頭蓋子，自秋草唧唧間，一隻、兩隻螢火緩慢繚繞、蛟人眼珠子晶瑩剔透出冷澈的光彩、寂寂間青色的蓮花以一花開五瓣的方式參差自開自落、以及一條潺潺秋水纏結出小橋人家……

那是一對三秋杯，一個鯉魚紋淺碟，一只蓮花溫酒碗，和一盞富春山水的仿宜興壺。

「請借鐵壺一用。」青蘭道。

李旦自廚房取了來，依照青蘭的指示斟入井水燒沸出綠螘般的細末後，青蘭自懷中取出竹筒，微微在宜興壺內撒入拇指一撮的茶葉梗子，注水之後，瞬時，一股淡雅的茶香如山水卷軸般迢遞而出。

她又將茶湯緩緩斟入三秋杯中，整個動作洗練且優雅，真難想像，平日看起來男孩子氣的她，做起斟茶倒水，竟絲毫不輸給大家閨秀般。

「孩子，這是你爺爺用我所調配的蘇麻離青，新窯燒的成品嗎？」

不知何時殷德里已然醒了，依舊一身黑袍神色從容，自門後走出道。

「沒錯。」

殷德里將三秋杯取來，對著窗櫺透光處仔仔細細地轉了一圈道：「這三秋杯果然輕薄如紙，光線透過茶湯色澤依舊清澈如琥珀，李弘老師傅數十年來的功力，可真是令人佩服。」

青蘭點點頭道：「這色澤，比之前所窯燒出來的祕色還要深靛卻輕透，爺爺稱之幻色，亦為窯燒出前所未見的美麗色澤，取名為藍田青。」

「那……這樣，是否能滿足閩商那邊客人的需求呢？」李旦問道，畢竟是接受訂單，無論青花色澤美觀與否，重要的還是是否能滿足客人心意，順利交貨。

「這……爺爺已經派人送了一箱樣品去給接頭人了，明日一早，就會有結果了！」

如此一來，事情看來還是未脫離險境，如此一來，李旦一顆心又沒來由地緊張起來。

「但，不管結果如何，我還是非常感激你們……」青蘭趕緊一整個彎身鞠躬道，李旦趕緊回禮。

「青蘭姑娘，你不用這樣說，其實一切都是神的旨意，老實說，我也很感謝你爺爺。他在最後時刻如此相信我這個來自海另一端的化人[7]，讓我有種難言的欣喜。」

「不！我真的很感謝你們，說句實話，我已經很久沒有看過爺爺這麼專注的神情了，他還說了，以他在這行長久的敏銳度，藍田青必定可受顧客的喜愛，而且，就算不論那點，我能感覺到，身為一名專業的窯燒師傅，爺爺一定充滿成就感吧！能窯燒出前所未見的幻色，啊！對了……這是我祖父用您研製而成的蘇麻離青燒製而成的，請我一定要親手交給您，爺爺原先要親自來的，但他真的太累了，好幾天都沒好好闔眼。」

打開栗色的小布巾，只見手掌大小的淺碟上，中央繪飾了聖母瑪利亞抱耶穌的圖案，周圍以葡萄葉裝飾，最上方則是雕花的十字架，主要構圖，與殷德里用以宣教的畫片並無二異。

殷德里感到一陣感動，忍不住道：「多謝，請你轉告他，這是我此生至今，收過最珍貴的一件禮物了。」

當青蘭離去，李旦送她至門口，她突然轉身，半個身子正巧隱沒在陰影處，但仍看出面色有些忸怩，道：「我也順便燒了一點東西，就是不知道你想不想瞧上一眼。」

「沒想到你也會窯燒，不知道是怎麼樣精緻的物品，想必一定是珍品吧！」

「不算什麼珍品，不過是胡亂做一通罷了，你要是和爺爺做的相比，那可天差地遠的。」

說完，自懷中取來一個帕子嚴實裹著，揭開之後，是一個細細長長水滴狀的東西，青蘭咻一下滑開，裡頭恍若銀白的魚肚一下子刺痛人的眼膜。

「我送你一柄青瓷製成的匕首防身，這是我自己燒製而成的，它的體積很小，且外表看起來，就是一個裝飾的器皿，不易被人給發現，但你無須擔心它的堅韌度，它可是利得可以割開一隻雞的喉嚨。」

---

7 化人：華人稱一心要使每個人皈依上帝的西班牙神父。

「謝謝你，只是，為什麼你要送我這個東西呢？」李旦問道。

「你這人就是這樣，都不曉得保護自己，咱們此處的人，都不喜歡佛郎機人，你常常在教士身邊，行事也得小心些，這匕首你要是喜歡也罷，不愛也不打緊，反正死活不干我的事。」

「不，謝謝你！老實說，我從來沒有見過這樣美麗的東西。」李旦真誠道，青蘭的性子就是這樣，這段時間的相處，他能感到這姑娘的口是心非，伸出手，只見劍鞘繪著一只曳著長尾的鳳凰，乍看真像一節鈷藍色、冷卻的火焰，抽起一看，一陣細微、撞擊空氣的龍吟聲，他記得記憶中，顏總兵，也有一柄異常美麗的匕首。

而他的弟弟思齊，也一直很喜歡那把匕首。

此後青蘭開始到道明堂，與李旦、華宇一同向殷德里學習佛郎機語、幾何學、神學和一些西學知識，或許是因為她有著佛郎機血統的原因，她的悟性極高，天生的語感也十分靈敏，很快便學懂基礎的佛郎機語，不過短短的時日對話能力便與李旦並駕齊驅。

「你學得真好，看來再過不久，你懂的西學，就要遠遠超越於我了！」一日授課完畢後，兩人坐在長廊喝著涼茶，李旦真誠道。

「那又怎麼樣呢！我終究是個女人，學得再多也不能改變什麼？」青蘭臉色瞬間一變。

感覺有些異樣，他問道：「莫非是你爺爺那邊發生了什麼事？還是誰不讓你來這兒學西學了嗎？」

將臉別過一旁，望著教士在庭院栽種、原生長在南美洲的受難花[8]，種子不過種下半個月，便已長出了藤蔓沿著竹竿糾纏了起來，雪白的花中央卻是殷紅如棘刺出血，中央五個花蕊恰似耶穌受難傷痕。

李旦走到藤架上，摘了一顆赭紅色的果實，對中間剝開一半，一半自個拿著，另一半給青蘭。

「這什麼，怎麼那麼酸。」青蘭忍不住眉頭一皺。

「這叫受難果，你不喜歡！」

青蘭搖搖頭道：「不會，一開始酸得緊，但之後的滋味倒也甜。」

「人生不也如此嗎？即使是飄洋過海的種子，但只要好好活下去，總是會轉甜的。」李旦道。

青蘭輕笑了一下，又道：「那些旁人的閒言閒語也就是那樣，誰叫我我天生就是這樣的髮色和皮膚，除非離了這兒，不然，永遠也無法改變什麼，那些惡人也不會停止往我身上潑髒水，只是，爺爺近日不讓我進窯場，也要我少來道明堂，他說女人原本就不能進窯場，之前因為我還未及笄，尚可從權，數日後便是及笄之禮，此後便是姑娘家了，可要大門不出二門不邁……」

「及笄之禮，那有何差異呢？」

青蘭面色一紅道：「這有什麼好問的，你這人好生奇怪。」

畢竟自小在梅花村長大，見狀，李旦內心也猜有七八分，料想青蘭應當是月事已到，此後可以生娃娃了，因此得注意男女之防，想到此後少了一同念書的同伴，心中不禁感到一絲絲惋惜。

「你怎麼不說話了？」見他不語，她倒有些擔心他生氣了，忍不住開口道。

「也沒什麼？」

「我倒是羨慕你，是個男子，志在四方，想去哪就去哪，不然，如果能去西方瞧瞧也是好的，教士說過他們國家是女人做女王，他們教團中的最高領袖被稱為教宗，也曾有一任教宗是個女子，但此事在咱們明國卻前所未聞，我聽人說那叫牝雞司晨，是大大的乾顛坤倒，但佛郎機卻不是如此，那是個誰說女子不如男的世界呢！要是有一日，我定要去瞧瞧……」青蘭越說，一雙眼睛止不住地望著遠方，彷彿那縹緲無盡的雲朵是浪翻千山，能揚帆萬里。

---

8 受難花，俗稱百香果，一六一〇年間傳入歐洲，當時西班牙傳教士發現其花部的形狀極似基督之十字架刑具，柱頭上三個分裂，極似三根釘，花瓣紅斑，恰似耶穌頭部被荊棘刺出血形象，五個花蕊，恰似受傷傷痕，西班牙人以Passioflos名之，直譯之爲受難花（Passion Flower）。

11 受難

傍晚時分，正在整理行李之際，卻見教士正在低頭沉思，連喊了幾聲都聞所未聞。

「教士，請問還有什麼要收拾的嗎？」

「是你呀！李旦，青蘭她……回去了嗎？」

李旦點點頭道：「她似乎之後無法再來道明堂了，我聽她的意思，似乎她爺爺那裡也要為她找親事，尋一戶人家出嫁了，她感覺十分難過，我卻不知該說些什麼安慰她的話才好！」

「教士，咱們也帶青蘭姊姊一同去海上可好？」一旁華宇問道。

「胡鬧，青蘭仍有爺爺要照顧，她這樣一走，在明國豈非大大不孝。」殷德里道。

此話李旦自然知曉，也因此他內心雖萬分不捨，卻也說不出什麼話來，此時，他瞥見教士手掌中正拿著一塊石頭，恍若斑斕的雲彩，左右以深色天鵝絨纏繞出對稱的蝴蝶結，細碎的紫色晶體排列成一圈，中央則放著一束頭髮。

「這是瑪瑙還是貓眼石呢？」

「都不是，這叫水晶，隨著溫度不同會產生不同的顏色，這是祖母留下的紫水晶胸針，在我們家族，是只留傳給女兒的傳家之寶。」

所以，這是留給青蘭的囉！李旦心想。

殷德里道：「當初理查德叔叔不告而別，聽說可是傷透了我祖母的心，她鬱鬱而逝後，這胸針就留給了我父親，又留給了我，老實說，我也沒想到今日有機會，可以把這胸針拿出來，拿給屬於它真正的主人。」

「我去告訴青蘭！」李旦道。

教士點點頭道：「好，在我們家族，這是婚禮之際別在新嫁娘身上的一樣飾物，代表祝福與貞節，你幫我交給她吧！她無法前往心中念想的應許之地，這個來自佛郎機的家族禮物就贈與她吧！也算是我們家族在她母親與理查德婚禮上的補償，一份遲來的祝福。」

手中拿著鋪墊著絨布的小盒子，方才的紫晶胸針便好端端地放在其中，他飛快地往山上弘窯的方向跑去，相信青蘭如果真的看到這樣禮物，內心一定是欣喜不已的吧！此刻正是夕春時分，緋紅色的雲彩在天邊流淌開來，突然只見西北方向一簇紅霞，如千朵萬朵桃花爭相綻放而出。

此刻，他看見數人倉皇迎面衝來，為首那人有些面熟，愣了半晌他想起了，那是周大方，李弘師傅的弟子。

他踩著了一個凹洞踉蹌倒地，坐在地面上一陣哀號，李旦好奇走近一看，他渾身酒氣，一張臉漲紅著卻顯得失魂落魄。

怎麼了呢？

周大方突然掩面哭了起來，嘴裡還呢喃不清地道：「師父，我對不起你，只是我不能看你犯同樣的錯，那時你就是為了新配方的蘇麻離青，才將小雲送給了該死的洋鬼子……」

小雲，是青蘭母親的名字嗎？李旦心念一動，見其他人早跑得蹤影不見，那些人神色鬼祟，莫要是慶窯派來的人？

「你沒事吧！方才你喊著師父？是李弘老師傅嗎？」李旦問道。

周大方看了李旦一眼，像是還未認出他是誰，又喃喃道：「師父，我一直喜歡小雲，你是知道的，但你卻為了新配方的蘇麻離青，割捨了自己的親閨女，雖然從那時，咱們弘窯的青花瓷就成了景德鎮最熱銷的瓷器，但你可有想到小雲的心情，我的心情……」

李旦心想：這其中必有誤會，便道：「大哥，事情不是你想的這樣，李弘老師傅視你如親生骨肉，你背離弘窯，他嘴上雖不說，內心可是千刀萬剮呢！」

周大方卻恍若未聞道：「師父，眼看你又和洋鬼子攪和在一起，我答應過小雲，不能再讓你把青蘭的未來也一起葬送了，師父，我對不起你，但不論如何，我也只能親手了結這一切了……」

這句話沒來由地聽著李旦一陣心驚，就在此時，他聞到一股嗆人的煙味，抬頭，才發現滿山的桃霞，竟是炫目的火光。

「青蘭，你在哪裡？」弘窯門口，已是火光衝天，七月半正是天乾物燥的節氣，轉瞬間左右兩側連棟的木造小屋都已熊熊燃燒成一片火海，雖有不少青壯男子挑了水桶幫忙救火，無奈杯水車薪，只能看火勢吞噬一切化為焦炭。

「青蘭呢？李弘老師傅他們逃出來了嗎？」他拉扯著一名操作轆轤的弟子問道，他連忙搖頭道：「我不知道，經過一日的勞動，大夥兒都在休息，誰曉得一陣濃煙過來，逃命要緊，誰管得了他人！」

「該死，必定是周大方那廝叛徒領著慶窯的人來下手，我方才出去喝碗涼茶時，卻見到他神色倉皇，原本還想說他因咱們弘窯因窯燒出了藍田青玉，接了大單，想要重入師門，誰曉得那廝如此陰險……」

「周師兄不是這樣的人……」

「別吵了，弘窯被燒，此後生計無著，我們該怎麼活呢！」

一時之間七嘴八舌，眾人喧鬧不休，李旦見狀本想往火場衝去，卻被人一把扯住道：「小兄弟，你別犯傻，此處火勢衝天，裡頭的人若是沒逃出來，此刻也讓濃煙給嗆得窒息身亡了，你要衝入裡頭救人，只會葬送了自己性命。」

李旦望著濃煙不斷竄出，連同木柴燃燒、屋梁墜落的聲響，突然回頭往山下奔去，他得去通知教士，說不定他會有辦法。

然而，當來到道明堂前方，卻見數十個公差捕快將此地團團圍住，十字架神像經書盡被砸在地面亂成稀巴爛，「華宇，你怎麼了？」只見一公差用力將他扯來如牽犬雞，李旦忍不住道：「你們，你們這是做什麼？我們犯了什麼法嗎？」

「什麼法，你們在此立邪教，妖言惑眾，已經有人舉報了，上衙門去解釋吧！」為首的捕頭道。

「沒有，我們……我們可是有官方的許可的……」李旦解釋道。

那人卻道：「胡說，衙門的許可上寫道：『番邦夷人，忻慕中國文化，可來學習中華禮儀，但若有妖言傳教之事，若經查證，立即驅逐出境。』我方才裡裡外外都看遍了，你們裡頭放了一堆妖邪，我大明文化昌盛，豈能容你們在此撒野。」

只見其餘的弟子都被綁起，其中一人雙手被綁縛兀自掙扎，不正是教士嗎？李旦想上前去，卻被重重阻擋，「教士，你沒事吧！」

「孩子！我不要緊……」他的額上有傷，殷紅的鮮血流到了他的眼眶，像是綻開的荊棘之花。

只見一名公差將上方的十字架一把扛下來，怒喝道：「這是哪來的邪教事物，看我劈了作柴火……」

「不可，這是主教祈禱過的聖物……」他奮不顧身衝到前方，任憑差人的拳腳雨點似的撞擊在身上，李旦幾乎不忍看下去，然而，就在此時，他聽到有人自門內走出，手中拿著一疊紙張道：「找到了，找到這佛郎機人通倭的證據，這裡頭有他與當今海上大盜曾一本的親筆信，如今鐵證如山，這一批人全都捉入監牢，嚴加審問……」

「不可能，這是子虛烏有！」李旦道。

「還嘴硬，監牢裡有的是酷刑，不怕你們不招……」為首的捕頭冷笑道：「有人密報佛郎機人通倭，果然不錯，走，將一干人犯押入大牢，聽候審訊。」

夜裡，身處在悶熱的牢房之中，此處關押了數十名人犯更顯得腥臊汗垢，然而，更令人惴慄的卻是轉角咫尺處傳來的審訊聲，與鞭打、哀號的聲響一陣陣傳來，令他感到一陣害怕，為什麼？他心中有一個答案。是慶窯！

自己應當是太大意了，沒有注意到，與周大方分手之際，那些人跑去的方向是道明堂。

本朝通倭是淩遲大罪，教士和其餘弟子，乃至幫忙的廚工、雜工都已被抓走了，眼下不知安危如何，雖然憂心如焚，但李旦卻只能坐困愁城，因為此下他亦是自身難保。

雖在牢中待了數十日，卻始終沒有官兵前來對他審訊，不知是因為他年齡幼小，還是其他什麼原因，與他同牢房之人卻都是觸犯海禁重罪之人，時不時便被拖出牢外各種酷刑招呼，水灌、倒吊、鞭刑、炮烙……慘叫與哀號聲日日夜夜，如聞鬼夜哭。

遺忘了牢中的第幾日，隱隱約約聽見鐵鍊鬆動的聲響，一名有著暗紅色髮色的中年人被帶入後迅速離去，他趕緊上前攙扶，那正是殷德里。

「教士，你怎麼了？」數日的擔心此刻頓時宣洩而出，自從母親被殺，與思齊分離之際，教士就是他唯一的親人，而如今卻見他遭受如此酷刑，他內心怎能不頓失依靠與恐懼害怕！

「你別費力氣了，他已經承認所有的罪名了！雖是個外國人，但依大明律令處以遊街後處斬的刑罰。」

「冤枉呀！我們沒有通倭！」李旦辯駁道。

「你師父都承認了，你還有什麼話好說呢！他已經承認所有通倭書信都為他一人所為，你們死罪可免，卻也逃不了流放之刑，一輩子的苦役等著你呢！」

內心如同冷水一股腦澆來，看來這幾日皮肉未曾遭到一點招待，就是因為教士承擔了一切吧！他自認罪刑，為了就是避免連累其他人，一想到此他忍不住眼淚滴落而下，在他耳畔輕輕喊道：「教士，教士！」

「安德烈，是你嗎？」

李旦點點頭。

「我太大意了，應該要小心步步為營才是，不料連累了你……」

李旦趕緊搖搖頭。

殷德里又道：「安德烈，這幾日，我已經記錄好所有瓷器的窯燒配方和蘇麻離青的比例，都被收錄在這本《青花祕簡》中，此書就交給你了，旦，你的漢名就像初昇的旭日一樣，充滿陽光與希望，我知道我沒有辦法活下去了，但是你要代替我，去創造一個新世界。」

「可惡，究竟是誰害得我們這麼慘，是慶窯的人吧！我一定要復仇，只要我不死，我一定要向那些人狠狠地復仇。」

「安德烈，答應我一件事情！」

「什麼事情？」

「放下一切，誰都不要恨，不要去復仇，你還年輕，我不想見你終日活在痛苦與仇恨之中，在神的面前，我們都是罪人，只要虔誠地禱告並且不斷地呼喚他，在主的懷抱裡，所有的罪人都將得到赦免……」

此刻李旦早已淚流滿面，但殷德里仍舊神色平靜，只是握著懷中的十字架，手上比畫著十字，口中喃喃祝禱著，李旦記得，那是《馬太福音》的詩篇，意為：若是這苦杯不可離開我，一定要我喝下，願你的旨意成全吧！隱隱約約，他彷彿看見無數有著殷紅的受難花，自膏血的土壤中長出指爪般的藤蔓與人頭大小的果實，等待著有朝一日，酸楚的滋味會成熟為甜美的果實。

12 流刑

黎明之際，他再度聽見鐵鍊鬆脫的開門聲響，以死白的眼神迎去，卻只見胥吏間杵著一人，或許是背光的關係看不清容貌，他蹲下身子將他的臉端詳了一下，大力地拉開他下顎，用著油燈火光像是檢查他什麼似的，又抬了他幾下手腳，才起身離去，關門之際聽見有聲道：「這個身軀強壯，我要了，明日寅時連同他人一塊送來。」細碎的聲音嗡嗡如蚊蚋，他感覺腦袋疼痛。

與所有的囚犯都被集合在一處，當車粼粼的滾動聲響，晝與夜的交替，李旦與眾人上了車，有人為了新生而痛哭流涕喜悅不已，但多數則是面對未知命運的惶惑不安，日光熹微中，一個昨天還像個孩子啜泣的男人惶惑不安看著周遭，向胥吏吶吶開口，卻換來一陣腳踢。

經歷了數個時辰的顛簸，再度下車之際已是碼頭邊，車蓋掀起日光刺來，來不及辨認周遭景色，只見一艘福船以泰山之姿聳峙於白浪尖，由船身吃水度可知是能遠渡重洋的大型船舶，船艄處所繪飾魚眼丹青勾勒，瞳孔中以硃砂大筆點染流淌的焰火，呈金剛怒目像，雖船舷處以魚網覆蓋，但日光熹微下依稀可見左右側各有數十門銅柱火炮，而上方重樓疊閣，此船規模不下於他之前曾短暫搭乘過的海后號，正當驚奇未定之際，李旦卻又和一群人被拉拽上了船頭，以貨物的姿態被塞入了船底層，當船板蓋起的一刻，或許是船開始航行的關係，波動間他逐漸感覺一陣火焚的高熱，隨即又恍若是針尖般刺骨的冰寒，整個人不停地直打顫，漸漸的，什麼感官知覺都消失了，整個人彷彿落入了華胥般、縹緲的幽夢之中。

一陣陣激烈的猛咳，以撞擊的姿態，他再度睜開眼睛，依舊是悶熱的船艙，擁擠且充滿汗味、腥臊悶熱的戾氣，一抬頭只見船板縫隙中有不少步履踏來：皂色、靛青、赭黃……各式的鞋底，但卻看不見其餘的景象。

他脖子企圖往上伸，此刻已經來到海上了嗎？但他卻聞不到任何海水的氣息、耳朵聽不見任何浪濤拍打的聲響，有的只有幽暗狹隘的空間，僅容指縫細小的陽光，拼湊不了任何一點景象。

轉頭，正想找人詢問之際，卻只見這長寬不過十呎、深約四尋的空間內，竟橫七豎八躺了三、四十人，他試著推了身邊人一把，是那名和他監禁在一塊的肥男吧！但後者卻斜軟無力直接倒臥，他觸手一摸，卻發現已氣若游絲，嘴角是白沫。

「快！快救人呀！」李旦起身敲著上頭木板之際，此時，卻聽見聲響道：「別白費力氣了！上頭的人是不會管我們的死活的，叫也沒用，還不如留點力氣。」

這口音有點熟悉，轉頭，只見對角幽暗處斜欹著一人，年齡與他相近，長方臉、白淨面皮。

「你也是福建人嗎？」李旦問。

他點頭道：「我叫許心素，同安人，可恨的是我們那有個橫行鄉里的惡霸，名叫何海，仗著主人高采的威勢，我一時不慎得罪了他，入了死牢，倒是人在死牢時聽說有名武藝高強的俠客殺了這廝為民除害，姓顏名思齊。」

「思齊！」一聽到這名字，李旦瞬間眼睛一亮。

「怎麼？你認識？」

是二狗嗎？他已經開始以這個名字行走江湖了嗎？只記得那日一別後，他說要去從軍，還要找顏如龍總兵，他已經完成他的目的了嗎？

他不大確定道：「你說此人姓顏、不是姓李嗎？」

「姓顏。」許心素肯定道。

記得二狗說過要與顏總兵姓，雖是一時戲言，真有可能成真嗎？二狗不是原本打算從軍嗎？為什麼會加入倭寇的行列呢？這人究竟是不是二狗呢？還是此人與他心中所念根本風馬牛不相及。

「可以再跟我多說說他的事蹟嗎？」

「說到這位顏姓英雄，我也不是很了解他的出身，只知道他是巨寇朱良寶麾下之人，性格任俠好義，一身好膽又武藝高強，原本也是路見不平，聽聞何海欺人太甚，搶了一名秀才的老婆，此人的妻子不堪染指自盡，於是秀才率人抬了屍首去衙門口喊冤，一幫氣憤不過的兄弟父老也圍在外頭，原本何海仗著有爪牙在旁，料想光天化日下這幫百姓也不敢如何？在門口處秀才的老父抓住他衣裳不放，他一腳踹去又是踢又是打，這才點燃了群眾的憤恨，接著群眾便如虎狼地衝去，混亂中，便是這位顏姓英雄一馬當先，送這廝上西天。老實說，我原本在死牢裡心如死灰，但聽到何海伏誅的消息，還是忍不住撫掌痛快，真是善惡到頭終有報，天道有循環。」

「對了，為什麼我們會在這裡呢？」無法確定此人是否是二狗，於是他換了個問題道。

「因為有人要買我們的命。」許心素慘笑了一聲：「原本何海死了，我還在想自己會不會也得救，後來才知道我真傻，都被判死了如果獲釋，不顯得官府無能嗎？更何況這事驚動上頭，已要派人徹查，派來的御史不敢得罪高采，自然是混水摸魚，而我們這些死囚自然得趕快滅口，原本殺頭不過一刀，但為什麼後來又不死了呢！不是因為那些人慈悲，只是單純因為我們還有比死更高的利用價值，就像你一樣，你會來到這裡，應該也是差不多的原因吧！」

李旦微微地點頭，所以自己是被牢裡的胥吏給賣了囉！囚犯都是由胥吏給把管的，趁機送一些年輕力壯卻無業、無家者為奴，再竄改人數，上下交相賊，絕不會被發現，因此，才要趁東方未明之際驅車離去，又得像貨物似的被塞在船艙底層，但要到什麼時候，才能被放出來呢？

「我們是被誰買下的，合約內容上頭寫了什麼呢？現在又是要去哪裡？」

「具體的交易我也不是很清楚，只知道現在的我們就跟貨物一樣，都是這艘船主的資產，但，只有在還著有利用價值的時刻，比如說你身邊的人吧！一開始，大家都還挺躁動的，嚷著要吃要喝要活動筋骨，但久了大家就都知道了，咱們就跟貨物沒兩樣呀！那些嚷得最大聲的人倒得也最快，倒下之後，那些身子不行的人被抬走了，估計都是被丟下海葬身魚腹之中了，呵呵！這就是咱們的命，無論在哪裡，都死無葬身之地。」許心素悽慘地笑了起來。

就在此時，一陣低沉的呻吟傳來，李旦望去，卻是從一名老人發出的。他上前一看，卻不知他為何一手摀著耳朵，身軀不斷顫抖。

「土伯，你沒事吧？」一旁的男子道。

「怎麼了呢？」此時，許心素來到他身邊。

那男子道：「我叫二官，和土伯一同上船的，好像是有蟲子鑽到他的耳朵裡面，所以才疼痛不已，老實說我昨天睡覺時耳朵也有癢癢的感覺，一早醒來總覺得有嗡嗡的聲響在耳朵，弄得腦袋快炸裂了。」

「你去幫我拿燈來。」二官依言自牆上取來一盞油燈，李旦請旁邊的人幫忙扶住土伯，將燈取來對準他的耳外道：「蟲子會趁著人睡著時入侵耳道，有異物入侵可能會損傷耳膜，但蟲本身有趨光性，利用光照或許可以讓蟲子自己出來。」

許心素道：「你是大夫？」

「不算，只是略懂一些皮毛。」李旦畢竟在殷德里底下學習過人體解剖學與藥草學，對醫學多少有些基礎知識。

「這樣有用嗎？」

「不一定。」李旦一面說，一面用手盡量圍住火光，使光線對準土伯的耳廓道：「如果蟲死了就沒辦法，這時候要倒入油，將蟲淹出。」

就在此時，只見一隻半個小指、橄欖核大小的蜚蠊蠕動爬出，李旦趕緊用手覆住，打死。

「這什麼怪異的蟲子，從未見過，莫非是蠱毒一類。」許心素吐了吐舌頭道。

「這種蜚蠊並非中土所產，船舶既然載了各地貨物，蟲卵便會隨著貨品漂洋過海而來，隨著船隻的貿易交換的不僅僅是炙手可熱的金錢、商品，還有蚊蟲和傳染病。」李旦想起之前教士曾經傳授與他的知識。

「真可怕！」許心素皺眉道。

「土伯，你還好嗎？」只見土伯慢慢張開眼睛，仍是有點漫漶無神地道：「現在好些了，只是不知方才發生何事？弄得我全身古怪得不得了。」

「拜託，幫幫我，我耳朵應該也進了蜚蠊了，我不想耳朵被蟲給吃了，大夫，求求你幫我治療好嗎？」其他人見狀趕緊衝到李旦前，一個下跪道。

「你快起身，莫要行此大禮。」李旦道：「請問如何稱呼？」見這人眉目疏朗但身形壯碩、膚色黝黑，像是個漁民。

「我叫大壯。」

周圍有些人也靠來，摀著耳朵紛紛請李旦幫忙診療，不少人應該都有蟲子寄生在耳道內，李旦依照年齡大小請他們先排好，逐一檢查，有些人只是虛驚一場，並無蟲子寄生耳道之內，但有些人耳道內經油灌入後竟流出五、六隻蟲子，眾人不禁驚歎嘖嘖。

但會造成此種症狀，主要還是因為船艙狹隘、衛生不良之故，治療昆蟲入耳只是治標，改善環境方是治本，待眾人都診療完畢，李旦起身，將整個船艙檢查了一番，接著蹲在最後方一列大小不一的貨箱前看。

「怎麼了？」許心素好奇問。

「我在讀上頭的文字寫什麼？一般遠程貿易的帆船上都會配備基本的生活物資與藥品，如果從此處可以找到一些可用的東西，或可拿來使用。」

「你會讀佛郎機的文字？」許心素驚訝道。

「嗯！會一點點。」李旦在箱子周圍尋了一條縫隙後撬起，將裡頭的各式瓶罐取來，就油燈處一一細看，就墨水字體的筆畫喃喃自語，接著就一瓶透明澄澈的液體打開，聞了幾下道：「這是酒精，有散熱功能，稀釋了搽在發燒的人皮膚上，可使體溫不再上升，這裡空間狹小人數又多，若有疫氣更是難以飄散，可以酒精驅除風邪，就像端午以雄黃辟毒的道理是一樣的。」他又取了一個一瓶的玻璃瓶道：「應該就是這個了，我拿去給土伯飲用。」

「這樣好嗎？萬一被發現我們亂開箱子，會不會……」二官吶吶道。

大壯卻道：「還管他啥呢？直娘賊把老子關押在此，橫豎都是悶死、病死，就算僥倖不死，奴隸的生活也是生不如死，有了今天還未必有明天呢！先過了今天這關再說。」李旦又在另一個箱子之中找到了幾十包烘乾的細絲。

「這是什麼？看起來像梅乾菜。」打開包覆的紙張，望著這蜷曲如髮絲的細絲，許心素好奇道，此時不單只他，其他人也紛紛將疑惑的眼神投向李旦身上，彷彿這年約弱冠的年輕人身上有著神祕的道術，可以變出前所未見的戲法。

取來嗅了一下道：「這是菸草，產於美洲的一種作物。」

「美洲？沒聽過，是用來食用的嗎？」許心素蹙眉道。

「不是，是用來吸的，有提神的效果，另外菸草泡水後還有驅蟲的效果，太好了，我正愁不知該如何殺蟲，有這寶物真是天賜我也。」

取了好幾個空杯，將菸絲以茶葉的方式浸水後，吩咐大家將角落或隱蔽處盡量噴灑，就在此時，有幾人正在為高燒的患者以酒精擦拭，正要餵以食鹽水之際，李旦道：「且慢。」只見他自一掌心大小的玻璃罐中，取來幾顆小巧渾圓的黑丸道：「將這磨碎後混入水中服用，可治風寒。」

「我叫龍安，惠安人士，請問這是什麼呢？」擦拭身體後，他似乎較恢復了意識，睜開疲憊眼睛問道。

「這是黑川，一名胡椒，原產於南印度，有利脾健胃、祛寒化痰的效果，如果熬煮效果會更佳，但因為現在沒有爐火可煮沸，所以也只能將就了，你風寒在身，化水飲用多少也有點效果，但重點還是你個人的造化，風寒就是要多休息，身體舒適了，自然有體力對抗風邪，我約莫也是風邪初癒，食用幾顆後應該也會有療效。」說完，將幾顆塞入口中。

「真的嗎？還有嗎？我也有些不舒服，我也想吃幾粒看看……」只見四、五人一擁而上，轉瞬間李旦掌心的胡椒粒已被搶掠一空，胡椒乃夷人之物，數量珍稀價格可比黃金，就算是士大夫人家也是稀罕事物，一般庶人更是無緣享用，因此李旦才一說出口，便被搶得半粒也不剩。

噴灑完菸水和酒精後，原本汙穢的環境已不再蚊蟲肆虐，加上未時一過，船艙不似之前燠熱，從船縫望去，細薄的光線裡，李旦感受到了一點點薄暮微涼的氣息。

此時，他又聽見了細微的咳嗽聲，抬頭，只見一名頂上微禿、雙眼深陷的中年男子望著自己。

「土伯，你好些了吧！」他道。

「好些了，我還未跟你道謝呢！年輕人，心素他跟我說了，那時我只覺得耳殼裡難受得不得了，轟隆隆的以為自己要死了呢！是你救了我，年輕人，快受我一拜，大恩大德此生沒齒難忘……」

「不，別這樣說，叫我李旦就好了。」

「我都聽二官說了，您是個大夫，真了不起，但……為什麼淪落至此呢！」

「這……」李旦還真不知該如何啟口，然而，還是許心素先說了：「土伯你就別問了吧！會淪落到此種田地的人，哪些不是滿肚辛酸呢？若非遭奸人構陷，豈會淪落至此，我想土伯你會在此，應該也是滿腹辛酸吧！」

「唉！說得好，我是滿腹辛酸沒錯，但非遭人構陷，而是自己要上船的，你們應該還不知道這是誰的船吧！」

李旦還真不知道，此時許心素也迫不及待開口道：「您老要是知道，就快跟我們倆說明吧！免得我們一頭霧水。」

「海上天子：曾一本，這名字你們可知道。」

李旦還未開口，許心素卻驚訝道：「曾一本，您老說的是兩年前率眾突襲月港、劫掠澳門、南澳兩地，殺死縣令後揚長而去的海上巨寇？」

土伯肯定地點頭道：「沒錯，還算你有見識。」

李旦細思，當初他與殷德里遭人構陷的通倭之罪，便是與曾一本的書信，雖然他在公堂上見過正本，確認絕非出自他或教士手中，但空穴不可能來風，若真為慶窯構陷，則必有原先的書信為藍本，自己若有機會逃出生天，得查得一清二楚才可。

「唉！原先淨海王在世時，只要有五峰旗號，行駛在東海上都無須擔心海寇侵擾，而淨海王更是強勒底下手下，哪怕是一顆石頭都不可侵擾民宅，可惜他死後海寇群龍無首，沿海秩序大亂，曾一本趁勢崛起，招兵買馬擴大勢力，你們要想，官軍在陸，海寇在海，要是官軍剿滅凌厲，便躲入海島中不攖其鋒，待勢力強大後再劫掠海上，更何況陸地上還有活路可選，誰要選這汪洋莫測的海路呢？只要閩地多的是像我們這樣的流民，再碰上逃荒、侵占，海寇更有源源不絕的兵源，戚家軍再強，不過是防堵一時，也無法防堵一世，就以我為例好了，都已是知命年歲了，卻無以為生，為什麼呢？本來是個佃戶，但弄到連謀生的土地也沒有了，說來會落得這田地，還不是因為被那些富戶給逼的，後來聽人說有船要招長工，管吃管住，因此簽了個合同，領了一筆安家費就上船了，這才下了海，哪知道是這樣苦的環境呢！這也沒有辦法，閩地多山，『閩』字裡頭是一個蟲字，所以咱們閩人一生就是一個蟲豸般的賤命，只能任人踐踏的。」

「土伯，你也別這樣想，咱們此後一起互相幫助，彼此也有個照應。」李旦道。

「對了，李兄，我看你年紀與我相仿，可有念過書進過學，而方才聽你所言的字字句句道理皆十分深厚，只是不知這些神妙的道理是從何處習來的呢？」許心素也問道。

李旦便簡略地將自己與殷德里相識之事說了一番。

「原來如此，看來你雖未有功名，但內在知識學問卻是遠勝於我，可笑我是個讀書人，卻是窮酸腐儒，果真百無一用是書生！」

「莫非許兄曾進過學？」

「事到如今，我也不嫌丟臉好了，不瞞您說，一開始我提到那妻子被何海強占、伸冤官府卻無處訴的秀才，就是我本人，呵！」許心素苦笑一番道：「枉費我十年寒窗苦讀四書，到頭來卻只會些無用的學識，還不如你對醫學、佛郎機語的涉獵。」

「心素兄你也別這樣說，李旦出身樂戶，自幼失學，但仍靠著自己的努力認字學習，我所學雖微薄，但卻記得孔聖人有過一句：『君子不器。』因此一有機會，便求知若渴，中西學皆來者不拒，也算我有天賜的機運，得遇良師用心學習，若能蒙您不棄，望您不嫌我出身鄙陋，能與心素兄請益經學、相互切磋。」

見李旦說得誠懇，許心素也道：「說得真好，我原先一直陷入自怨自艾的想頭，怎麼也難以忘懷心中罣礙，但今日聽李兄一席話，卻是茅塞頓開，試想，若我現在仍在同安，仍是每日埋首書本虛構著一場黃粱夢罷了，若非遭遇橫逆、家破人亡，又豈有機會見識到這前所未想見的新世界呢！」

「既然如此，你我也別客氣了，咱們便以兄弟相稱，日後禍福同享，汪洋海道上彼此扶持。」李旦道。

「好，你若不嫌我書生無用，此後我們便兄弟相稱。」許心素道。

13 海壇水寨

正在昏沉之際，突然聽見一聲響，卻見有人開門道：「出來，此刻已出了海壇島了，無須再畏懼海壇遊兵的檢閱，你們盡可出來透氣了。」

聽許心素解釋道，原來海上為防倭寇與走私，設置有壇遊、浯銅遊兩大遊兵，分別在颳東南風汛期出海巡哨，此刻應是出海至兩遊的巡哨範圍，因此才可容許他們上甲板。

只見日光似繡花針尖刺來，上頭廣袤無纖塵的天空如方窯燒後的天青水綠，但船上卻是一陣陣的顛簸，一個沒站好他滑至左側緊抓船舷，只見群浪如高聳起伏、層巒疊嶂的丘陵，海面廣闊橫無際涯。

轉頭，聳峙的桅杆延伸至不可至的蒼穹，飽滿、強勁的海風，恍若幾千萬枝箭彌天蓋地射來，撞擊在銀白如浪的船帆上，颯颯颯颯的風聲以砂礫的姿態撞擊著耳刮子，只見帆面彎曲，如月如弓，更像一只淘洗淨盡、發出純白光芒的子安貝，沿著海路前進。

不到半炷香，李旦雙頰便已被日光曬得潮紅，而只見眾人中有不少人是初次上船，正因搖晃顛簸而腦袋發暈，身軀頹軟如一截酸筍，掛在船舷間。

此刻又聽聞一陣陣拔尖的海螺聲響，與那潮浪聲相應，高低穿插此起彼落，只見東西南北處各有戎克船駛近，幾名操帆手亦將三面帆牢牢張起如滿月，風力加速下驅趕前進，不過一炷香時間，眼前便出現一抹水墨似的暈染，點點蒼鷺盤旋飛舞。

「快呀！海壇島就在前方啦！咱們可不能落後，快呀！」上頭的舵手呼喊著。

船恍若衝上白浪堆疊而成的山巒，海岸處盡是天然良港，岈然者如熊如羆，窪然凹陷者如犬牙交錯，船舶入港，周圍約一百四十丈、高約一丈七呎，以巨木建構的水寨依山而建，上方插有黃旗，正前方兩尊眺望樓以青龍白虎的姿態居高臨下，上方輪有哨探，左右石刻上分別是旋風蛟與制風龜。

「快，大家都起來，頭兒要來了！大家快將貨物盡數搬下，好讓老大評鑑評鑑。」一名穿著松綠色圓領袍的中年男子，胸前繡的是極為富貴氣的五蝠蟠桃，五短身子，這樣貴氣卻又不失仕紳的穿著，但一張赭紅色的方臉配上小鬍子卻顯得猥瑣，加上行頭一身綠，更令人聯想到聒聒不停的癩蝦蟆。

「你們這些人，別忘了自己的身分，等等首領來了，他們要驗貨，先給我排成兩列行伍站好，等等下去依照指令，將船艙內的貨品給我一一搬上來。」

有人聽聞此言不禁發出蚊蚋般的細緻哀號，然而，這人又道：「你們多數本就是死囚，今日，若非羅爺我費了許多銀錢救你們出獄，你們早就去黃泉路上見閻王了，因此你們活著的目的就是還錢，欠債還錢，天經地義，更何況若是你們好好地幹，少不得還有機會不愁吃穿，雖不致錦衣玉食，但吃香喝辣總是有機會，但要是不好好幹，又將你們丟入海底餵魚。」

自船艙內將一個個箱子抬出，只見前頭一人的肩胛突然哆嗦了一陣，隨即一陣猛咳，正巧一陣風浪撞擊船身，伴隨碎裂聲響，羅總管臉色大變，高喊道：「小心點，這些可是價值連城的寶物，隨便一箱都抵得了你一條賤命！」

「小人該死、罪該萬死……」只見一個半禿的小腦袋正跪在甲板上，五體投地不斷打著哆嗦，從後腦際來看，卻是土伯。

只見羅總管踢了那人一腳，這一腳正中他心口，不好，只見老伯臉色像是皺巴巴的蠟紙，縮成一團，顯然病體未癒。

此時已有人將木箱抬起，羅總管隨即打開箱子檢查一番，卻見最上層棉布墊著的一只兩掌寬的釉下鈷藍藏佛八寶紋盤已從中央裂成兩半，更是大吼道：「這……景德鎮的瓷盤呀！這天殺的畜生，來人呀！將此人拿下。」

「這不是景德鎮的瓷器。」李旦道。

「住嘴，這裡哪有你說話的餘地……」

然而，數十人走來，為首一人年約四十，身形不甚高卻目光炯炯，自有一股氣勢，一雙像蒺藜的眼睛射來，喧譁的眾人瞬時靜默，不可一世的羅文龍總管也啞了嗓子，尷尬地喘著氣。

那人必是曾一本無疑了。

他走向前方，早有人抬了一張烏木鑲大理石交椅、一紫檀案桌來，一名灰衣男子端了一壺茶，隨侍在側。

「怎麼不說了呢？」曾一本道。

「頭兒，我……」羅文龍方要開口，卻被曾一本打斷道：「不是叫你。」

當眾人的眼光都落在他身上時，李旦感覺自己一陣口乾舌燥，但是他得開口，要是不說話，就只能成為奴隸，一輩子永無翻身之地了，他深吸一口氣，取來一只青花纏枝蓮紋壓手杯道：「一般而論，景德鎮所製壓手杯底心都是外凸內凹，圈足較前為大，因此放置才顯平穩，但此杯圈足口徑超過一掌半，胎底外突且有幾處翹棱，細看便顯粗疏，這是其一。」

接著又指一五彩持傘美人紋大壺道：「此壺上有成化二字，但成化年間瓷器以纖巧精緻為主，並無大器，且成化款肥，但此壺上題款六字卻纖瘦如瘦金體，另外細看此胎上的青花色濁而暗沉，部分釉色尚有不夠均勻之感，不似一般五十多年以上的古瓷，會有的溫潤、曖曖內含的酥光，光澤浮露明豔。」

「然後是這只青花杭菊雙耳罐，此瓷胎薄，上頭所題宣德款式以唐楷為基，有歐陽詢筆意，可知為士大夫宴飲所用之款式……」接著又以食指輕彈耳緣道：「此瓷的回聲清透如玉如磬，再細看上頭所繪的紋飾細膩且花卉骨肉勻稱，只是……」李旦隨即一個顛倒，指向胎底道：「景德鎮所製胎底圈足處仍上釉，因此潔白細膩，然而此瓷胎底粗澀且泛火石紅色……」

最後，他手擒著一只斗彩三秋杯，此杯上緣寬不過掌心，但胎體如玉，薄如蟬翼，上頭所繪蠅楷蘭草，與點點螢火，可見筆法細緻，李旦走至曾一本面前，望桌案上擺的紫砂宜興壺道：「敢問茶鐺所沸的是福建六安茶，抑或祁門紅茶呢？」

曾一本沒有回答，連看都未向他看一眼，倒是灰衣男子上前道：「這是六安茶，茶湯如碧玉，與上用的貢茶是同一批。」

「請借茶湯一用。」眾目睽睽下，李旦將茶湯倒入三秋杯中道：「三秋杯碗口微開乃是為了擴散茶之香氣，且胎體清透，目的在於透光性。」接著將杯子抬高至眉心處道：「但當茶湯倒入一刻，茶色卻顯然較原在宜興壺中的顏色為沉，且三秋杯具有保溫效能，能使茶湯於一炷香內溫度不減，仍是七分溫熱。」

曾一本招了手，此時已有一人取來一炷香，曾一本將香的外緣擺放於小几外側，接著以粗厚生繭的右手摩娑著南洋進口的奇楠念珠道：「一官何在？」

方才那名穿著和服的灰衣男子上前，李旦見他白淨的臉皮面貌姣好，有些相似，但右臉頰上卻夾著一道飛虹般的傷痕，在曾一本面前深深一揖，只聽見他道：「你去瞧瞧那幾個箱子，再來向我報告。」

轉身將箱子裡的物事一一檢閱，約莫也是一炷香燒盡的時刻，只見羅總管不停地搓著兩手，顯得不得閒，而一旁的短衣眾也按捺不住躁動紛紛鼓譟起來，雖然之前在船艙內，許多人都已見識到李旦的學識，但此刻情景又與之前不同，眼前的曾一本不僅僅是他們的奴隸主，也是手握百艘商船亦寇亦商的海寇，李旦此舉無疑是捋虎鬚，若有半點差池，後果難以想像，見此，許心素也偷偷對李旦道：「你可真有十足的把握，若沒有，咱們可就有苦頭吃了，少不得又要白做許多苦工，更有甚者，甚至會葬身魚腹中……」一講到此，許心素忍不住一陣驚恐，掌心滲出濕滑的汗水。

「你放心，沒有七成的把握，我是不會開口的，何況我一人做事一人當，絕對不連累你們。」

「說這什麼話，咱們不是說好有福同享有難同當嗎？只是你可有必勝之把握！」

說到必勝之把握，其實李旦內心也一陣搗鼓，雖然李弘與青蘭教會了他許多瓷器的知識，但實際鑑定對於他而言卻是頭一遭，而且依照眼前的狀況，他也清楚理解，自己的命運可以說是完全掌握在這名灰衣男子上。

只見一官一件一件地將各式瓷器取出，從放在太陽光下的手持放大鏡一一檢視，那是眼看，再來以手觸摸釉料厚薄，再以指頭輕敲聆聽，顯然是耳鑑的功夫了。

當他全部檢閱完畢，接著來到曾一本耳邊，聲調依稀是倭語。

一個招手，羅文龍隨即唯唯諾諾地向前，他道：「羅總管，你來喝喝這茶，可是七分溫熱呢？不都涼了嗎？」

他這一聽嚇得不輕，撲通一聲便是跪地，磕頭如搗蒜般道：「小人絕無欺騙之意呀！請頭兒明察。」

「羅總管，你連景德鎮的瓷器和倭國的伊萬里燒都分不清楚，那我要你何用呢？」

竟然是倭國的瓷器，聽聞到答案李旦亦有些驚訝，當他望向一官時，卻發現後者此刻也同樣地望向他，此人年紀不過弱冠左右，但對瓷器的鑑定卻不在自己之下，忍不住令他一陣嘆服，雖臉上帶有一道傷痕，卻如同青瓷上的冰裂紋。

「羅總管，你還沒回答我呢？看來，是得按照商團之法來對你處刑，才會招供了。」

「頭兒饒命呀！小的真的不知道這是伊萬里燒呀！」

此時，一名赤色碊髮，雙眉如虯龍的男子上前道：「頭兒，羅總管向來眼力極佳，經商幾十年來從未鑑定錯任何一件珍品，今日竟然會犯下此錯縱然有罪，也請看在過往的功勞下，赦免他一次吧！」

「林鳳，你退下，羅總管，你共花了多少白銀，購買這偽造的景德鎮青瓷呢！」

一聽到此言，羅文龍隨即整個人不住發抖起來，他戰戰兢兢地比了一個一的手勢。

「一百兩？還是一千兩？還不將帳本取來。」

此時，已有手下將帳本取來，曾一本舔了一下指尖一頁頁翻閱，接著將帳本一擲怒道：「荒唐，仿製的景德鎮瓷器竟以一百兩加生絹一百匹，我看你真是眼瞎了，不然就是豬油蒙了心，說，你究竟是與誰做生意，接頭的人又是誰？若不將人找來，我留你這睜眼瞎子又有何用……」

左右已有人將羅總管拉下去，隨著逐漸遠離的哀號聲，此刻變得極為安靜，安靜到像是連一根針尖落下，也聽得見聲響般的沉默，空氣中充滿難言的緊繃感。

平心而論，若非自己有這段與李弘老師傅、青蘭共事的經歷，料想也無法輕易便看出青花瓷的真偽，只是沒想到倭國的伊萬里燒竟然也有如此工藝，以這樣的水準，再得到上好的蘇麻離青，料想不出十年，其技藝便可與景德鎮並駕齊驅了！

此念方動，竟聽見曾一本開口道：「我決定要派遣一艘商船，去倭國查訪伊萬里燒，若是能找到作工精細、品質不遜於景德鎮，卻又價格更低廉的青花瓷，便可拓展貿易，因此，我打算找一名值得信任、且精通西班牙文的人去做這個生意，我看……」

此刻，曾一本的眼睛瞥到李旦身上，將他上下打量了幾眼後道：「你說，你的名字叫什麼？」

「小人名叫李旦，教名安德烈。」不自覺的，他感覺掌心滲出的汗水。

「旦呀！日出為旦，正好那個做生意的國家也稱自己為日出之國，我將你併入玄武門門下，給你一艘商船，讓我見見你的本事吧！看你是否可以找到最佳的窯場，帶回價低質高的青花瓷。」

「我嗎？」李旦內心不禁一陣激動，隨即道：「小人必會竭力以赴，定不辜負曾老闆錯愛的。」

此刻星斗縱橫，一彎缺月恰如瓷的雪白、自缺口處裸露出凝脂如玉的色澤，此刻上下四方宇宙皆是無盡的黑暗，沒有陸地，也不見漁火。

細微的腳步聲自身後，只見一人穿著皂黑色圓領深衣，灰色衣帶，頭上繫著青色萬字頭巾，袖口與衣襬處繡著流銀蝙蝠花紋，打扮不俗，容顏卻如同皺壓過的宣紙般，充滿難以言喻的哀傷。

此刻，他內心已有答案，開口道：「尼古拉斯，是你嗎？」

「沒錯，安德烈，是我，你方走出來之際，我就認出你來了，只是迫於形勢，不好開口與你相認。」

「是嗎？多年未見，模樣都有些認不得了，我真慚愧，卻不敢確定真是你，只是這是怎麼回事？你不是跟隨著佛郎機教士湯瑪遜嗎？為什麼會加入海盜呢？」

「一言難盡，那日分手之後，船隻便開往平戶，不料在半途碰上風暴，船遭逢海難，多數人都落入水中死亡，我僥倖不死，後來被曾一本所救，他見我會佛郎機語，就把我給留下來了！」

李旦將分離後的遭遇盡數說來，兩人都有一股相對如夢寐的感覺，畢竟在這個風雨飄搖的時節，動如參商。

「不管如何，今日之事還要謝謝你。」李旦道。

「莫要這樣說，只是你要小心，今日你在頭領面前大大露了臉，雖然頭領欣賞你的才華，但相信仍有不少人背後記恨於你，尤其是那名紅髮男子：林鳳，羅文龍便是他底下之人，林鳳向來睚眥必報，你在眾人面前當場與他難堪，他必不肯善罷干休，此次出海平戶，我擔心他會暗中給你搞鬼，你千萬要小心。」

一官道：「對了，我並未跟你說過我的名字吧！我祖姓鄭，名芝龍，易經九五：飛龍在天，利見大人，這是自小父親對我的期許，但誰曉得我卻身陷海寇之中，因此不敢以真名示人，他日若能在海上飛黃騰達，闖出一番事業，才能以芝龍之名行事，另外我小字是飛虹，當年有緣，與你一見如故，願為知己莫逆，當只有你我之際，請小字稱我。」

隔日玄武門門主朱良寶派人前來，讓李旦挑選幾十人組成商船，李旦於是遍尋了同船艙的許心素、土伯、大壯、二官數十人，又在其餘船艙內找到了病得不輕的華宇，總算湊出一個商團的規模，然而，初次航海，不論是舵手、船醫、翻譯、火長……他都極為缺乏，有的只有當日殷德里留給他的海圖，且隨著玄武舵主朱良寶的手下看過商船後，他明白，這是一艘已有五十多年航行經歷，即將廢棄的老船。

「大哥，咱們此去貿易，要帶什麼貨品呢？」周遭兄弟多是初次出海，即便有些人如大壯是漁民出身，卻也對貿易一知半解，當心素問起，李旦噤默不語。事實上這也是他內心苦惱，此去貿易，沒有任何資本，該如何空船出航，滿載而歸呢？

沒有資本，說不定這正是曾一本試煉的關卡之一，想測驗出自己的手腕與能耐，如若這點也克服不了，也只會被視為棄子吧！無論如何，他還是得自個兒想方設法才可，他道：「資本之事我自會想辦法，先替我瞞住底下的兄弟，免得他們擔心。」

14 花朝節

清醒盥洗後，飲過了方磨好的豆漿，又吃了桂花白糖酥餅、玫瑰糖心饅頭後，只見窗外已是掩抑不住的瀲豔晴光，自碧砂窗檽間望出去，只見一枝紅杏如同佳人玉臂，已迫不及待地探出牆外來，掬起滿溢的燦爛日光。

「凝香，前些日兒咱們不是剪了許多杏花的圖樣嗎？今歲春雪甚盛，惹得杏花為寒所勒，到今日才開了這幾朵，今日可是二月十二的花朝節，可不能讓杏花如此寂寥才可。」嫣然道。

這唐嫣然乃是南京太僕寺丞唐聿之女，祖上唐順之，嘉靖年間進士，又以古文大家聞名於世，這嫣然小姐年方破瓜，生得明眸皓齒，顧盼有情，體態是十六年挑剔就的溫柔，臉兒又有一千般說不盡的風流，只是平日幽居閨中，鮮少出門……

除了數年前，父親自朝中除官，乘船路上遇上倭寇襲擊，隻身漂流至浯嶼上過了數十多日的生活，之後雖被家人給尋獲，但此後高燒不退，幾個月下來才清醒、痊癒。

醒後對之前發生的種種，彷彿夢寐般，有許多事情，都彷彿雨打殘花般不記得了，但她依稀記得兩人，還有兩個小小紙片般的名字。

「好的，小姐，只是方才我聽見李夫人底下的素月道：『辰時便要備好車馬，往西湖蘇堤處賞紅，要是先將這些剪紙綴於紅杏上，我擔心賞紅用的剪紙便不夠了。』」

「那有何難，我趁現在快快剪些，等你將紅紙掛好，我也剪了幾十張了，事不宜遲，咱們快！」

凝香聞言立即取了梯子，右手一把五色絲繩，左手竹籃裡擺著各色杏花剪紙，不到一炷香，這原本乾皴的杏花枝幹上便已花紅柳綠，有寒梅翠禽、瓶插水仙，也有百蝶穿花、蚱蜢鬥草的……早在數日前，主僕兩人閒來無事便剪了各式圖樣，凝香笑道：「小姐真是好手藝，你這隻翠鳥剪得可真是活靈活現，咱們待會兒別在柳枝條上賞紅，想必是好看得緊……咦？小姐，你何時剪的人像，竟是如此栩栩如生。」

「我原先也不過是試著剪個幾下，沒想到一回生，二回熟。」嫣然道：「我依著記憶剪了我娘的形貌，想那花朝節，乃是百花娘娘生日，如能趁此機會供俸娘親的小像，求百花娘娘為亡者降福，也好了卻了一番心事。」

凝香明白，小姐自幼母親便亡故，而家中主母李夫人原是小妾後被扶正，在這個家裡，對此事一向是諱莫如深，也因此，小姐才想藉此機會表達對亡母的思念。

西湖岸，幾十里桃花夾岸、錦浪無涯，蘇堤上更是綠煙紅霧，原來蘇堤二十多里，都是一枝楊柳一株桃的景色，而二月時分春暖風薰，不過巳時，已有不少遊湖仕女、仕紳貴冑來此，或乘轎、或遊船，只見湖上已航行著不少樓船畫舫，露台上名妓賢僧、羅紈子弟列座其間，底下數十個駕娘划著篙子於碧浪粼粼間。

「小姐，一不小心咱們就與夫人與其餘家眷走散了，不知此處是什麼地方呢？」

「我瞧瞧，啊！那兒有拱橋上寫西冷二字，遠處一抹山色，莫非是孤山？」

牽著凝香的手往前走去，只見湖畔翠草間石刻上書孤山霽雪四字右軍行草，嫣然道：「那就是了，那倒不妨事，咱們在巳時與小青相約於孤山與白堤交界之所，眼下時間還從容，咱們還可以四處走走看看，再沿西冷橋過蘇小小墓、天下亭與放鶴亭，即可至白堤處，只是既然來了西冷橋，若草草領略，卻也可惜，依我看……」

尋思之際，只聽得耳畔有叫賣聲，不知何時出現一名年約十三、四歲的總角童子，捧著個跟他半個人差不多大的籃子，拉著她的衣袖殷勤問道：「姑娘可要買花、買些香燭上香祈福呀！」

眼下還是料峭二月，嫣然身上還穿著水紅狐皮長襖，內著青綠色的蜀錦比甲，腳踩雲紋羊羔皮小靴，雖是疏淡晴日，但伸手處卻顯有些冰寒，只見這童子卻只穿著尋常棉衣，兩頰凍得通紅。

「小朋友，你叫什麼名字？這附近可有什麼佛寺，需要香花蠟燭祈福呀？」

「我叫小圓，這附近的佛寺可多著呢！除了有文士有林和靖之墓、武有武松墓，此外還有蘇小小墓，另外寺廟也多得很，昭慶寺裡的觀音也靈驗得緊，可是許多人去拜的……」

嫣然心弦一動，道：「你說的蘇小小，可是南齊名妓那位嗎？」

「姑娘你說什麼名妓？我是不大懂的，現在那蘇小小墓去的人是少的，偶然不過就是幾名文士去那裡捻香，現在來此處的遊人多半是去昭慶寺上香，求功名、求姻緣、還有求子的！據說百靈百驗呢！」

「凝香，你拿幾個銅錢給小圓，買一束水仙。」

「多謝多謝，小姐真是美若天仙，要去昭慶寺佛前供花，菩薩一定會保佑你有個好姻緣的，我小圓也會祝姑娘福壽綿延、多子多孫、金玉滿堂……」

「好了！記得去請娘親為你買一件較暖和的衣裳，別凍出病來了！」嫣然溫情道。凝香遞去了銅錢，換來滿滿一束馥郁芬芳的水仙，只見小圓殷勤道謝後蹦跳離去。

「小姐，咱們去昭慶寺嗎？」

嫣然搖頭道：「我向來不喜歡那樣人多之所，咱們去蘇小小墓吧！」

沿著羊腸小徑，前方蒼苔布滿、落紅點點，石碑處種著桃杏柳之屬，柳枝裊娜間可見纏繞著幾張素箋，上前一看，都是些蠅頭行草的詩詞，雅俗不一……

「我乘油壁車，郎跨青璁馬，何處結同心，西陵松柏下……」

「小姐，你念的是什麼？」

「這是蘇小小歌，這蘇小小乃是南齊名妓，色藝雙全，賣藝不賣身，與才子阮郁有同心之約，但阮郁科考未還，她相思成疾，因此鬱鬱而終，後人憐她紅顏薄命，因此建了這蘇小小墓來憑弔，此處能遠眺湖山、平挹朝雲，小小姑娘芳魂有知，應當也會流連不已吧！凝香，你可否去取些水來，我要插瓶水仙，以代香火，聊表心意。」

待凝香離去，她將袖中一張杏白色的小像取出，這小像上頭的女子梳著宜春髻，雙目不點而靈，唇不點而紅潤，秀臉蛾眉，正是嫣然自己的小像。

她將剪紙小像置於掌心，心中忖思：那蘇小小雖是歌妓，卻有書生阮郁可同心之約，而我今歲也已近及笄之年，卻不知何時得遇佳偶，想我母親早逝，婚配萬分做不了主，說不定未來定數只比那蘇小小更加堪憐了，心念至此一陣憂傷，喃喃道：「百花娘娘在上，嫣然乃唐氏孤女，門第雖高，卻身居閨中，蹉跎春日，今日出遊，望娘娘保佑婚事順利，如〈白頭吟〉：『願得一心人，白頭終不離。』」

遠遠的，只聽見不知那些羅紈子弟所蓄的歌妓，與那鼓吹歌弦相應：花朝月夜動春心，誰忍相思不相見。

這歌聲妍麗卻又一陣陣勾人般的心傷，聽了半晌，不覺得癡了，當嫣然打算將自己的小像，以松綠色的絛子繫上杏花枝條時，不知何處吹起了一陣楊柳風，竟讓手中剪紙一瞬間，飛入桃紅霏霏的百花深處了。

「真巧，今日來西湖遊賞，正好遇上了花朝節。」眼見滿眼的畫舫遊船，遊人如織，楊日升道。

「花朝節，那又如何呢？」一旁的過山猴手捧著大肉包囫圇問道。

「你平日多在海上漂泊，多有不知，此地杭州西湖，一年之中有兩個日子，是最熱鬧非凡的，一是七月半中秋賞月，另一便是此時花朝節賞百花，這兩個時節幾乎男女老幼傾城而出，只為一睹百花芳容，遊湖仕女剪紙於花枝上謂賞紅，到夜間仍會放花燈祈福，可說晝夜都是熱鬧非凡的。」楊日升道。

「真的嗎？如此佳節勝景，可真是令人期待。」思齊忍不住道：「我自幼常在歌樓酒肆聽說書人講平話，常言道：『上有天堂，下有蘇杭。』那時心底常有個想頭，何時得了空，非得到此處走走瞧瞧，看看這西湖是不是正如話本裡說的一樣才好，今日一見，雖不如閩海或湄洲島那風光壯闊無限，卻也是暖風薰人、水色花光。」

自從安葬了徐老兒，思齊便一逕前往歙縣，等了數日，不知為何卻不見約定好的線人，倒是在賭場間結識楊日升、過山猴、張弘數名好兄弟，後返回至同安，見當地權右太監高采底下的惡奴——何海正劫掠良家婦女，思齊一時氣不過出手相助，混亂之中打死了何海，卻也落得殺人官司，這下只得帶著兄弟亡命海上，卻也在此良機立下投名狀，得以加入海寇麾下。

此時聽見前方拱橋間傳來一陣陣叫喊聲。

「落水了！有人落水了！」

當凝香取了一竹筒的水回來之際，卻聽見有人吶喊著落水的聲響，她趕緊往回跑去，此刻只見湖畔邊擠著黑壓壓一群人，她緊張喊道：「小姐，小姐！你在哪呢？」

只見水面突然冒出一顆頭顱，背上扶著一個小童，划水至岸邊，岸上早有一名布衣荊釵的婦人禁不住啼哭道：「我的兒，小圓，好端端的怎麼落入湖水裡了呢！莫要有什麼三長兩短，你可是娘的獨苗呀！」

原來小圓方才買賣時，不甚正巧有一戶仕宦之家遊湖，前呼後擁，家僕仕女歌妓鼓吹不計其數，小圓也是家境清寒，見有熱鬧便上前想要兜售一番，不料衝撞了車馬，躲閃之際被人擠入湖中，只見春寒時節氣溫尚低，小圓雖被救起卻依舊瑟瑟發抖，臉色慘白如紙。

此時思齊亦是一陣抖索，他雖然自小便嫻於泅水，但此刻水溫太低，過山猴見狀趕緊將腰內的酒壺取下，思齊拔開壺嘴快速灌了幾十口酒，方覺得胸口溫熱許多，喘氣多時，此時楊日升也壓住小圓胸口，折騰一陣後吐出幾口水，此刻思齊臉色已逐漸紅潤，問道：「這孩子可還好，有救回來嗎？」

「沒事了，大哥，只是氣息有些微弱，得快保暖，還得去看大夫才行。」

「這……咱們都是窮苦人，哪有這銀子呢……」他母親愁苦道。

此時，聽見一聲清脆的女聲道：「快！我這有一件錦襖，快給他披上了！」只見有人遞來一件茜紅色狐皮長襖，正是嫣然。

原來嫣然聽見咫尺處鬧哄哄聲響，前去一看卻見水中有人載浮載沉，因不熟水性也不知該如何是好，正著急之際卻見有人下水救人，心中先是存了敬佩之意，又見小圓年紀幼小，內心更是憫然不捨，當下便脫下身上的長襖。

「小姐，你在這裡，這……今日天氣仍有些寒涼，若是將長襖給了他人，萬一得了風寒，該如何是好？」凝香一見嫣然，立即向前道。

「不礙事的，不過申時，就要回府了，救人要緊，不差那麼一點時刻。」接著取下髮際上的玉搔頭道：「你別擔心，這簪子給你，快帶孩子去投醫吧！」

這婦人作勢要一跪，卻被嫣然拉起，她方才抱著小圓千恩萬謝，轉身離去。

「凝香，咱們也走吧！」轉身，卻只見方才入水救人的那名壯漢眼睛直勾勾地瞅著自己，只見他髮梢、衣襟上兀自滴著水，雙眉疏朗恰似寶劍平分，眼神矍鑠，英氣勃發。

「你這狂徒好生無理，怎麼盯著我們家小姐瞧呢！小姐，咱們快走。」

正當凝香拉著嫣然快步離去之際，思齊大喊：「小六！」

嫣然驚訝回頭，腦中那浯嶼、大浪礁石間細碎點點發生的過往，是那人嗎？她不能確定，她輕輕開口，喊道：「思齊……」

然而一瞬間，車馬人群雜沓而來，將他倆給沖散了。

湖水淪漣如輞，如綾羅拂動後細緻的縠紋，然而，此時李旦卻發現上頭飄著一抹落紅。

他俯身取來一看，卻是一張剪紙小像，由於飄落在浮萍上，只有邊緣略為濡濕而已，小像上頭的女子柳眉鳳眼，甚是可愛！

李旦心念一動，雖覺人看起來有些眼熟，一時間卻想不起來，順手拿起方才買的《牡丹亭》線裝書，隨手便夾在其中一頁。

起身，隨手拍去身上塵土，原來這幾日李旦思索前往平戶要做什麼生意，方可賺錢，聽尼古拉斯提過，生絲買賣在日本有極高的利潤，因此，便向底下弟兄湊了幾許銀錢，前往杭州所在購買生絲，再銷往平戶，只是就算在產地，生絲價格亦不低廉，他手上僅有幾組當日弘窯暫放於道明堂的青花瓷，被埋藏在地窖之內，此次他返回故地找出這幾項器皿，他估量著若能賣個好價錢，興許可權作資本。

離去之際，他亦將手下兄弟編為仁義禮智信五門，其中，仁便負責消息傳遞，他已請仁字號的二官派人送信與思齊，邀他來杭州一見，已經許久都未見到他了，不知向來性格衝動的他還安好嗎？是高了還是瘦了？

15 陌上人如玉

「小姐，小姐。」

她神色還有些怔忡，連凝香叫了她幾句都沒有注意到，方才那人喊她小六，那是她童年的閨名，族中排行第六，加上是六月所生，因此娘從小便喊她小六，記得被倭寇襲擊時，她躲藏了幾十天，只記得她與兩個男孩相依為命，那相似的容顏，是那人嗎？

「怎麼了？凝香？」

「小姐，咱們時間不夠了，現在趕去白堤，恐怕也會誤了時辰。」嫣然瞬間一驚，經過方才一折騰，不知不覺已經過了幾刻鐘，若是從此地走路過去，想必已然不及，躊躇之際，只見眼前幾艘漁刀小艇正如梭子般飛快在湖上穿梭而過，她立即道：「不然咱們乘船去好了，凝香，你去找艘小舟。我在這紅杏樹下等你。」

「是。」然而連問了好幾個船家，卻都搖頭拒絕，原來時逢佳節，大小船隻早被遊湖之人覓雇一空，他們得了錢財自然不敢另接他人生意，晴日下跑了數百步，卻都無人可載客，失望之餘，凝香返回原處，卻只見嫣然已不見人影，紅杏樹下空空蕩蕩，凝香四處尋覓了一番，又跑了半個時辰，卻依舊不見人影，再回到紅杏樹下，卻只見一條桃紅縐紗帕子，心中尋思：這帕子分明是我家小姐之物，方才我離去，只留她一人在此處，再度回來此地，卻不見人影，小姐向來不會輕易離去，就算是有事暫且離開，至少會留個信息或是去去就回，絕不會如此蹤跡全無，難道是方才我離開之時碰見了歹人，發生了什麼不祥嗎？

這樣一想不禁擔心起來，手拿著手帕忍不住嚎哭起來，也是天可憐見，此時卻見一俊眼長眉的男子走來，一看，卻是思齊。

「你家小姐呢？怎麼不見蹤影？」

原來思齊方才見了小六，心念一動，卻被人馬阻隔，正待要上前相見時，卻已不見蹤影，心下一時沒了玩興，便脫口說自己有些乏累了，實情則四處走動，打著說不定可不期而遇的念頭，不想這裡遇見了凝香。

此刻凝香心下沒了主意，猶豫一番便全盤托出，思齊一聽非同小可，立即道：「你莫要急，我與你家小姐乃幼年舊識，此事儘管包在我身上，保管救你家小姐出來。」

這唐嫣然渾渾噩噩許久，方清醒之際，只感覺自己筋骨仍一陣陣酥麻，略微一動卻發覺手腳皆被綁縛，嘴上摀著巾帕之物，心中大為恐懼，想到自己必定是落入了陷阱，被人販子給抓了，原來方才她等了一炷香都不見凝香人影，心頭正著急，此刻有一名梢公模樣之人，上前詢問道：姑娘可是要乘船，此處正好有一艘載客完畢，若不嫌棄，可代為接送，嫣然跟著此人前去，繞過一叢灌木石碑，前方一艘小舟，只覺此處人煙稀少，心底正猶疑時，突然一人自身後揚起一手巾，隨即手腳俱軟，那人與梢公似乎是一夥，隨即將她擄入船艙內，她想要喊卻全身乏力，接著便不省人事了！

此時聽見一陣細微的腳步聲響，遂乖覺地閉眼不動，佯裝未清醒。

話說嫣然雖閉上眼假寐，卻仍感覺到那人來到她的身邊，先是悄悄地割開繩索，又在耳邊低聲道：「姑娘，你心地好，必定不會遭此厄運，可逢凶化吉，你碰上的這群人販子專門拐賣女眷，與倭寇勾結，自海路販賣至閩粵兩地窮困的海島，一個時辰後看守的漢子是個酒鬼，二鍋頭一下肚後便會爛醉如泥，你可趁機離去往東邊逃去，不出五里，便會見著一土地廟，可向裡頭的廟祝求救。」接著在她手中塞入一物，觸手冰涼。

待那人離去後，嫣然就月光一看，卻是白日贈送給小圓的玉搔頭，心中想道：莫非冥冥中自有報應，有賊人抓我離去，難道那是小圓的家人，因為偶然施下的一點小恩小惠，欲救我於水火之中？

此時又聽見門外依稀有人聲，她警覺地閉上眼，從小她的性子便是端實穩重，此刻她不敢妄動，靜靜等待，約又過了半個多時辰，只聽見外頭有人交談幾聲，接著一人足音漸遠，一人的影子映在紙窗上漫漶，手中似乎拿著酒壺之物，又一陣子身影漸漸不動了，一陣瓦罐破碎的聲響，伴隨人影靠向左方以虬松的姿態，約一炷香後，只聽一陣細微的鐵鍊聲，她輕輕起身，自門縫中發現鐵索已開，而看守人掩面倒地鼻息正如雷鳴。

看來是那善心警告之人為她開門了，心中狂跳，此刻不走要待何時呢？

一轉頭，身後仍有四、五個被綁縛卻未清醒的婦女，不知是因為自己中的迷藥較淺，還是因為方才聞了解藥，機不可失，若是能逃離此處，必得再回來救人。

當下輕聲推門，待離開小屋幾十步後禁不住發足狂奔，死命往土地廟跑去。

此時夜色已沉，小道上幽暗昏惑，只有熹微的月光照耀在眼前的泥土地上，自幼在深閨中纏了兩個小腳，跑沒多久便香汗淋漓，一個不穩跌了一跤，轉頭，卻離囚禁的小屋不過一箭的距離，想那些賊人各個都是孔武有力的大漢，內心只是一陣戰慄。

不知怎麼，從前似乎也有相似的情景，歷歷在目，那是六、七歲時，回鄉省親的船隻遭八幡船的炮火給擊中，她流離到一個荒島，在那裡……

是的，那是思齊，她怎麼忘記了呢？還有一人，他們相依為命地生存近一個月，如果不是他們倆，興許那時就餓死了，哪能活下來？

後頭卻見黑暗中兩道火炬熊熊靠近，莫不是他們發現她逃了，差人抓她回去了，她趕緊起身往前跑，回首卻發現那火炬與自己的距離不斷縮短著，慌張之際，只見左右皆是荒蓁亂草，提起裙子往旁走去，見一簇莿桐約莫半人之高，便往那躲去。

然而才一過去，那陰影處卻早已埋伏著一人，她這一驚非同小可，正要失聲之際，那人跳躍而出一手牢牢地摀住她的嘴，隨即壓著她往草叢低伏，在她耳際說道：「不要出聲。」

也就在此時，追趕之人也近在咫尺，自火炬投來的影子晃動可見是兩人，聽見一人道：「怪了，高大哥，自小屋出來只有一條路，敢情那婆娘是往這跑了，但追了這麼久，怎麼都不見人呢？而且說也奇怪，我與李豬兒交班時，分明記得鐵鍊是鎖上的，這李豬兒喝得爛醉如死豬，也就算了，這鐵鍊究竟是誰打開的呢！」

「混帳，這我怎麼知道，還得抓回這婆娘，細細審問才能知曉，是否是出了奸細，若真抓著了，我非將他碎屍萬段不可，這次抓來的貨色中，就這婆娘容貌最佳，價格也是最高，要是讓她跑了，這李豬兒誤事就算了，你、我都脫不了責任，舵主的手段你可是知道的，他要我們每個分舵各湊集白銀十封，如此，方可自佛郎機人處購買火銃、水雷與虎蹲炮，如在期限之內無法達成，等著挨鞭子吧！」

「說得也是。」那人只唯唯諾諾道：「前方有一座土地廟，或許人藏在裡頭，咱們去那瞧瞧，要是廟祝不交出人來，就趁夜黑風高把他給殺了，明早咱們登船揚長而去，官府也奈我們不了。」

這話聽得嫣然一陣哆嗦，看來不是普通的人販子，倒像是殺人越貨的盜賊，看來方才救自己的那人，也是冒著極高的凶險，自己要是沒有逃成，恐怕方才救她的那無名之人，也會被殺人滅口，但此刻該如何才能逃脫凶險呢？

聲音漸遠，那人才放了手低聲道：「姑娘勿怪，方才在西湖，我注意到王狗兒與高偉這兩人神色鬼祟，於是派手下兄弟前去查看，才發現他們做人口拐賣生意，我那兄弟說你對他家外甥有恩，請我行個方便，因此特來救你。」這聲音溫潤如玉，而此刻撥雲見日，正巧露出一陣輕紗也似的清輝，她清清楚楚地見到那人的面貌，一雙眼睛炯炯如旭日，鼻如弓弦，唇紅齒白。

有道是：君子世無雙，陌上人如玉。

「李旦。」

他有些驚訝，但此刻嫣然的輕喊卻喚起他的記憶，她道：「你不認得我了，我是小六呀！」

「小六，你是小六？」

原來李旦自西湖遊賞，還未與思齊相遇，卻見林鳳底下的莊公以及幾名爪牙，神色鬼祟，心感蹊蹺，便躲在一旁窺看，想那林鳳雖屈居曾一本之下，但一直以來都有心開拓一己勢力，不是甘願雌伏之人，原本是猜測是否在背後做些走私勾當，賺取暴利，不料卻是拐賣人口。

但細想也有道理，人販市場裡一個黃花姑娘價值三十幾兩銀子，可抵普通人家數年的收入，若是做其他的絲綢、茶葉生意，少不得會讓曾一本底下人知曉，但若是活生生的人，無買賣紀錄，脫手之後所賺白銀無須上繳，更不會留下任何蛛絲馬跡。

於是趁著夜色尾隨這行人來到郊外，正尋思該如何救人之際，卻見有人躡手躡腳逃跑出來，沒想到竟是舊識。

「那日我們回去找你，卻不見你的蹤跡，總擔心你讓倭寇抓了，生死未卜，沒想到還有相見之日。」李旦道。

就在此刻，李旦卻一把將她撲在地上，感覺他整個強烈的男子氣息壓在身上，漆黑的頭髮半覆住月白色的臉，那妝鏡也似的皎皎明月，正低吟不語地凝視朗朗乾坤，與她火燙的臉頰，她聽見自己心臟劇烈鼓盪的聲響，幾乎使她聽不清，那去而復返的腳步聲！

「你說，那廟祝會不會說謊？」王狗兒的聲音道。

「不知道，他說今日從未見過任何一位女香客，但為防安全起見，還是將他整個人牢牢地綁縛起來，內外搜了一遍卻什麼也沒找著，說不定這女娘仍躲藏在這附近，咱們可不能放棄，繼續找。」

「會不會她已逃離土地廟了，我聽附近人提過，有一條捷徑，要是從那走半個時辰，可至清波門。」

「你說她走羊腸道嗎？那條路極為泥濘難行，尤其這幾日下雨，一半的路程都是沒入膝蓋的淤泥，那纏腳的雌兒絕對走不了那樣的路。」

「那咱們該如何找？」

「先在這路上仔仔細細地搜。」

一陣陣刀鋒揮動的聲響，顯然兩人拿著刀刃不斷對著草叢做出揮舞，隨著刀砍聲逐漸靠近，感覺李旦戰慄了一下，濕濕滑滑的鮮血滴至她的臉頰。

「這裡沒有人，還是換個地方搜吧！」旦哥哥受傷了嗎？她想起身查探李旦的傷勢時，但李旦卻依舊緊緊壓住她，沒有移動一絲一毫，只是低聲道：「別動。」

又約莫過了一盞茶的時間，蟲鳴唧唧間，聽見高偉的聲音道：「真的不在這裡，咱們再找吧！」

當步履聲逐漸遠離，李旦沒有馬上起身，而是又過了一炷香，他知曉這些倭寇詭計多端，不敢輕動，直到一點人聲也無，他才放開嫣然起身道：「對不住，他們這些人奸險刁滑，詭計多端，得多多提防才行。」

「先別說這樣的話，你受傷了嗎，還好嗎？」她原先也是心細如髮的性格，但因關心則亂，一想到李旦方才為了保護自己受了傷，更是焦急。

「不妨事！」李旦雖這樣說，但只見臉色蒼白，卻是失血過多，嫣然連忙自懷中找出手絹與他止血，只見肩背上一道口子兀自滲著鮮血，刀深見骨，光看就一陣泛疼，要是這樣的傷口落在自己身上，絕對會喊出來的，但他卻連哼也沒哼一聲。

此時李旦道：「我看這兩人已走遠，趁現在我們抄小路前往清波門，只要在那可以見到夜巡的捕快，或是來到人煙密集的宅第，就可以求救了。」

他攙扶她起身，一逕往身後幽闃不可見的小徑跑去，跑不過幾十步，她便一個踉蹌倒在他身上。

「你沒事吧！」她搖搖頭，這該死的小腳，那兩個賊人說得沒錯，雨後此處都是泥濘，沒多久淤泥便沒入足脛間，每踩一步要再度舉步卻又艱難不已。

「旦哥哥，你別管我，還是先跑去清波門求救吧！」

「不可，這些人販子十分乖覺，一旦抓到人便會迅速離去，要是貿然離開可能就錯失了救你的機會，再撐著點，咱們快走。」

李旦牽著她的手兩人又跑了一陣，然而說也奇怪，越跑整個人就越下沉，只見淤泥逐漸沒入腰間，嫣然幾乎要尖叫出來，幸虧李旦隨即緊緊將她拉住道：「這下不好，咱們可能是走偏路了，因此才陷至這泥潭間。」

「那該怎麼辦？」

「不怕，我們循原路回去，只是白跑了這一段，怕又耗了這些時間，只怕那兩人已經識破伎倆，怕會找來此地！」

就在此時，卻聽見後方傳來一陣腳步聲響，嫣然瞬間如同雷擊般手足俱軟，喃喃道：「糟了，他們要追來了。」

「莫要怕，我背著你。」不待她同意，李旦一把將她背起，快步向前跑去，幾根樹枝拂過了臉頰，她一低首，見到的便是他的頸項，汗水凝結其上，露出玉一般的光澤，她感覺他一陣陣喘息，是太累了吧！不成，他該知道的，兩人是決計逃不了的，要是被追上，這些人會怎麼樣呢？在旦哥哥面前對她做生不如死之事，她感到手足冰涼，摸到如雲的髮髻上，她記得自己出門時頭上戴著一枝鑲瑪瑙東陵玉步搖的，不知怎麼卻遍尋不著了，該怎麼辦呢？要真被抓著了該如何自盡，千古艱難唯一死，但真當死到臨頭，可真有這樣的勇氣。

突然一個踉蹌，她整個人摔了下來，還未起身，只見高偉與王狗兒不知從何處竄出，此刻李旦已經雙手反握被壓制在地、不得動彈，王狗兒揪住他脖子，手上亮著一只晶亮匕首。

怎麼回事？腳步聲不是在後頭嗎？這兩人究竟是從何出現的呢？此時，只見高偉手中拿著一根簪子，這不是她頭上的步搖嗎？竟讓這廝給撿著了。

「果然沒錯，方才我們遍尋不到這婆娘的身影，我心中就有鬼，料想必定有人接應，只擔心這兩人走羊腸道逃走，這羊腸道乃是一個丫叉形狀之路，一邊通向清波門，一邊則是通向母豬潭，因此早早就搬了許多柴草與土石，擋住了往清波門之道，又埋伏於此處死路上，再加上路上又撿著這枝步搖，我便知曉絕對不會白費功夫了，此刻，果然真讓我甕中捉鱉了！」

但此刻王狗兒一個驚訝道：「是你，玄武門的李旦，我們朱雀與玄武雖然平日不相往來，卻也是相敬如賓，你何苦和我們老大林鳳過不去！」

「你們拐賣人口，李旦不能坐視不理，此刻我兄弟近在咫尺，只待我一聲令下，你若是現在放了我們，高兄弟，我保證此事可一筆勾銷！」方才一陣奔跑鮮血逐漸從肩胛處滲透，他感覺有點暈眩，力不從心道。

高偉臉色陰晴不定，但一想到李旦方進入曾一本門下羽翼未豐，便道：「將這人殺了，屍體剁碎後丟入母豬潭……」

「這……李旦好歹與我們都是在曾一本頭領底下做生意的，頭兒說過部屬間嚴禁私鬥，要是咱們真殺了他，萬一消息走漏，可如何是好？」

高偉惡狠狠道：「有什麼好怕的，頭兒禁止買賣人口，咱們不也照做了嗎？更何況玄武與我們朱雀向來不睦，他今日落在我們手上，正是天賜良機，此處只有天知地知你知我知，這個雌兒跑了一夜害我追了一晚，如今我是滿腔怒火，待會兒我先碎屍這人，入這雌兒後再一併碎屍，怕他個鳥。」

只見他高舉雙臂，手持彎刀，當清亮的刀光一閃，銳利的反光即將濺血，嫣然即將呼喊，一道火星迅速射來，雷電般的聲響。

「有人來了，快撤！」高偉道。

兩個賊人一前一後，後方王狗兒先是中了一槍，又跑了幾十步後一聲槍響，高偉亦倒臥不動。

「小姐，小姐你沒事吧！」只見凝香跑來，後方緊跟隨著三名男子，為首那人正是白日所見的思齊。

「小六，小六，你沒事吧！」思齊也向前道。

「我沒事……」嫣然驚魂甫定道：「你快看看你大哥，他……受了傷，為了救我。」

「我大哥？李旦！」思齊目光含淚道：「大哥，我是思齊呀！咱們可多年不見了，這些年來，你可好嗎？」

「還好，記得與你分離之時，你還不過五尺之高，眼下，可長成了七尺男兒呢！」李旦亦掩不住心情激盪道。

「大哥，你受了傷吧！這裡不是說話的地方，走，我背你，先帶你去客棧，咱們兄弟倆定要好好敘舊一番。」

凝香攙扶著嫣然，此時才聽她娓娓道來事件經過，原來晌午時不見嫣然蹤跡，尋訪處碰見了思齊，當下四人分開尋訪，薄暮之際，卻見小圓之母神色不定走來，與凝香低語，原來這幾日有人販子埋伏於此，只因花朝節人潮眾多，凡是此刻特別容易有女眷落單，趁夜色抓了去，交與倭寇販賣至海上，如此黑心無良的生意，只因倭寇都是刀頭舔血的惡煞，一般西湖買賣維生的小販自是不敢言而敢怒，只是那小圓母親篤信菩薩，受人點水卻也知曉報恩，故來相告，並差遣一名手腳靈快的兄弟去為嫣然解索，眾人沿著羊腸道前進，只是李旦與嫣然黑夜中辨認不清，誤以為追兵。

思齊與李旦一逕來到清波門，此時楊日升也覓了兩頂轎子，讓兩人上轎，日升問道：「大哥，這位小六姑娘要去哪兒呢？是與我們同路嗎？還是送她回府。」

思齊便到轎前問道：「小六，你說呢？你家住何處，這夜晚恐怕還是會有些宵小，你要回去便我送你一程，以免又橫生不測。」

嫣然忖度道：今早出門自西湖邊與李姨娘告別後，她想必以為我去尋小青了，不會知道我經歷了一場風波，更何況我與她關係向來疏離，我晚幾日回去，料想也不會追問，只是為免小青擔心，再請凝香送個口信與她，說我有事耽擱下回再聚便可，更何況此刻我若是回府，日後要再出門，可是千難萬難，旦哥哥又因自己而身上受了傷，方才那肩傷那口子雖說不深，卻恐怕也失血不少，不如趁此機會照料他，不然，這顆心只怕會緊緊懸著，怎麼也放不下的。

於是道：「我今日出門有稟明過姨娘，會去姊妹家借住個幾日，晚些回去，想必也不妨事，更何況自幼與你和旦哥哥分散後，許多事情都沒來得及與你們訴說，今日再會，也是菩薩保佑，也想知道這幾年你們過的日子可好。」

思齊開心道：「那好，我立刻派人去安排房間，這麼多年不見，想當初分別生死未卜，內心總是掛念得緊，今日能再見你，卻也是老天保佑，等你先安歇後，這幾日咱們好好聊聊，你放心，只要有我在，我一定拚死保護你，不讓你受到任何一點點傷害。」

隔日起身，待凝香取水盥洗後，已是巳時了，嫣然竟不知自己睡得如此之晚，想必是昨日折騰一日，整個身心飽受驚嚇太過疲憊的原因，用過了早膳歇息一陣，此時，只聽見一陣敲門聲響。

推門一看，卻是思齊。

「小六妹妹，你好些了吧！大清早我就想來看你，卻擔心擾了你的清夢，害你不得安歇。」

「沒事的，思齊哥哥，你先請進吧！睡了一夜，我是好多了，只是，昨天旦哥哥為了救我，受了傷，我內心好生過意不去，這是他昨日借我的衣袍，他醒了嗎？我先親自還給他，並向他道謝。」

「這……恐怕沒有辦法，我大哥他，昨晚……」

「怎麼了？」

「喔！你別擔心，他說有要事，急急忙忙就回去了，我怎麼留他也不願意，只好，只好送他離開！」

「咦？怎麼會……」嫣然眼淚瞬間落下，怎麼會這樣，自己什麼都還未向他訴說，更何況他還受了不小的傷，居然連休養也沒有，就這樣離開了！

思齊慌忙道：「你別哭呀！唉！我也勸過大哥，咱們那麼久沒見，說什麼都該好好聚聚才是，但他卻說清晨就要走，你多半不大知道吧！畢竟咱們這麼多年沒見，大哥他以販海為業，在倭寇底下做事，不過你千萬別誤會，他也是身不由己，而且他從不做那些傷天害理的生意的，你知道的，我們倆的娘親便是被倭寇所殺，我們發誓與倭寇勢不兩立，他也與我說了，此次生意完畢，他便要想方設法離開這群人，所以他要是與我們會面，這事如果讓官府知道了，怕是會被官府定了通倭之罪，因此，他才匆忙離去的。」

「是嗎？」聽此言，嫣然內心更是一陣苦楚，雖然不大清楚，但昨日聽得出來李旦似乎與那些賊人有些瓜葛，若真如此，萬一遭到挾怨報復，不就都是自己所害！

「你放心吧！我大哥這個人機智百出，絕對不會讓自己吃虧的，對了，我帶了幾件衣裳過來，等等可以換上。」

嫣然忍不住輕笑，剎那間她想起幼年時在浯嶼點滴生活，道：「思齊哥哥，記得那時在小島上，我們也是找了一個箱子，抽出裡頭的綢衣來替換。」

「可不是，那時你還半個門高呢！多虧了大哥和我兩個人幫忙裁縫，沒想到，現在都成了個大姑娘了！不過我手上這些只是粗布衣裳，比不上官宦之家的錦繡，但至少能保暖。」

「謝謝你還替我準備衣裳。」

「不是我，是我大哥。」

聞言，嫣然內心又一陣溫暖，兩人敘舊一番，嫣然問道：「思齊哥哥，我聽見那兩人稱你為大哥，卻不知你現在做的是什麼樣的行業？」

思齊卻不回答，只是先起身，看了外頭四處無人，接著坐到她身旁低聲道：「小六，此事沒多少人知道，天底下只有我大哥和少數人知曉，我今日說與你知道，你可千萬別對外人說。」

「你放心，小六都知曉。」

思齊道：「我這行業，說來慚愧，表面上也是不容於王法的海盜，但是真實的身分卻是官軍。」

「官軍？」

「沒錯，劉熹總督，這位大人你可聽過！」

嫣然點點頭道：「我祖上姓唐，諱順之，據爹爹所說，也曾隨戚繼光剿滅倭寇，因此對於當代的抗倭英雄，都是略有耳聞的。」

「那太好了，當初在與我大哥分開後，我便尋了一個娘親的舊識，他是一名官軍，自小便對我和娘親照顧有加，當時我聽見他們要差遣一名細作混入倭寇之中，除了作為官軍內應外，藉機便可勸說這些人接受招安，表面上是賊，實際上是兵。」

「真的？」

「你不信我！」

「不，不是的，我只是覺得替你高興。」

「我和大哥約定好了，等到時機成熟，我們都要成為堂堂正正的良民，他要成為大商人，而我要成為官軍，等到那一日，咱們就不會被任何人瞧不起，可以端端正正地做人了。」

見思齊說得熱血，嫣然也笑道：「相信那樣的日子，必定就在不遠之處了。」

「對了，今日歇息一會兒後，你可有想去哪走走？」

嫣然思索道：「老實說，經歷昨日的驚嚇後，遊興也沒了，原本只想與你和旦哥哥敘敘舊，倒沒想到他先離去了，這一時間，也沒想到可去哪走走？」

「不要緊的，我聽日升說了，這幾日西湖夜間會放花神燈，而在蘇堤前還會擺上戲台子演出《十美人慶賞牡丹園》，你要是喜歡，我便帶你去，你放心，有我在，一定保你周全，不讓你被賊人傷害。」

見思齊說得眉飛色舞，且想那花神燈一年才得一見，她平日在深閨中，爹娘嚴訓是不可夜遊的，難得今日有機會，又有思齊在一旁守護，若錯過今日，恐怕日後也難得再見，便道：「既然如此，咱們就一塊兒去吧！」

「好的，你先隨意，申時用過晚膳後，我再來接你。」

夕春過後，思齊果然雇了一只暖轎，行走至西湖畔，一路上思齊步行於側，隔著青幔兩人不住閒話，不過半個多時辰，便已步至蘇堤處。方步下轎子，嫣然仰首顒望，此刻妝鏡也似的明月，鑲嵌於天際丹闕上，兩岸桃柳樹皆懸掛著花燈，如一夜東風夜放千樹萬樹，渲染出連綿無盡的星流銀河，卻已是駢肩雜沓，想那臨安自古以來便是金粉之鄉，又是花朝節這樣頭等的大日子，男女老幼自是傾城而出，無論是上等人家的羅紈貴冑、膏粱子弟，即使平門小戶，也要來趕一趕熱鬧。

淨寺前更是萬頭攢動，只聽見鼓吹絲竹之聲不絕響遏行雲，原來前方搭著一個戲台子，兩旁巨燭火熒煌，空地處已架起高檯子，是供那富貴人家的女眷觀賞的，下方點綴著大大小小迆邐不絕的花燈，如星如雨。

「嫣然，嫣然！」此時，她聽見有人喊她，一轉身，一輛寶馬香車而來，走來一名妙齡女子身著翠色青衣，上身披著松綠牡丹色的鶴氅、頭上梳著一個宜春髻，鵝蛋般的臉蛋，一雙眼睛秋水寒星。

「小青，小青，見著你我真是開心！」嫣然喜得上前拉著小青手道。

「嫣然，今日一早我就接到你差人送來的信箋，原本昨日一直不見你，我還疑心是你姨娘臨時改變了主意，因此無法前來與我賞花，今早接到你的信息，才知原來另有原因，咦！這人是……」

只見思齊頭戴萬字頭巾，穿著一身半新不舊的靛青色綢緞，眼神卻是俊朗，嫣然見狀趕緊拉著她道：「好姊姊，這人是我兄長一般的人物，我自幼與他相識，可惜多年未見，這幾日借你名義，好讓我爹娘放心，等日後我再與你敘敘舊情！你若有任何事情要問我，自是有問必答。」

小青內心仍是疑惑，因此便輕輕拉了嫣然道：「妹妹，你也別怪姊姊多嘴一句，我捎個信對伯父伯母說一聲你這幾日在我這兒，自是不難，只是這位公子不知是何身分，你也告訴我，好讓我放心。」

「你放心，我這位異姓哥哥，顏姓，諱字思齊，他不是王孫公子，不過是個小生意人，自小我遇難，就是他救了我，是個實心人。」

「好吧！既然你這樣說，我也不多問了，我現在要去淨寺前看戲，聽說這戲演的是《十美人慶賞牡丹園》，那鑼鼓喧闐，可熱鬧的了，你要不要一塊去聽聽。」

「不了，那裡的人多，看了我都暈了，我倒想趁此清靜去湖邊上吹吹風。」

「好吧！那我就不打攪你了，咱們改日再聚，對了，這是我方才路上買的花燈，這兩個就送與你，這花朝節放花燈，可是應景不過的。」接著附耳道：「我已送過信箋，說你會在我家住下旬日，你可琢磨時間，莫要耽擱，也別讓人擔心！」

「那就多謝姊姊了！」嫣然感謝道。

待來到了西湖畔，正巧見一名梢公正在待客，上了畫舸，那五十多歲的梢公邊盪起槳來，此刻湖面上已是鱗浪層層，波心蕩漾，水燈瀰漫，方才小青給的兩個花燈，一個是並蒂荷花、另一個則是宮燈上頭黏著硃砂、松青色彩綢，透著光恰似玻璃紙般，上頭畫著才子佳人的圖樣，那佳人頭上插著倩生生步搖，各色珠翠，男子溫文儒雅，背景繪著桃紅柳綠，故事卻不知是出自《西廂》，還是《牡丹亭》？

不由得引得她心中一動。

嫣然自懷中取出毛筆，問道：「今日良辰美景，聽說花朝節許下心願，可是百靈百驗的，你可有什麼心願，我替你寫在這燈上，可好。」

「小六，我是個粗人，連大字也不識幾個，這名字都還是你取的呢！哪知道要寫什麼呢？」

「不要緊的，你想許什麼告訴我便是了，我再為你題寫上去。」

此刻思齊內心有個想頭，卻不知該如何說出口，嫣然只道他仍未想明白，便道：「不急，你先想想。」

先將這花燈轉了周匝，仔細地尋了一個空白處，正要題寫，心中卻想道：不知旦哥哥如今傷勢好些了沒，匆忙離去，好生令人擔心。

轉念又想：我與思齊、旦哥哥自小相識，我又沒有相熟的兄弟姊妹，最好的姊妹只有小青，但也不能日日廝見，今日上天垂憫，讓我再度與他們團聚，自是萬幸。

因此就蠅頭小楷寫道：願李旦、思齊與小六兄妹三人福壽綿延，但使現世安樂，歲月靜好。

「思齊哥哥，你可想好了，讓我猜猜，你希望早日大事能成，掃平海上，蒼生平靜。」

「是，妹妹你說得真好，就這個吧！」

「好，那我就寫：『願海波平。』這樣可好！」嫣然笑道。

水面上的花燈、水下的倒影，倒影之中一層層綿延的光暈，迤邐出一道瀲灩的閃爍光影。襯著上頭一個世界，水面上又是一個桃紅柳綠的世界，水與月、人與畫舸都是成雙成對的，那樣的令人迷醉，她忍不住俯下螓首，水面上倩生生的倒影，倒像她白晝時剪下的紙人似的，縹緲得不真切，卻又那樣的一夢如是，究竟什麼是真，什麼是假呢？

遠遠的，她又聽見那斷斷續續的曲聲了，襯著笛聲裊裊，如殘燈玉漏，一聲聲，其中又雜著婉轉的歌聲，竟像那月白、胭脂色的芍藥般，在這金粉似的夜色中一朵朵地在空氣裡大鳴大放，她的心不由得也有點顫動起來，此時她聽見了一句自淨寺前傳來的《牡丹亭》戲詞：但使相思莫相負，牡丹亭上三生路，絕美不已，禁不住含英咀華。

16 明朝散髮弄扁舟

乘小舢舨回到水寨，方踏上獨木橋，便聽見一陣吶喊、鬥毆聲，李旦心知不妙，趕緊跑去查看，果不其然，自己底下的那幾個兄弟：心素、土伯連同大壯、二官幾人，臉上全是傷痕，二官臉上甚至被揍得半邊血流不止，只見林鳳面色寒霜，右手邊站立的莊公，手舉一把火銃指著他們，他手下四、五人手持棍棒，顯然是來挑釁生事。

李旦禁不住暗暗叫苦，原來他隔日便早早離去，便是因為料想過山猴雖一槍結果了兩人，但當思齊派兄弟回去救人時，卻不見那李豬兒的人影，料想其人或許已經打探到風聲，要回水寨通風報信，因此自己才不顧傷勢趕著回來有個防備，不料還是棋差一著，眼看自己的兄弟雖然人數不少，但礙於對方有火槍，只能落得挨打的分。

「大哥……」「頭兒……」眾兄弟見他出現趕忙連珠炮似的叫苦道：「大哥，快救我們！」

「你來得正好，你教唆底下之人訛詐我們朱雀門，該如何處置呢？」林鳳嘴角抽動了一下，自口袋中取出一錠白銀道：「那個叫二官的小子，要跟我底下的人賭博，沒想到這小子居然詐賭，最可惡的，還是拿了一錠假銀子來押注，我一摸便知，成色不足，果然，」接著自口袋拿出一刀削下一角道：「你瞧，這不是假銀子嗎？你縱容底下兄弟幹這等事，該如何處置。」

「大哥，不是的，我給的銀子是真的，但不知怎麼，我一轉頭離開，他就掉了包，這……根本是含血噴人，我沒有。」二官趕緊解釋道：「不相信你問心素大哥，是他們尋仇生事在先……」話未說完底下一人對著他肚子又是一記狠揍，他疼得說不出話來，只發出一陣陣語焉不清的喑啞聲。

「住手，別打了！」李旦道。

「你也知道心疼嗎？可不是只有你手下的人，才是兄弟……」林鳳一雙眼睛，寒鋩似的盯著他，那眼神彷彿要將他釘死在牆上，凌遲殆盡似的，李旦聽出他的話中有話，說到底，還是因為氣憤自己毀了他的生意，又殺了王狗兒與高偉兩名手下，因此道：「林舵主，這是李旦管教不周，有任何處罰我欣然承受，但請放過他們。」

「放過他們，說得容易，依我來看，可要把他們一個個的手指都剁下來，再加上你的，方可彌補我的損失。」接著傾身向前低語道：「那幾個小娘原本一個可賣到三十兩白銀，四個總計百二十兩，我剁你們手指一個算十兩，放心，等爺兒我剁完了，就饒了你們性命。」

林鳳可是算計好了，眼下曾一本不在此處，加上自己在水寨中孤掌難鳴，無人可聲援，眼看衝突不可免，就在此時，卻聽見一清朗的聲音自後方道：「林舵主，請問這幾人是犯了什麼錯？要你這樣大動肝火，以至於忽略了曾一本門主：水寨內兄弟私下不可鬥毆的禁令，要你率人這樣動手動腳呢！」

轉頭，卻是鄭一官。

林鳳道：「他們底下的兄弟，詐騙了我兄弟的錢財。」

「林舵主，水寨內幫規兄弟不可聚賭，今日發生這樣的事情，雙方都有錯，不如就算了吧！免生干戈。」

「說得倒容易，方才動手時，我底下一個兄弟被打斷了腿，我底下的兄弟向來都是一條心，任凡有人受了小皮擦傷，都會全部衝上去拚個魚死網破，我雖是名義上的頭兒，也管束他們不得，你想管這閒事，怕是管得了一時，管不了一世。」林鳳作勢要推開他。

「如果我，非管不可呢！」鄭一官向前道。

林鳳露出扭曲卻帶著猥褻的神情笑道：「你算老幾，不過是仗著皮相得到頭領的寵愛，要知道，頭領向來喜歡膚色白淨的童男，真還把自己當號人物了，可惜你破了相了，讓人給玩壞了！不要緊，頭領不要你了，我可以收了你……」眼看林鳳再說下去，不知還會吐出什麼汙言穢語，李旦趕緊道：「一官，敢問水寨之中聚賭、和兄弟鬥毆，處刑為何？」

「依情節輕重不一，聚賭若是偶一為之，通常是鞭打五下至十下，而兄弟鬥毆，若僅僅掛彩而無傷及肢體與性命，少則二十鞭，多則五、六十鞭。」

「好！那兄弟有錯，李旦管教無方，自請七十鞭，以儆效尤，林門主對底下弟兄有個交代，而此間恩怨也請一筆勾銷，如何？」

「不必七十鞭，這樣刑罰也未免太重了，林舵主，你兄弟受傷的人在何處，不妨讓我看看。」

「多謝關心，但七十鞭李旦罪有應得，也請林舵主看在薄面上，寬恕則個。」

赤條條的烈日毫不遮掩的，潑灑在寬闊的校場之上，此處白石鋪地，原本是作為傾卸貨物與軍士的訓練場，此外，水寨中若有人犯了刑罰，亦在此公眾處刑，以儆效尤，如火般的晴日下，只見一只十字架似的橫木立在中央，李旦脫去上衣，讓麻繩將手足牢牢地綁縛在木頭之上，接著一人手執鞭子出現，李旦認得，那是李豬兒。

一、二……隨著行刑的數數聲，鞭子與火辣辣的烈日一同撞擊在他的背脊之上，牽引前日肩胛的舊創，他起初一陣戰慄，但他緊咬下唇沒有呼喊，經歷了那麼多事情，他已經學會了忍耐，他曉得，不論什麼事情，只要能夠活下去，這一點，飛虹一定是懂得吧！目光穿越眾人，他看見不遠處的飛虹，他的表情仍舊是那樣的冰霜且淡然，但一剎那，他感覺到了一股同情與理解。

不知何時，鞭子落下的速度變了，原來林鳳已經奪下了鞭子，決定自己行刑，五十、五十一……林鳳打得興起，索性將上身脫得赤條條，就在此刻，一陣比傷痕更疼痛的戰慄，背後，火鳳燎原的紋身，火焰一般地灼燒他的眼睛。

林鳳不明所以，還以為他心生害怕，更顯得得意洋洋道：「你現在求饒，老子還能少個幾鞭。」

他不言語，只將瞪得血紅的雙眼，眼神卻不見海面波濤，一陣陣的鞭打聲、風聲、乾柴燃燒爆裂的聲響、刀刃劃破咽喉直至肚腸，彷彿綢緞撕裂那樣淒厲的尖叫，卻又忽然什麼都沒了，安安靜靜的。

是的，他想起那日屠村的場景，撕扯衣服的聲響與刀刃劃破肚腸的尖叫，賊寇將他小雞似的提起，脫下他褲子將他按壓地上，但有人救了他，是娘親，她拿著柴刀衝來，趁亂逃到後方的柴堆，和二狗緊緊地挨在那裡，接著便是自縫隙裡，看見賊人做的齷齪事，娘親像塵土似的被壓制在地面上，眼睛愣愣地望向他們兄弟躲藏之所，像是最後一點對人世的眷戀，而那背上火鳳的刺青，帶著羞恥的淫聲，焰光中上下起伏。

眾人攙扶下，李旦回到了廂房，許心素立即令人取來傷藥，敷在他背上，一面擔憂道：「大哥，你還好嗎？」見李旦神色愀然，想他必是傷痛難耐，忍不住擔憂。

「對不起，都是我的錯。」二官也立即上前下跪道。

「不！千萬不要這樣說，此事算來還是因我而起……」不想這些弟兄心懷愧疚，先命眾人關起門來，李旦便把那日在西湖發生的因果點點滴滴說了明白，此刻眾人才恍然大悟。

「老實說，此事還是因我而起，我們在水寨中根基未穩，此刻本來就不宜輕舉妄動，但我處事畢竟還是不夠小心，否則，就不會連累你們了。」

心素道：「別這樣說，任何有血性的人碰上這等骯髒事，都不能袖手不管，更何況你說那位姑娘還是大哥的舊識，咱們這幾日盡量別出水寨，等到出海那日，只望媽祖娘娘保佑，做成一筆好生意，也好在頭領前揚眉吐氣，這樣一來，相信日後那姓林的，也絕不敢再找我們麻煩。」

「但……林鳳舵主會不會之後又尋釁報復呢？」二官擔憂道。

「依我來看，此人有豺狼之相，不是久居人下之人，日後就算不跟我們，跟他人也會有事端，你們就先別擔心了，且你們放心，我已經以低價購買十箱上好的杭州生絲，我打探過，以生絲目前在日本的價錢，一旦轉手，必可獲利十倍，若咱們又能順道開通伊萬里的瓷器，轉手伊萬里與歐羅巴人，一來一往，必可賺進高昂利潤，只是不知何時可以出海？」李旦道，原來那日辭別嫣然後，他先去當鋪中將瓷器抵押了兩封白銀，又在一處郊區的絲廠依在地價購買十箱生絲，方才日夜兼程趕回。

「那太好了，大哥，你不在這段時間，土伯和龍安兩人因曾在船上工作，他倆領著餘下兄弟將船艙漏水處修補完畢，船舷的鐵柱都上了一層油防鏽，又將麻繩上油保養、船帆破洞處盡數補好，此刻萬事俱備，僅欠大哥你送東風了，只是，咱們初次出海，沒有確切海圖，亦不知該如何開拓市場？」

「這不要緊，我手邊有海圖，其餘之事，等到了再說。」

那日西湖遊賞後，少不得隔日思齊又領著她四處遊歷，這幾日別說是西湖十景，連那較遠處的靈隱寺、天竺寺也去參拜，尤其嫣然聽說靈隱寺的菩薩極為靈驗，因此，思齊便雇了一輛車馬，載著嫣然與凝香二人，自己在前方驅車前往，而日升與過山猴兩人倒也乖覺，思齊還未開口詢問，便默默地推託有事不一同前往，免生尷尬。

之前嫣然便聽說，此地籤詩靈驗，來此處除了參禪拜佛外，不少閨閣婦女亦會至此求籤解惑，她想自己家教甚嚴，日後要出門，不知何年何月？沿著石徑行過參天古松入寺後，捻香四處參拜，飲過知客僧送上的香茶後，一時興起，便行至偏殿上，對著觀音聖像擲筊求籤詩。

「思齊哥哥，你要不要也來求個籤呢？」嫣然問道。

「好吧！可是我大字不識幾個，可要請你解釋給我聽才可。」思齊道。

伊軋江心激箭衝，天涯無際去無蹤，遙遙應我奇觀處，料應經起碧波龍[9]。

茸鋪草色春江曲，雪剪花梢玉砌前，同恨此時良會罕，空飛巧雁舞翩翩[10]。

嫣然道：「思齊哥哥，你的籤詩是『伊軋江心激箭衝，天涯無際去無蹤』，這兩句看起來倒是有四方之志，而末尾『碧波龍』三字，便是暗喻你日後必如海波蛟龍，大有可為了。」

「聽你說這籤，倒是個吉兆了，真是太好了，倒是你的籤，不知該如何解？也是上上籤嗎？」

嫣然思忖：此籤煞是奇怪，既是「良會」，為何卻又「空飛巧雁」，沒來由與人憾恨。思索之際，只聽見思齊口中念念有詞道：「白鷺沙鷗點清江，明月海上共潮流，人生在世豈稱意，明朝散髮弄扁舟。」

思齊不是舞文弄墨的人，卻將詩句琅琅吟誦出，嫣然不禁有些驚訝，探問之下，思齊便明明白白將那日如何碰見徐老頭，與其餘之事說了一遍。

「沒想到你與徐文長先生居然認識。」

「怎麼，你也認識？」

嫣然點點頭道：「我祖上唐諱順之，曾經是抗倭名將，我幼年時曾見過爺爺和好幾個大人聊過事情，雖然不大懂，但這位徐先生，可是認得的，他模樣清瘦，對孩子卻很親切，離去時幾次見了我，還會拿一袋山楂給我喫，他的詩和畫都是極好的，我父親的書房裡還放了一幅墨葡萄的掛軸，我記得是：半生落魄已成翁，獨立書齋嘯晚風。筆底明珠無處賣，閒拋閒擲野藤中。墨色酣暢淋漓，便是出自他之手。」

思齊不通文墨，對書畫之流一向是完全不通，道：「當日他彌留之際，說有一驚天祕密要對我吐露，問我是否知道淨海王：汪直，他說汪直伏誅後，留下大量奇珍異寶，藏在一本書名《海鯤遺音》，我當時就不大相信，總想將死之言，豈可當真，但今日聽你這樣說，我卻覺得恐怕有七、八成是真的了，只是我畢身所願便是成為官軍，這倭寇就算拿到了錢財，也是不義之財，得了又有何用呢？」

「依我所見，這也未必盡是不義之財，那時我雖年幼，但聽我爺爺與徐先生提過汪直，卻都是好生佩服，他們都認為汪直雖名為寇，但實為海上之王，保護百姓安危，若非他身死東市，兩浙沿海哪會陷入叛亂，乃至之後的賊寇，也不會趁機作亂了。」

思齊點點頭道：「我那日聽徐老頭所言，對這汪直也是佩服萬分的，這樣看來，倭寇也不全是壞人。」其實自從與楊日升、過山猴等人結拜後，思齊便有此種感覺，他們都是有血性、肝膽相照的好漢子，會成為海寇多數都是為生活所迫，只是幼年的仇恨太過深刻，一時之間，難以想透。

「他們其中若有人一心報效朝廷，你身為他們的大哥，有機會領著他們接受招安，成為官軍，別過那樣刀口舔血的生涯，拚一個封侯蔭子，大丈夫也不枉此生了。」還是嫣然這話點醒了他，思齊心底頭，不禁一陣陣淡淡的溫暖、喜悅油然而生，自從見到小六，不，又或許是更早，早在浯嶼時，在金光波濤的海面上，那如同金鯉縹緲的聲音漂浮之際，他就有這個念頭了，雖然嫣然是士大夫之女，而自己不過是一個卑微的賤民，但那又如何呢？自己可是第一個發現她的人，眼下只差一個機會，如果真能立功，正如顏如龍總兵所許諾的那樣，封侯蔭子，到時便可娶……

「他留給你的書放在何處呢？可否讓我瞧瞧。」想得入神，一時沒聽清嫣然的話語，她又說了一次，才道：「那東西不在我身上，與大哥相見時，因聽說大哥要出海經商，便交給了他保管，雖然當時我不知徐老頭的話是真是假，但總覺得有一日這書興許可以用到，只因我識字不多，因此未曾細讀，且因為這事有點蹊蹺，我也未曾與其他兄弟說起。」

「日哥哥向來機智沉著，能得此書，想必對他必是大有助益了。」

---

9 爲蘇軾〈作櫓詩〉，原爲：「料應驚起碧潭龍。」

10 回文詩，爲宋人熊元素所作：前四句爲「融融日暖乍晴天，駿馬雕鞍繡轡聯，風細落花紅襯地，雨微垂柳綠拖煙。」

17 鯤鯓入海

這是他第一次統領商隊出海，夕春時分，海面上卻早已渲染出一片碎裂金光，海平線與天際交織處化成了濃厚的墨線，而天際，一顆耀眼的啟明星閃亮如耳墜。

此刻時令已入初夏，待休息一個月養傷，又以旬日的時間整修船艦，調集船上所需米穀、物資，眼見汛期已到，此刻正是西南風颼起的時節，他拿出思齊予他的《海鯤遺音》和殷德里在《青花祕簡》的海圖對照，《海鯤遺音》第一章〈平戶〉一條中，記錄了北上日本的海道，上頭並寫道：出海朝東北二十多里處，有黑水溝，其色如墨，波濤如虯龍湧動，順此黑潮往北兼以東北風之助，旬日之內可見五峰島，唯夏季多颶風，尤以七、八月為最，若數日晴朗天空無纖翳，恐為颶風前兆，船隻宜入港暫避，不攖其鋒，渡黑水溝可見一鯤鯓般大島，東番也，古名高砂國，島上無漢人，土人操番言，長年赤身裸體，身強體健、膂力過人，可募為民兵！

此處貿易若是順利，返程應是吹東北風的冬季，那時，應當可順道前往東番一探究竟，若是真有這樣的地方，讓兄弟招募鄉人來此開墾，書末並附有插畫與文字說明，可看出仍是不毛之地，僅有番人以狩獵採集為生，但此地氣候溫暖，若是能引入耕牛和早熟的占城稻，除了可作為船舶休憩的中繼站外，說不定，還可以生產糧食貿易出口。

耳際傳來氣流摩娑著船桅、以及船帆強勁的飽鼓聲響，立於船首處，他正思索著今後的方向，經歷幾日的磨練，仍有不少兄弟無法習慣海上生活，船上搖晃劇烈且顛簸，原本是農民的二官等人便吃了不少苦頭，這幾日吃什麼吐什麼，反倒最小的華宇，或許自小便有與教士一同乘船的習慣，在船上反而如履平地，且兼擔了許多粗重的工作。

一陣略帶雨絲的海風襲來，感覺海面又起波濤了，聽見後頭不少人又是一陣哀號，天殺的！這船怎麼就搖不停呢！

「大哥，要不要進來避個雨？」拒絕了華宇的關懷，他想一個人思索，打從能出海的這一刻，他就下定決心了，報仇，打倒慶窯。數日前他與尼古拉斯私下聊了許久，確知目前天下瓷都景德鎮中，以慶窯的生產為最大宗，要報弘窯與教士被害之仇，得想盡辦法扳倒慶窯才行，但作為獨占歐羅巴市場的景德鎮，慶窯生產的瓷器生意可占其中七成，要如何才能扳倒慶窯，將銷往歐羅巴的貿易獨占，徹底打破呢！首先，他必須找到能生產品質不下景德鎮的瓷器，而此地又在慶窯勢力鞭長莫及所，這樣看來，除了日本的伊萬里燒外，別無他處了。

連續吹了七日的東北風，中間雖有下雨，卻無狂風，當見到五峰群島時，身後的弟兄們發出一陣陣浪花似的叫喊，有些人眼眶甚至還濕潤了，畢竟多數人都是初次航行，能否順利到達平戶，內心都仍是未知數，此刻終於見著了陸地，對所有人飄搖惶恐的內心，無疑是吃下了一顆定心丸，此刻，龍安仰天大喊一聲，隨即跑入船艙之下，取來了黑檀木紅袍神像，那是龍安與土伯兩人出海前，去浯洲島上的羅厝西湖古廟中拜請的一尊媽祖聖像，閩人向來以媽祖信仰為主，畢竟海上氣候難測，此時內心便亟需一股安定的力量，待土伯將點燃的香一根根遞來，第一次，李旦猶疑了。

「怎麼了？大哥？」龍安問道。

「沒有！」見華宇也接過了香，他也順手接過，站立在最前頭，領著底下兄弟，小心翼翼地不讓那聖經中的聖號自口中念出，虔誠祝禱：感謝天上聖母護我船舶，使兄弟出海平安無事，望聖母恩典，使此行貿易順利完成，開拓我無盡海道，使您地上的子民們，都能聆聽福音。

先將船舶停靠在五峰群島，自甲板上降下兩艘草撇船，李旦帶領龍安、華宇和二官等人乘坐小舟入港，由於身上沒有幕府所發的朱印[11]，此刻身分無異走私，因此當務之急是必須先前往平戶取得由將軍豐臣秀吉所核發的朱印狀，方才可正式做生意。

進入熙熙攘攘的街道之中，平戶街道上，來來往往盡是手推車的勞動者、賣毛豆、丸子的小販，嘈雜而喧鬧，臨走之前，尼古拉斯告知若要在平戶正式貿易，必須透過長崎代官，方可獲取正式朱印狀，原來嘉靖年間，縱橫海上的淨海王——汪直，便已與日本建立貿易海道，但自汪直伏誅後，對日貿易便陷入癱瘓狀態，當初在長崎代官處取得的朱印已全然遺失，而後繼者又有不少挾武裝劫掠，侵擾平戶沿海，目前，明國所有與平戶的貿易全部都遊走於走私之間，聽到此，李旦便豁然明瞭，難怪曾一本需要自己去開拓生意，以目前明國與平戶貿易斷絕的狀態，要如何打入當地核心階層，建立合法的海道貿易，非得花費心思方可。

眾人找了一個露天的小茶店歇腳，正低聲地討論接下來的對策之際，此刻突然有一名男子靠近道：「你們可是明國來的？」

這人年歲約莫四、五十，極尖的下巴像極了狐狸，天生的瞇瞇眼，只見他滿臉堆著笑，更將眼睛給瞇成縫眼兒了。

聽見道地的官話，李旦忍不住問道：「你也是明國人嗎？怎麼會說官話？」

「一半一半，我叫野田生，父親是明國人，但自小在平戶長大，雖然你們說話聲音極低，但一聽這口音，我就很親切了，出門在外，咱們算老鄉，老鄉自然要幫老鄉的呀！你們是初次來這裡做生意的吧？是不是為朱印一事發愁呀！」

「你怎麼知道的呀?」龍安忍不住張大嘴巴問道。

摸了一下嘴唇上山羊般的鬍鬚，野田生笑道:「此事我豈會不知呢?你瞧瞧這平戶雖大，卻沒有什麼來自明國的生意人，這是為何?原來是因為自從你們大明鼎鼎大名的淨海王死去後，這中日貿易便陷入了混亂狀態，不少原本有朱印船的合法船隻，卻幹起了武裝劫掠的勾當，此地的幕府將軍豐臣關白大人哪受得了這口氣，一氣之下，便取消了所有明國的朱印狀了，這幾年所有平戶進口的生絲，都是來自於佛郎機人，不然便是明國船艦駛往琉球，再由琉球商人轉賣而來，由這兩地商業獨占。」

「是嗎?那真是太可惜了，我們從明國而來，船上帶有上等的生絲，就是希望可以直接在此地進行貿易，聽說目前處理對外貿易、核發朱印的人便是代官大人末次平藏是嗎?」

「沒錯。」

「請問要如何，才能與這位大人相見呢?相信只要他見到我們攜帶的貨品，一定會同意我們來此地貿易了!」

「這很困難，末次大人不會輕易見外國人的，除非……」

「除非什麼?」

「不瞞您說，我便在末次大人的府上工作，因此常常有機會與他接觸，只是，我若兩手空空，恐怕也很難與他說明什麼?」

聽此，李旦自懷中取出一包紙，掀開後，一排色澤如珍珠、纏結成麻花形狀的生絲鋪平而來，算來約莫二十多條，李旦取出一段平放於桌面，指尖細細拉出一絲道:「上等的生絲韌性佳，不易斷裂，真材實料絕非仿

11　朱印船，是日本江戶時代初期，獲得幕府將軍特許從事海外貿易、並發給許可證的船隻。而朱印狀就是由幕府所頒發有豐臣秀吉朱紅色印章的特許證，這是一種對外貿易權力的集中和管理制度，從一六〇四年到一六三五年間，約有三百五十六艘朱印船先後取得特許，在亞洲各地進行貿易。

製。」接著自桌前取來一杯茶，以一端浸漬後取出道：「吸水性佳，容易染色，關於這樣的貨品，在我船上至少還有十箱，並無混有絲麻其他紡料，我聽聞有些明國商人因為信譽不佳，這也是幕府不願意核發朱印狀的原因，但是我們船上所有的貨品質量均佳，商人出門在外，靠兩個字走天下，便是誠、信，若是貨品虛偽不實，甘願接受處分。」

「那太好了，如果你們信得過我的話，便將這份生絲給我，好轉交給末次大人，相信他見了這份上等的樣品，一定會同意核發朱印狀的。」

李旦又自懷中取出一錠白銀道：「這銀子便權做你的跑腿之資，之後若能成功，必有重謝。」

一把快速地將生絲和銀子收入懷中，野田生滿臉堆笑道：「不用客氣，這忙我一定會幫的，畢竟我們都是明國人呀！自然是要互相幫助的。」

「對了，有一項器皿，還想請您過目。」李旦又自懷中取出一個檀木盒子，絨布鋪墊上放著一只青花三秋杯，翻轉至背面，指著上頭蠅頭行草道：「這是貴國出產的染付[12]，請問您可知這窯場出自何處？」檢閱過羅總管所購買的伊萬里燒，多為粗糙瑕疵品，卻只有這個三秋杯做工細緻，看得出來絕對是出自手藝高超的匠人之手。」

「唉呀！這是『日鮮』居士嗎？你看我這腦袋，漢字太久沒見了，一時有些生疏呢！不過你這問題也真有趣，這染付不是明國的強項嗎？日本僅有陶器而已！」

「是嗎？」感覺野田生是真的不知，李旦便將杯子收起。

「對了，你們休息的旅店可找好了！」

「找好了，木引町石板橋轉彎過去有一棵垂楊樹，右旁的巷子轉入有一家漆黑細格子、門口懸掛著築屋二字旗子的，就是我們暫住的旅店，如果您有好消息，請去那裡找一名叫第提斯（Dittis[13]）的人，那就是我。」

「沒問題，不過今日也晚了，代官府也關閉了，我等明日再幫你們跑腿好了，對了，你們初到平戶，想必人生地不熟吧！我先用這傍晚的時刻帶你們四處走走，可好！」

日色將暮，然而在中島川左右兩岸，卻點亮一個個白底紅字的燈籠，波波粼粼，渲染出一片豔亮的光暈來，聽見後頭二官與龍安低聲問道：「這倭人也古怪，又不是發喪，整條街都是白燈……」接著經過一拱門，裡頭男女雜沓，迎面數名男子摟抱著女人，發出一陣陣的嘻笑。

「這裡是有名的花街，就像你們那裡的妓院一樣，妓院，你知道吧！聽說妓院最高檔的地方就在秦淮河了，這可是個好地方呢！和你們那兒不同，女人都被關在金玉滿堂的高樓間，沒有個腰纏萬貫是不能進入，但是我們這裡呀！女人可是穿戴整齊地長跪在張見世內，端端正正著讓男人給觀賞，你喜歡哪一個，看仔細了就可以帶回房間裡好好玩樂一番。」野田生熟門熟路道。

「不過，這其中最尊貴的，還是要屬太夫了，又稱花魁，你要真看到那花霄道中，腳踩三枚齒下馱，頭上插著珊瑚與玳瑁製成的髮簪，那絕世的容貌，可真是讓人心醉神迷的，對了，你們那也是有花魁的，當紅的名妓被稱為花魁娘子，一夜銷魂可是要費盡千金是吧！」

微皺著眉頭，從小在梅花村長大，對此種行業已經司空見慣，但是李旦還是不喜歡這樣的場所，正當思索著該以什麼身體微恙為藉口，謝絕野田生的好意，提早回築屋休息之際，一個景象吸引住他的視線。

一名坐在張見世內側的遊女，正擠眉弄眼，將自己弄成醜怪的模樣。

見到這叫人發噱的神情，李旦忍不住噗哧一笑，但緊接著便聽到身旁一名身形五短，臉型卻十分圓潤，一張闊嘴像是癩蝦蟆的男人道：「這種女人我喜歡，我就要這一個！」

---

12 染付，是日本陶瓷界對青花瓷器的稱呼。用青料進行色繪曰「染」；「付」，即紋飾。染付即用青料色繪紋飾。與中國青花不同的是日本染付不是用蘇麻離青料來作爲繪畫紋飾的用料。

13 日本學者岩生成一認爲第提斯（Dittis）是日本九州人對中國人名李旦的讀法，李＝Di；旦＝ttis。

「我不要，我才不要伺候這樣的客人。」當遣手[14]入內，一把抓住那女子時，她卻發出一陣掙扎和叫喊，令李旦驚訝的是，其中竟然夾雜了不少官話。

只見客人的表情似乎有些僵硬，此時，遣手趕緊打躬作揖，並領著他在張見世前挑選了另一名膚色白皙、相貌白淨的遊女，領著客人入屋後，遣手隨即一手拉扯著那女人的頭髮，往屋內扯。

「這可不好，看來，這遊女是要被狠狠地教訓一番了，對客人不敬，可是花街最大的忌諱，可惜了，這女孩看起來還挺年輕的，恐怕要被打到半死不活了。」野田生咋舌道。

「等一下，請等一下。」李旦聞言趕緊衝向前，先是一鞠躬後道：「我就要這位遊女，請讓她為我服務。」

興許是想到要是再拒絕客人，恐怕真要遭遇到生不如死的對待，此時這名遊女看起來乖覺了許多，雖然面部表情還是有些臭，但至少乖乖地坐在前方為自己斟酒。

不對，她怎麼斟了後一人獨飲起來，再怎麼樣自己也算是她的恩人吧！竟然連對自己斟酒的禮儀也沒有，這種肆無忌憚的性格，忍不住叫李旦咋舌。

喝了兩杯後，她彷彿才想起了李旦的存在，接著為他倒酒道：「清酒，請用，請問客人想要聽三味弦、觀賞舞踊還是要玩遊戲，恕不提供其他服務。」

「你是明國人嗎？我方才聽見你說官話。」

抬頭看了他一眼道：「我的名字叫做春，這裡的人都叫我春子，我父親是明國的商人，我小時候見過他，但，已經是很多年前的事情了，他再也沒有回來過，我不知道是死了，還是根本就忘了我和母親了，唯一幸運的是，我因此學會了一些官話，所以母親死後被家族賣入遊廓，還得了個好價錢呢！不過他們應該很後悔吧！因為除了說官話和唱曲外，我沒有一個會的，像是三味弦和舞踊我都學得一塌糊塗，只有玩遊戲還行！」

那你還敢問客人要不要聽三味弦或觀賞舞踊，李旦忍不住心底想道。

但不知為何？看著春子，他卻有種熟悉的感覺，她身著青藍浴衣上繪染著豔紫色夕顏，一雙細長如蠶的眼眉有幾分像嫣然，一想起嫣然，他的心瞬間像是初釀好的綠蟻酒，杯緣冒出細潤的泡沫來。

一時間他忍不住看呆了，直到春略微發怒道：「看什麼？」

好凶的女人，忍不住吐了一口氣。

「我以後可要成為花魁。」

聞言，李旦險些沒把嘴裡的酒給噴出來，這女人有沒有搞錯，先別說花魁可是要擁有弁天神女絕色容貌就算了，以她那樣蠻橫的性子，光客人都不知道得罪多少了，還敢說要當花魁？不是癡人說夢嗎？

但春的臉色卻十分篤定，有一股吃人的氣勢，不由得讓旦睜大了眼睛，

「你知道為什麼我會想成為花魁嗎？」抽了一口長長的煙桿，面向窗外，春悠悠道。

「我的親姊姊，名字叫做秋月，為什麼叫做秋月呢？應該是因為在秋天出生的關係吧！我們家是很窮的家庭，窮到連飯也永遠吃不飽，為了讓家人有飯吃，大概是三年前吧，我和姊姊被賣到桃屋這裡，姊姊長得很漂亮，很受客人的歡迎，那時我不會招呼客人，姊姊都會把她的白米飯分給我吃。記得姊姊的花宵道中，穿著如盛開朝顏般燦爛桃紅色振袖與和服，頭上梳著蝴蝶般撲展翅翼的伊達兵庫髮髻，那時候的姊姊，真的美如夏花絢爛呢！或許那時過度沉迷在姊姊的美貌之中，我竟然沒有注意到，她的眼角始終是含著淚水的。

那時候的姊姊，其實已經有愛人了，很諷刺吧！作為玩物一般的我們，像娃娃一樣隨處擺弄姿態的生存方式，竟然也敢奢望愛情。後來，在一次的流產引發的高燒感染後，姊姊就死了。」春子的眼角有些泛紅。

14　遣手（やりて）：負責管理和教育遊廓全體遊女、來往於顧客、遊廓主人、遊女之間的遊廓工作人員。通常會從年長的番頭新造或部分優秀的留袖新造選出適任人選。

「那你呢？明國的大商人，來花街玩耍可開心呢！你們這些人都是一樣的，先在平戶租了個房子，再找房小妾，等離開後便拋下子女帶著盆滿缽滿的金銀離去。」

原來她是將自己與拋棄她的父親形象疊合在了一塊，難怪自進入座敷內便沒有給任何一點好臉色。

「很抱歉。」

「為什麼要說這樣的話？你又沒做什麼？」她又斟了一杯酒，斜鼓身子將寬大的袖子半遮著臉，露出春蠶似的細長眉毛飲下道。

說得也是，只是這畢竟是自己同胞所為，便道：「我想代替他們道歉。」

「不必了，想想，這也是宿命吧！誰叫我出身如此的窮困，雖然也想逃走，有一次真逃出去，但蹲坐在橋下，才發現自己根本不知道能去哪裡，那把我賣掉的地方，根本不能算是家，更何況你知道『穢多』吧！我就是屬於這樣的賤民階級，根本就無法翻身。」

聞言，李旦反而有種親切的感覺道：「你說的感覺我能了解，因為我跟你一樣卑賤，也是賤戶出身。」接著便將梅花村自小經歷，約略說了。

「在你們的國家，也有像我們一樣、永世不得翻身的賤民階級嗎？」或許是自身的經歷使自己不那麼高高在上，春不覺坐到他身邊好奇道。

「沒錯，在東方的土地上，似乎永遠總是有著賤民這一類永世不得翻身的階級吧！大概也是如此，我才喜歡海上，因為在這個廣袤無邊的大海上，不論什麼身分，永遠都是平等的，只要憑本事，鬥智鬥力，就能闖出自己的道路，與我同流血液的兄弟，我們有一個共同的願望，就是建立一個樂土，讓所有被視為奴隸的賤民，都能不用遭受到欺凌與敵視，因此，我來此經商開拓貿易，也是為了能夠達成他的願望。」

此刻他聽見了紙門外輕拍三下的聲音，這是代表時間已經到了，若是要繼續，得再加錢。

從懷中取出一錠銀子放在小几上，李旦道：「謝謝你，今天和你聊得很開心。」此時聽見長廊外有人爭執。

「這個東西我們不收，你去告訴客人，要是沒拿銀子出來，即刻便離開此處。」

「但……李道平師父說這可是價值不菲的伊萬里燒呀！尤其這青空的色澤，不相信你看。」

「傷腦筋，夕霧姊姊的這個客人已經住了一個多月了，銀錢散盡了卻還不走，而夕霧姊姊似乎也真的愛上他了，聽說還私下拿不少珍貴的器物給他，給他變換銀錢好來一度春宵呢！」不知何時，春來到他的身邊道，她的語氣平淡，像是敘述一件再了然不過的事情似的，但從她眼中看到一點點悲憫，只是一眨眼，就如霧散逸了。

「等等，讓我看看……」自木箱中取出一只碟子，李旦端詳了一會兒，便道：「這碟子我要了，這位客人的銀錢，由我來出。」

「大哥！大哥不好了。」才一走出桃屋，便見心素與龍安那幾人面色著急，站在門口道。

「怎麼了？」

「野田生，趁我們不注意時，逃跑了！」

18 伊萬里燒

「究竟是發生了什麼事情呢？」雖然並非意料之外的事情，李旦仍皺眉道。

「大哥，自從那野田生拿了我們的貨品後，雖說我們倆都謹記著您和心素大哥的指示，務必要盯緊他，不料方才野田生說要解手，我們兩人便和他一塊去了，此時突然聽見一陣熱鬧的遊行，好像就是花霄道中吧！我們倆解完手了那野田生竟然又要蹲著拉屎，我們想反正路只有一條，就先出去了，細細看了太夫倒也覺得不如聞名，沒我們明國的姑娘好看，倒是一旁的禿[15]模樣倒是標緻……」

「你這樣拉拉雜雜，到底要說什麼？」心素忍不住皺眉道。

二官趕緊道：「大壯，你別挑這些不要緊的說，就是遊行一過，卻都不見野田生出來，我趕緊在巷口喊了幾聲，卻都無人回應，正躊躇間……」

「還說我盡講些不要緊的內容，你方才的話才沒重點，我那時也是要衝進去的，倒是怕野田生的屎味臭，所以躊躇了幾下，你那時不也是貪看另一名禿的美貌嗎?別以為我沒瞧見？」

「我……我沒有，大哥你們別聽他……」二官急忙分辯道。

「好了，都住口。」心素一聲低叱道：「我不是交代過了嗎?就算他真離開了你們的眼皮子，就得叫他將生絲還給咱們才是呀？」

聽這對話，李旦當下也明白了七、八分道：「好了，也別責怪他們了，老實說，今日發生此事並非意料之外，早在出海之前，尼古拉斯便叮囑過我，在平戶此地，能說官話之人，十之八九都是騙人錢財，他會引我們來此，多半是因為此處龍蛇混雜，方便他脫身。」

「那我們該怎麼辦呢？」

「此事不急，我自有辦法，你們莫要擔心！」

幾日下來，李旦不急於探訪窯場，反而用完早膳後，便急急前往桃屋中，心素與其餘的弟兄們雖然心生疑惑，卻不好意思過問。

「我說，大哥是不是喜歡上那個叫做春子的姑娘呀！大哥喜歡那姑娘也無可厚非，但，咱們所帶的銀錢和船上海員們所儲存的糧食，頂多能維持兩個旬日，眼下樣品遭竊，窯場與朱印狀一點眉目也沒有，該如何是好呢？」出門之際，看到天色陰鬱，於是折返雨戶取傘，卻不巧聽見了大壯的牢騷。

「要你多嘴，大哥做事自有分寸。」心素怒斥道。

「不要緊的。」李旦口氣謙和解釋道：「很抱歉，讓你們擔心了，我也想要盡快去尋找窯場，只是說也奇怪，當我將在船上取來的贗品上的小字給野田生看，詢問是否有以『白蘇』為名的窯場或師傅時，他卻回答沒聽過，而問過築屋的老闆，回答也是如此，且好的窯廠必須先有頂級的瓷土，目前我打探到幾處窯場，高嶺土與糯米土的比例皆失當，窯燒出來的成品細潤光滑度不夠，頂多能被稱為陶，以瓷為名是萬萬不成的，能燒製出幾可亂真的仿景德鎮瓷的，絕對不是這些窯場。」

「大哥，抱歉，都是我一時快嘴！」大壯趕緊道。

15　禿（かむろ）：指十歲上下的見習遊女，幫忙做雜物，且邊學藝，在遊女身邊學習事務。

「別說這樣的話，快起身。」

「既然大哥天天去找春子姑娘，可是有什麼眉目？」心素問道。

「還沒有，只是我語言不通，想說透過春子，可以打探消息，並且順便學習日文。」

來到桃屋進入春子的廂房中，只見春子正拿著杵臼將茶葉磨碎，接著拿出方燒好的熱水沖泡，空氣裡傳來微微苦澀的氣味。

「來，給！」春子道。

春子似乎生意清淡，這幾日來，感覺她似乎沒有其他的客人，身為遊女行情如此，不禁令人擔心，是否吃得飽飯。

「這位客人，請問今天想要聽三味弦、玩遊戲，還是跳舞呢？」

又來了，李旦心想，你不是只會玩遊戲嗎?然而，此時春卻道：「我最近認真地學了一套舞踊，你如果沒有興趣，不看也罷！」

話雖如此，但眼角卻微微嗔怒，李旦心底明白便道：「能夠看到精采的舞蹈，自然是三生有幸，只是不知道這舞叫什麼？」

「聽過藤娘嗎？」

「沒有。」

「藤娘是紫藤花化身的美麗精靈，溫柔婉約，貌美多情，等等我先去換個裝扮，再為你演出。」

不過一盞茶的時間，春子已換上一套豔紫色的衣裳，頭上戴著紫藤花的髮簪，臉上與脖子都抹上了白粉，手中拿著一串紫藤花串，一瞬間他幾乎認不得，那帶點野蠻的凌厲雙眼，隨著朱紅色流霞般的眼妝，化成了柔媚婉轉的淺淺流水，彎曲環繞。

他身後跟隨著手持小鼓、太鼓和笛子的曲藝師傅，隨著手部敲擊，春開始跳起舞來。

日本舞踊雖然不如明國崑曲那樣華豔而細膩婉轉，集唱念做打於一身，但動作古樸高雅，別有一股韻致，尤其春手持著紫藤的花穗，隨著鼓聲節拍眼波流轉間，將花穗給團團圍繞，彷彿真有千萬道紫色的豔流，垂降而下。

此時，外頭傳來一陣吵雜、推擠聲響，春子原本仍恍若不聞繼續舞蹈，但隨著聲響逐漸擴大，有人撞上門板匡啷一聲，門板應聲而倒，春趕緊轉身免得被撞傷，一看卻是長工住吉。

此刻，李旦清楚走廊間有人在拉扯，三名遣手用力地拉扯一名男子，這人看起來極為斯文白淨，但此刻臉上卻彷彿喝醉了酒一般面色潮紅，不斷手足亂揮，李旦的日文雖然還不純熟，但依稀聽得桃屋老闆一陣怒罵，這客人住了許多天卻已散盡家財，應當快快趕走，以免妨礙生意。

此刻春也走出來，只見她面色凝重望著前方道：「糟了，他們要趁夕霧姊姊不在的時候，將李先生給趕走。」

「等等，這位道平師傅是我的客人，我想請他喝酒。」聞言，李旦立即走到前方道，只見此人約莫二十出頭，眼眉十分秀氣，細長的雙眉像極了永字八法裡的左撇右捺。

經過春子的翻譯後，眾人放了手，李道平踉蹌起身，「請進。」李旦道。

李道平的手指細長，看出來是十分靈巧的一雙手，他斜眼睨了李旦一眼，才進入春的廂房中，先環視了廂房一圈，獸形香爐香煙裊娜，李道平吸了一口道：「南洋的龍腦香，似乎又加了一點冰片，因此帶了一點甜味，你是明國的商人吧！」沒想到這李道平也會說官話，見李旦有些驚訝，他道：「我原來所處的天狗谷窯窯場主人名喚李參平，乃朝鮮人士，是朝鮮之役時東渡至此的匠人，通曉官話與朝鮮話，而且場內也有一些人亦是朝鮮東渡至此，因此這兩種語言我都會說一些。」

「原來如此。」

今早李旦便聽春說了，這李道平原本是窯場的當家主，卻因為迷戀夕霧花魁的關係，遭到家中族長斷絕關係，此後便留戀桃屋中，因他一開始銀錢闊綽，因此桃屋老闆半藏仍舊好聲好氣接待，但隨著手中金錢揮霍殆盡，半藏的臉色也漸如寒霜。

其實這事也情有可原。花街以性為業，凡是影響生意、遊女服務品質之事，自然得掃除殆盡，而這類花魁愛上男子的戲碼總是不時上演，只是春前日卻聽見夕霧與李道平相約殉情的對話，兩人都是剛烈的性格，一想到此她不禁著急，說什麼都不能，更不忍眼睜睜看著他們共赴黃泉。

門板推開，一名女僕端茶盞來，放置在兩人面前之後離去，此刻春注意到，道平的臉色微微一變，他將掌心大小的三秋杯拿起，卻不飲用，只是細細地端詳。

李旦不語，亦是做著一模一樣的動作，將杯盞對著窗花的方向，緩緩旋轉道：「這三秋杯的胎底真的是輕薄如紙，從這樣的角度，依稀可見陽光的穿透，這樣高級的手藝，為什麼卻不願自立門戶，甘願製作景德鎮的贗品呢？」

此言一出，果不其然，道平瞬間變了臉色，他的神情十分複雜，帶點驚愕、詫異，還有難以言明的情緒。

此刻，門外又傳來聲響，隨著一聲請進，一名粉妝麗人卻是神色驚慌，見她進來，春子喊了聲：「姊姊。」

「請坐！」李旦道。

夕霧提著裙襬坐在道平之旁，從她的神情，似乎已經知曉方才戀人受委屈的事情，經春子翻譯後確認道：「非常感謝您見義相助，錢的部分，我會還給您的……」

然而道平卻徑直打斷她的話道：「你是怎麼得到這個三秋杯的？」

「是很偶然的機會，我們商團遭到詐騙，購買了許多景德鎮的仿製品，買下這麼多粗劣的贗品，有礙我們商團的信譽，但在這些作品中，我卻發現一個極為細緻的贗品，因此，我想找出製作這個三秋杯的師傅。」

「你們是來找我算帳的嗎？很抱歉，詐騙你們商團的人並不是我，我當時因為急需用錢，因此只是隨手將幾個作品賣了，那些中間人打著什麼名義？怎麼賣？我完全不知道，不過我倒是好奇，你是怎麼找到我的？」

自懷中取出一塊絲綢層層包裹下，巴掌大的淺碟，「這個淺碟是你燒製的吧！上面畫的女性是藤娘，這容貌，想必是以你心愛的女性為樣本所創作的。」看了一眼站立於旁的夕霧花魁，答案不言自明。

「這只三秋杯只有色澤略顯不足，其餘條件都臻上乘，可見製作匠人的手藝，那時我見杯底寫下：『白蘇』二字草書，如果不是對自己的手藝極有自信，是不可能留下姓名的，因此，那時我便認定，這三秋杯絕對不是普通的贗品，正巧前幾日來此，我偶然看到這個淺碟，下方也是寫著白蘇兩字，當下我便了然，已經找到要找的人了！」

「我一直崇仰貴國的白居易與蘇軾兩位詩人，因此，才以為名號。」道平的語氣顯得謙和許多，不似之前的桀驁不馴，看出對兩位詩人真心的孺慕。

「憑你的手藝，只製作景德鎮仿製品，卻不設計出屬於自己的圖樣與風格，對你的才能，不是一種浪費嗎？據我所知，歐洲各國正高價收購來自東方的瓷器，對王室貴族而言，擁有一套瓷器是身分、權力的象徵，你要是有興趣，我可以將歐羅巴人喜好圖樣，比如聖母聖子、海豚海神、百合花……你率領工匠，可以一半依照訂單大量製作歐洲人喜愛的藝品，另一方少量客製化，拉抬價錢，有了穩定的財源，你就可以專心在自己的創作上，窯燒出更多祕色的精品。」

「你要用錢，來買斷我的創作嗎？」道平側著頭，神色睥睨道。

「錢不是買斷人才，卻能供養人才，使之創作不世出的夢幻逸品，更何況，據我所知，離開之前的窯場，非你本意，你應當還是很懷念手握住窯土那股沁涼的感覺。」

「說得倒容易，好像你很懂瓷器似的。」

李旦自懷中取出一只錦盒，淡黃色絲綢墊子上鋪著小巧的淺杯道：「略懂一些，這是我在明國遊戲時所窯燒的一件作品，如果不嫌棄，可以與你交流。」

夕霧身邊的禿將錦盒傳到李道平的面前，當他看到這只上面描繪著聖母聖子的淺碟時，露出驚訝的神情，兩手仔細地端詳，以專注的眼神凝視了半晌，才緩緩放下道：「失禮了，能夠窯燒出這樣的器皿，明國果然是臥虎藏龍之地，連一名商人，都蘊藏著不世出的技藝。」

其實這作品乃是李弘燒製贈與殷德里之物，如今也可以算是一件遺物了，因此雖然路途顛簸艱險，但李旦依舊將此物隨身攜帶。

「不過很抱歉，方才你的提議，我並沒有興趣，現今的我對窯燒一事半點也提不起勁來，您還是另找他人吧！」

「為什麼呢？」

「沒有為什麼，我只是感覺將人生全部放在窯燒之上，是一件愚蠢透頂之事，之前未能早點發現此點，浪費了諸多光陰，為此我感到異常的後悔，今後我決定隨意謀一個差事餬口，無論什麼都好，只要不要與窯燒有關係就成！欠你的錢我會盡快還你的，多謝，告辭了！」當他起身，夕霧隨即向前攙扶住了他，此時李旦站起道：「恕我直言，面對自己珍視的手藝，你竟要這樣輕易放棄，夾著尾巴逃跑嗎？」

道平轉頭一雙略帶痛楚的眼神道：「養尊處優的天之驕子，又能懂得什麼呢？」

李旦向前道：「我豈會不懂呢？你看過以青花為名，充滿才華的女孩，或是一生致力於追求窯燒祕方、只為燒出『祕色』的匠人嗎？但他們卻因為人為的迫害，永遠地將自己的夢想葬送在高溫的火焰之中了，相較之下，你擁有神乎其技的一雙手，卻輕易就放棄了。」

「我的痛苦，你是不會明白的。」李道平道。

見他轉身就要離去之際，李旦道：「如果不嫌棄，三日後不妨找個窯場，我們一同窯燒器皿，如果我窯燒的成品遠遠不如您的作品，您積欠在桃屋的錢財我都為您付清，也不需要您給我什麼回報，但如果我的作品小勝於您，請容我提出我的要求。」

「你要什麼？」

「我要夕霧花魁，請你永遠離開桃屋，再也不回來。」一手指著那有著沉魚落雁之貌的濃妝女子，李旦微笑道。

道平的臉色倏然改變，連夕霧的臉色也隨之慘白，沉默了將近一盞茶的時光，李道平似乎陷入沉思之中，才道：「在柴山半山處是我學徒時使用的窯場，如果你想要較量看看的話，不妨以那裡為舞台。」

「我同意你的邀請。」李旦笑道。

「你為什麼要對道平先生說那樣的話呢？」當兩人離去後，春子口氣不善道。

「我有我的目的，很抱歉，現在還不能跟你說，但請放心，我絕對沒有任何要為難他或是夕霧花魁的意思。」

瞅了他一眼，春子躊躇了半晌道：「道平先生其實也挺可憐的，我聽姊姊說了，他從小就展現染付方面的才華，原本父親也打算將窯場傳給他，然而，此舉卻引來母親和長兄的阻攔，雖說一開始他父親一直堅持己見，直到窯場其餘的師傅紛紛表達自己的反對之情，他才知道自己的身世，原來自己是一個棄兒，和我一樣，也是被來自明國的父親給拋棄的。

但最令他難受的是，從小一起長大、視若親生哥哥的長兄也因為承受不了才華平庸的壓力，飲下了摻有砒霜的毒酒後自殺，雖然被救了回來，但是卻離家出走了，養育他成長的父親大人也抑鬱而逝，自此，窯場也凋零了，手下工匠紛紛散去。

知曉自己身世的道平先生，在家族中自然是一刻待不下去了，離開後會流連在姊姊身邊，也是因為無處可去的關係吧！真可憐，但他似乎忘情不了對染付的熱愛呢！當他請姊姊身邊的禿——夏美拿瓷器去典當時，那種憂傷的感情，連我都能深深感受到。」

如此一來，李道平熱衷製作景德鎮的贗品，究竟是一種報復？還是依戀呢？

李旦心底想。

穿越半人高的草徑，沿著碎石坡行走了一炷香的時間，四周環繞鬱綠的青山之下，以茅草搭建的草棚，底下擺放著簡易的轆轤、碗缽、轉盤和杵臼，但上頭都積了一層淡淡的落葉和塵土，以磚石砌成了幾個方形的土窯，上方有煙囪維持通風對流。

「柴窯是我還是學徒時，和家人搭建而成的，已經一段時間沒有來此了，你要是喜歡，可以任選合適的地方？」道平道。

某些桌面上便沒有太多的灰塵堆積，而且，從李道平略帶依戀的眼神裡可以看出，不久前，他應當就是在此處窯燒贗品的吧！

「這是自有田泉山開採的黏土，質地細膩，可耐高溫窯燒而不破裂，請來一看。」

李旦伸手掬了一把，熟悉的觸感，以指腹摩娑，此土摸起還細緻卻略帶黏性，是上等的原料。

「請問這樣品質的土，在泉山之上，還有多少？」

「具體我也不大清楚，不過當地村落十分貧瘠，參平先生似乎只需以一個銅錢，便可請村人運來一筐土。」

「請問幾日之後可以相約來此呢？」

「不妨五日之後吧！」

19 白川

十月的清秋已經能感受到一股沁冷的水氣，小瀧牽著母親的手，走在石階上，感覺指尖是冷的，走了許久雙腳有些痠，速度越來越慢，母親轉過頭，神色略帶懊惱地看著他道：「小瀧乖，今日，我們要去見父親大人了。」

母親口中的父親，和原先的父親，並非同一人，不知怎麼，小小年紀的瀧，隱約能從母親嘴角細微的變化，清楚地認知到「父親」一詞指涉對象的轉變，原來的父親大人去了哪裡呢？瀧不知道，也不敢問，依稀記得，有段時日，母親總是眺望著遠方無涯際的西方，那是海的方向，雖然從母子居住的有田町，僅能見到魚鱗般的雲腳，以及層層的屋簷罷了。

好餓，瀧已經好幾天沒有吃飽飯了。

想起母親說過，要是父親大人喜歡你，我們就能夠好好吃飽飯了，瀧瞬間便打起了精神，隨著母親腳步亦步亦趨地往山上走去，裊裊的雲霧以炊煙姿態纏結環繞，山名泉山，谷名叫天狗谷，傳說便是有著天狗守護的神祕之所，天狗是一種長鼻子紅臉的妖怪，喜歡吃什麼呢？會將谷中白石煮熟後大口吞下，有時也會把不乖的孩子抓來吃。

瀧一直一直都很乖，因為母親總說，瀧聽話乖巧，父親大人才會回來。

一顆球緩緩地滾了出來，滾過了落葉、草地與塵土，來到他的面前，抬頭，一個年歲與他差不多的男孩，精緻的臉龐像是陶瓷娃娃般，露齒一笑道：「我們來玩吧！」母親微微地點頭，於是他追著他的腳步，兩人跑入山林之間，像是拋擲至宣紙外的兩顆小墨點。

漆黑色的平房配上絳紅色拉門，像極了天狗臉，天狗張開了嘴，將母親吸到無邊際的黑暗，一名臉如滿月的女人自黑暗中走了出來，溫柔道：「他們看起來，就像親生兄弟一樣，是吧！」接著嘆氣道：「新平這孩子打娘胎起身子不好，一歲內不是發燒就是哮喘，吃藥、祝禱也不見好，問過了廟裡的和尚，慈悲的法師告訴我，要給新平找一個肖虎的弟弟，就可禳災祈福。」

有著長長鼻子的男人對他道：「此後你就改姓吧！金江道平，就是你的新名字。」但耳畔此刻恍若卻有聲音對他道：你的名字就是一條河，以神龍之名守護，轉頭卻什麼也沒有見著，只有習習谷風拂過白川兩岸雪白的蒹葭，如嚶嚀瑟瑟。

一開始，「父親」和「母親」都對他十分照顧，父親會將米飯一般雪白的泥土挖取，撿拾、羼水、捏塑、繪飾、窯燒後，捏出不同樣式的染付，父親有一雙神乎其技的手，任何白色黏土在他手上，都能纏結出青蓮般的釉色，他會帶他們走長長的木棧道，去有著大片青蓮的寺廟參拜，父親還說：「天狗谷窯是由天狗大人守護的土地為經絡，晝夜不息的白川水為血脈，所有踏入此谷的人，都要心懷虔誠之心，才能得到神靈庇護。」

後來他才知道，父親其實也不姓金江，他原姓李，是壬辰戰爭[16]中輾轉來此的朝鮮人，原來父親家也有這樣的遭遇，一想到此，不知為何，他內心瞬間升起一股親切感，原來改名換姓並不是這樣艱難的事情。

如果不是因為那件事情的話，哥哥永遠是哥哥，弟弟永遠是弟弟，哥哥的身體一直不好，於是他開始幫哥哥的忙，他想成為一個稱職的弟弟，很快的，這件事情便被父親大人發現了，出乎意外的，父親沒有生氣，而是此後默默地同時教導兩人，自從碰觸到黏土時，他能感覺有靈對他說話，「就是這樣，再薄一點點……」只要順著靈的指示，就能燒塑出令人讚美的作品，父親大人的臉色漸漸露出微笑，只是他沒注意，一旁的哥哥逐漸變小，小到再也看不見了。

雖然卯時不到，李旦就帶著華宇一同來到了柴山之上的窯場，但沒想到李道平卻已在此等候，從他蓬亂的頭髮、滿面塵土和多日未刮的鬍鬚可以猜出，這幾日，他應當都是露宿於此。

「你還好嗎？」看著他身陷的眼窩，李旦關心道。

胡亂地點一下頭，事實上李道平幾乎一夜未闔眼，即使勉強睡著，也是斷斷續續的夢境與回憶交雜，令他痛苦難當，但他仍自一旁的水桶中，淋漓地澆瀝一頭的冷泉水後，道：「可以開始了！」

自從開始捏塑瓷土後，感覺李道平便完全進入一個恍若入魔般的狀態，木桁上已經放置了一些完全乾燥的素胎瓷器，手持鼠鬚筆，聚精會神地繪飾各種圖樣，接著為瓷器施予靈魂：蘇麻離青。而不知何時，柴窯已經聚集了如許人，夕霧、春子，甚至連底下兄弟也來了，他們都來等待開窯的時刻，當爐火止息後，又過了半個時辰溫度冷卻到常溫之時，李道平開窯，以鉗子一一取出，一連將數十個器物一字排開，大小不一卻都精細不已。

自冷卻的火窯之中，第一件作品，李旦捏塑了一個三秋杯，才方一取出，便自中央分為兩半。

「看來應該是瓷土沒有調均勻呀！」李旦發出一陣尷尬的笑，感覺周圍的人發出一陣嘆息，畢竟自己並沒有真正窯燒的經驗，果然還是不行呀！只好期待接下來的作品了，第二個是溫酒碗，但卻沒有成型，直接在窯中燒成了一堆碎片。

16 又名萬曆朝鮮之役，是一五九二年至一五九八年（大明萬曆二十年至二十六年；日本文祿元年至慶長三年）間，大明、朝鮮國與日本國豐臣政權之間爆發的兩次戰爭，也是明朝萬曆三大征之一。明朝為抗倭援朝，先後兩次派遣軍隊進入朝鮮半島，與日軍作戰。朝鮮王朝方面稱壬辰倭亂（朝鮮語：임진왜란），日本方面稱文祿・慶長之役（日語：文祿・慶長の役）。

「請問您的作品呢？」李道平神色有些不悅地問道，要是自己什麼都沒燒塑出來，想當然耳此人應當會拂袖而去吧！看來只剩這個了，李旦深吸一口氣，自窯內取出一個淺碟，放於木盤上，道：「就以這個決勝負吧！」

眾人皆不知李旦葫蘆裡賣什麼藥，要知道李道平此人性格高傲，不是容易相與之人，只見几案上擺的器物大小不一，但見玲瓏精緻，果真是匠人之手，李旦當初誇下海口，卻僅窯燒成功出一個淺碟，如此，不是令人看笑話嗎？

只見這淺碟周圍厚薄不均，雖是門外漢也能看出絕非上乘之作，眾人皆在心底捏著一口氣，卻見李道平神色嚴肅，當他向前，緩緩的雙手將淺碟取來，突然，他的神色像是被震懾了一般，慢慢的，一滴滴眼淚，自他的眼縫滴落而下，如同初融的冰雪，他禁不住摀住雙眼，過了半晌才緩緩道：「這中央的瓷土胚，你是從何而來了？」

他將淺碟直立，只見中央一朵青雅的水蓮亭亭立於中央，但可以看出周圍的部分已經破損，而是透過其餘的瓷土重新黏合，補上再上色，重新窯燒的作品，雖周圍青花燦爛如蒼空，但眾人仍是不解，何以李道平見了這件作品，竟如此激動不能自已。

待心緒平靜後，李道平指著上頭行草小字道：「這月窗靜心居士，是我父親的號，這件作品，我記得是父親初次指導我時的示範之作，只是後來天狗谷窯發生大火，付之一炬，你是從何得到呢？」

「那並不難，為了了解天狗谷的瓷土性質，我已經派遣兄弟前往，再調查此地的瓷土分布、品質後，順道來到了之前的天狗谷窯，你一定沒有想到吧！那個地方已經重建了，而這個破損的青蓮淺碟，便是金江夫人拿給我的。」

「你說的是真的？」李道平驚訝道。

「千真萬確，雖然因為大火後，窯場多處都淪為焦土，但之後在離散弟子的回歸下，窯場也重建，而你的哥哥，金江新平也逐漸康復了。」
「是嗎？」李道平口中喃喃道。
「你放心回去吧！金江夫人她聽聞你的近況也十分不捨，她說在佛的慈悲下，她早已不怪你了！」
此刻李道平彷彿筋骨被抽離開般，整個人癱軟在地，甚至不敢置信，夕霧見狀趕緊將他攙扶起來，靠在牆面上，又端了一杯茶讓他慢慢喝下，過了半晌，李道平才緩緩道：「謝謝你，今日之事，我不知該說什麼，是我輸了！就算不論中央圖樣是出自我父親，光看周圍的青花色澤，那股色玉青空，便非我的技藝可及，明國果然是博大精深，我遠遠不及，我會按照約定離開這裡，永遠不會回來。」接著起身，眼光戀戀不捨地望向夕霧最後一眼，見狀李旦趕緊向前，攔住他去路道：「不，你並沒有輸，事實上，在染付窯燒的技藝上，我遠遠不及你，所以可以輕易地燒出難得一見的祕色，訣竅不在於我的技藝，而在於釉料。」
「釉料？」
「沒錯。」李旦自口袋取出一包和紙道：「這是青花的祕密，蘇麻離青，是由我的老師——一名道明會的佛郎機教士研發，我的老師在原本的配方中添加了一點點鐵的粉末，使其色澤更加輕透如玉，也就是你所看見蓮華一般的釉色。其實我要的不是夕霧花魁，在我心中，已經有一名最美麗的女子，在我眼中，任何一名女子，都比不上她的衣角，我要的人，其實是你！」
「我？」李道平神色驚訝。
「只要有了這些蘇麻離青，配上你的手藝，就可以窯燒出品質超越景德鎮的染付了，回天狗谷窯吧！所有人都在等著你呢！」
李道平略帶疑惑道：「但你不是明國人嗎？將珍貴的技術傳給我這一個異邦人，這樣做，對你或明國有什麼好處？」
「我是海商，大海是沒有邊界的，更何況，你身上流著明國的血液，不是嗎？相信還有許多像你一樣，生父來自明國又難以被日本人承認的人吧！你們就用這些技藝，好好地在這塊土地，努力地開枝散葉下去吧！」

此刻，他彷彿又聽見河水湧動的聲響，如同湧動不息的鱗片，為乾皴的土地注入豐沛的血脈，恍若聽見了神靈的祝禱，他以龍的姿態昂然道：「謝謝你所做的一切，還有對我微薄技藝的看重，承蒙不棄，我決定接受你的邀請，而且此後我會恢復我的本姓，以後請稱我白川瀧。」

經過一日的休憩，白川便回到了泉山之上的天狗谷窯，作為合夥人，李旦也帶著其餘兄弟前往祝賀，自金江夫人的手裡，白川正式地接下窯場第二代當家職位後，也隨即與李旦的商團簽下三年契約，再將《青花祕簡》中關於各式紋飾、釉料與瓷土配方的部分給謄錄下來，訂好所需的樣式與紋飾後，只見火爐燃燒煙塵滾滾，恍若山靈噴出大口大口的氣，確認伊萬里燒的訂單後，終於放下心中的石頭了。

「對了，那人現在在何處？」李旦問。

「被關在築屋後頭的儲藏室裡，兄弟每日都輪班謹慎地看守他，寸步不離。」

「好，那回去時，帶我去見他！」

原來李旦早在出海前，便將生絲以沉香熏了三晝夜，這香又名鳳尾香羅，乃廣西特產，海外絕無僅有，因此當野田生攜帶貨品私逃，李旦並不擔心，透過龍安所養的來福靈敏的嗅覺，很快地便在賭場抓到了野田生，只是因為考慮到眾人在此畢竟語言不通，需要通譯，因此拳腳一頓、奪回貨品後，便將其關押起來。

「算起來前幾日咱們去泉山天狗谷，與金江一家人相見，還多虧了這廝呢！」心素道。

李旦笑了一下道：「那就好，我原本以為野田生又會動什麼歪腦筋，看來他經過教訓過，倒是乖覺不少。」

龍安在一旁道：「這都靠心素大哥，我還不知道心素大哥這麼能侃呢！他先告訴野田生我們可是明國的大商人，船上的生絲多得和小山一樣高，若他真能幫我們，自有酬謝，要是再動歪念，就將他丟入海中餵魚。」

李旦笑道：「心素，你可越來越有生意人的樣子！」

「哪裡，我這些都是學大哥的，只是與天狗谷窯簽下契約後，我們手上並無資金，也沒有朱印狀，下一步，該如何是好呢？」

「你不用擔心，我已經計畫好了，就在今晚，如果順利的話，就可得到朱印狀。」

柳屋的廂房內，花魁櫻姬正殷勤勸酒，作為花街最大的遊藝場所，尚聚集數十位衣著華貴的花魁，各個衣香鬢影，此刻她正依偎在一名中年男子身邊，此人雖年過四旬，卻目光炯炯。

「對了，末次大人，我有一位好姊妹——夕霧，跳的一曲優雅的舞踊藤娘可謂千姿百媚，她久仰大人風采，想向大人敬酒且獻舞，不知您可否應允呢？」櫻姬伸出細長的手指指向一旁髮際高聳、衣帶若紫霞的女子道。

「當然好呀！」

當一曲終了，夕霧伸著素白若瓷的雙手上前，長跪敬酒，此時末次平藏道：「你身上真香呀！這是什麼香料？怎麼這麼香呢？」

「我也不大清楚，是一位商人送給我的，我本想跟他購買，然而，他卻因為國籍的關係無法順利取得朱印狀，眼下非常苦惱呢！末次大人，他是我的一位朋友，不知您可否給予他一些幫助呢！」她抬起雪一般的螓首道。

末次平藏微皺眉頭道：「你說的那人在哪裡？」

「他人就在外面。」

「好，你讓他進來吧！」

「你不是日本人吧！哪裡來的？朝鮮？明國的商人？」端詳眼前這名男子，看起來十分年輕，不過二十歲吧！相貌白淨，乍看就像個女子般。

經過數十日的相處後，李旦已經能掌握基本的用語道：「我是明國的商人，名叫李旦，手上有一筆上等的生絲，目的想來這裡做生意。」

「生絲呀？有貨品嗎？拿來給我看看。」

此時夏美也已向前接過李旦手上的貨品，平鋪在末次平藏之前，他捻起一串細細地觀看，又用手撫摸了一陣，接著，將一串放在蠟燭之上，夏美不禁驚呼一聲。

「很好，是純絲，沒有混棉混麻，但其餘的貨品是不是也是這樣的品質，我就不知道了。」

「如此的貨品在我船上尚有十箱，末次大人若想要檢查，我可以派人送來，我們商船的價格，一百斤價值一貫目[17]。」

末次平藏的眉毛微微一皺，問道：「你知道行情價嗎？」

李旦道：「以目前生絲在貴國的價格，因為與明國沒有正式貿易的關係，都只能透過中間的琉國轉口，生絲的價格一百斤便要兩貫目，但如此下來，明國無法順利地外銷，而日本也無法獲取低成本的生絲，一來一往，豈不是浪費，我們商團希望可以簽下這條海上絲路的貿易線，為貴國進口價廉的生絲。」接著他舉杯，對末次平藏敬酒，待其回敬後道：「您手上這盞雙尾金魚杯，正是貴國的伊萬里燒，我賣入生絲的同時，也會轉手貴國的伊萬里燒，如此一來一往，也能為貴國創造無限商機，只是我目前萬事俱備，只欠東風，能否成功，還得請您核發朱印狀。」

此話聽得末次平藏一臉春風無限，連飲了三大甌道：「只有一百斤，這不夠呀！」

「生意長長久久，才是長久之計，李旦此行只是開路先鋒，只要此趟貿易順利，能順利取得朱印狀，日後，歲歲年年，我們商船預計會有數十艘運送絲綢前往平戶，那便是上千萬貫目的商機了。」

「好！既然如此，明日你派人來代官府邸吧！我核發朱印狀給你。」

「那就多謝了。」李旦一鞠躬道。

「不，事實上我一直在等，等像你一樣目光如海的人，數十年前，我曾經見過一個像你一樣的人，那人精明如商，無畏如將，後來成了淨海王呢！」末次平藏，眼睛卻眺望向遙遠的過往，嘆道：「自從他死後，這貿易就斷絕了。你說得沒錯，生意要長長久久，方是良策，我看得出來，這片大海是屬於你的，有一天，你也會成為淨海王那樣的人物。」

「大哥，外面有人要找你。」

「是誰呢？」

「好像是那位春子姑娘。」

一進入到廂房之中，跪坐在李旦的面前，春子的神情顯得有點忸怩不安，過了半晌，才道：「夕霧姊姊要我謝謝你，謝謝你讓白川師父重振起精神。」

「不用這麼客氣，老實說，有一段時間我也曾經在窯場研究過，對他那種壯志未酬卻充滿憾恨的心情，多少是能夠體會的。」

春子緩緩點頭，沒有再說任何話。

「對了，我也要謝謝你，如果不是你的牽線，我不可能這麼容易找到窯燒師父和上等的染付，這次可以做成生意，也要感謝你呢！」

17　1.5貫目可購買生絲一百斤，約相當白銀一百兩。

「不用客氣。」

見春子似乎沒有要繼續接話的意思，李旦有些尷尬，正要為她斟一杯茶，此時，卻聽她幽幽道：「你說過，你心中有一個喜歡的女子，這是真的嗎？」

李旦不禁有些窘迫，沒想到當時隨口的言語，春子卻牢牢記得，見他沉默不答，春子微微皺了眉頭，道：「算了，不提這件事了，還有，你離開這裡後，還會回來嗎？」

「這……」李旦正要為她斟茶，手勢擱在半空中卻不知該如何是好，正在躊躇間，春子道：「其實我許下的心願不是成為花魁，而是可以等到一個帶我離開桃屋的男人，永遠不要再回來。」

見李旦不語，她抬頭，以熱切的眼神雙眼直視他道：「我們約定好，下次要是再見面，你一定要成為東海上最偉大的海商，而我，要成為花魁。」

20 盟誓

今日，便是嫣然回唐府的日子，思齊一早便領著嫣然至碼頭，接引她上船，先領著她看著海上各式貨品，畢竟生於官宦之家，各地水陸珍品還是略有領略，只是當她看著懸於架上的鸚鵡時還是露出有趣的神情，道：「這鳥兒真有趣，就像那秦吉了一樣，竟會說人話。」此刻，她見到上頭懸掛著一串紅穗子，隱隱約約聞到一股辣味，以帕子摀住鼻子道：「這是什麼？」

「辣椒。是佛郎機人傳入的作物，和我們內地所產，只麻不辣的花椒不同，你嘗嘗，是不是辣得嗆人。」

「這倒是，沒想到世界如此之大，竟有這樣多聞所未聞、見所未見之事物呢！幸得今日能來你船上見識，想我日後恐怕也難以出門了，得你引見，倒也不枉一生了。」

此刻，思齊內心突然感受到一股難言的哀愁，突然握著她的手道：「嫣然，跟我一起去海上吧！在海上有許多你從未見過的景色與風貌。」

「你說什麼？」

「一直以來，我的口中只有一種味道，就是苦味，打從我生活在梅花村的那些日子以來，受盡人人白眼、欺凌，我曾經恨透了天下人，但後來梅花村慘遭屠滅，不分男女老幼的屍首，都被肢解成肝腸寸斷，我這恨意，也轉而為空虛了，但老天爺竟沒讓我死，活下來了，之後來到海上，那是我首次嘗到的另一種氣味：鹹味。大海的腥鹹和血液裡的鹹味是一樣的，其後隨著海上貿易的開展，各種不同的味道湧來，當我第一次嘗到辣椒的辣味時，真像有人在我舌頭上揮了一拳，那是一股動人的血性，還有其他的氣味，比如說澀味，颶風將來之際，無法出海的苦悶卻又期待；甜味，與夷人交易後的喜樂，不僅僅是賺上大筆白銀，最令人欣喜的是他們看著你的神情，即使暗中得時時提防他們的偷襲，還有刀光劍影喋血下、抑或夏季颶風沸鑊般顛簸的震盪，兄弟一個個葬身海波浪的味道，可是又酸又苦……但所有氣味之中，唯有一股是最為捉摸不定，那就是你呀！你每次一笑，就如同似雪的白糖，令我心魂俱失，但一次次的分離卻又使我內心如吞了大量海水般苦鹹參半，悵然不已！」

面對思齊真切的話語，嫣然卻猶豫了。

「你……不會跟我來，是吧！」末尾，思齊的聲音逐漸降低，幾乎是低不可聞。

平日是如此意態飛揚的思齊，此刻，卻是落寞不已的神態，嫣然幾乎要開口許諾了，但才一張口，話語卻又如煙似霧，轉瞬間消失無蹤，最後還是只能輕輕地搖了頭。

「小姐，就要起錨返回南京了，外頭風大，快進船艙裡避一避吧！免得得了風寒。」凝香手持一件牡丹並蒂的湘繡、內以棉花襯底的大袖衫，正要替她披上。

方才與思齊告別後，來到茶館之上歇憩，此刻聽見一陣轔轔聲響，唐府的車馬已然停靠於垂楊樹下，正等待她上車返回，嫣然卻只悠悠地望著遼敻無盡的大海，遠處幾許掛著帆的船隻緩緩移動著，她曾經以為，閨閣內所見的世界就是全部，但海給了她一個前所未見遼闊的答案，不知為何？此時她想起了《牡丹亭》裡的曲詞：似這般美景，都賦予斷井頹垣，良辰美景奈何天……

只見一陣陣白浪湧來，如鱗如甲、如羅剎海市、虛空海蜃。

她突然道：「凝香，你聽見了嗎？這笛聲？」

「凝香，什麼事情大呼小叫的？」當遊船行過黃浦江上，此地離出海口僅有一箭之遙，卻聽見一陣驚呼。

「不好了，小姐落水了！」

嫣然其實並不是落水，而是自己跳下去的。

雖然距離上一次泅水的經歷，已是數年前的事情了，但是嫣然天生似乎就水性極好，一開始動作顯得遲滯且不順，然而，隨著幾次的踢水、上下浮沉之際，嫣然內心靈台卻如同妝鏡般，隨著幾次洗刷後逐漸清淨澄明，海水並沒有想像的冷，每當冒出水面的一刻，她便清晰地聽見，那浮雲柳絮一般縹緲無盡的笛聲，如同一條救命索，牢牢地將她給拉扯住。

那笛聲，自是思齊發出的。

此時，他正吹奏著的，便是這曲子，或許是承襲月白的技藝，雖然他並不常吹奏曲子，但任何頑鐵、竹管，到了他手中，都可以輕易地發出五音十六律，夕春時分，想起今日便是嫣然返回金陵的日子，一想到此，不禁令他心底一陣難言的悲戚，卻又不好向他人訴說，此刻正是春夏之交，風力減弱，桅杆上的帆早已收起，佇立在鷁尾處，只覺夜色如烏雲湧來，而前方一輪血紅落日卻大如車輪，兀自熒熒發亮，漲潮時分海波一陣陣湧動，渲染著千萬片瀲灩金波。

然而，遠遠地，他卻突然發現，一個淡金色的身影，卻似一尾浮動的金鯉，往他游來。

他好奇地起身，雙眼凝視這一點，想要將它看清，然而，此刻，他的瞳孔卻不自覺旋繞擴大，以幾乎不可置信的聲音道：「嫣然，是你嗎？」

他迅速衝入船艙內取來一只舢舨，自下海的一刻朝前滑去，約莫划了半炷香，與嫣然的身影仍有一箭之遙，他向來是按捺不住的急性子，划槳一丟一骨碌跳下，沁冷的海水瞬時驅散了酒氣，但一瞬間卻見不著那抹驚鴻般的身影。

擔憂之際只見她又再度浮了來，小小瘦削的臉蛋半輪水中飄盪的明月，臉色似乎有些疲累，吸氣奮力地打了幾下水後又沉了下去，像是要落入海的深處，他趕緊閉氣打水，以蛟龍的姿態，身子曲線上下起伏著，卻見嫣然整個人逐漸地下沉，纏結的青絲在海中時而糾結成飛白的墨痕，絳紅色的羅裙膨脹成奇異的朝顏，像是缺月那哀愁的鮫人眼邊凝結著淚珠，他迅速游去，在即將下墜之際攫住一隻玉臂，她溺水了吧！正心急如焚的當下，嫣然突然睜開黑白分明的雙眸，如中秋桂月時那輪碧玉般的天心月圓。

「嫣然，你沒事吧！海水冷得刺骨，你別著涼了，快披上。」將她馱在身上划回舢舨，待回到船上趕緊尋了件襖子，披在嫣然身上。

「來，我這裡有酒，你快喝了點活活血，好暖身子。」晚風沁冷如霜，只見嫣然一陣陣止不住的哆嗦。

或許是喝下了烈酒，此刻她原本一張素白如練的臉蛋逐漸恢復血色，身子也不再顫抖，她緩緩道：「思齊，我是來找你的，因我終於真真切切想清楚了，我要和你一同去海上。」

只覺夕陽僅存的殘照逐漸黯淡，但在嫣然雙瞳底，卻升起了一縷動人的紅霞，此刻思齊難掩激動，他昂頭長嘯一聲，卻忍不住淚如泉湧，剎那之間，什麼報仇血恨、海上絲路的霸業鴻圖，對他而言，都比鴻毛還輕了，當下他真覺得打從降生在這人世以來，從來沒有這樣快活的情感。

他道：「你不後悔。」

「此生不悔，執子之手，與子同穴。」嫣然低下頭，將螓首靠在他的胸膛之上。

牽著嫣然的手，來到船艙內的天妃神像前，只見長年煙燻繚繞下、面目黧黑、慈藹低垂雙目、身著紅袍的媽祖神像前，兩人虔誠下跪。

「賤民顏思齊，願與唐嫣然小姐結為連理，皇天后土在上、天妃為證，請受我倆三拜。」

「民女唐嫣然，願與男子顏思齊永結同心，如同梁上銜泥雙燕，縱然身葬荒坵，情種來世，亦所不恨。」嫣然低聲下跪道。

然而，正當兩人沉浸於此刻，卻聽見船艙外傳來一陣騷動，「不得了了，思齊，聽說有人落水了，這落水之人聽說身分高貴，是不知何處的官家小姐，外頭好幾名捕頭與數十名衙役正擒著火炷緊急尋找，你看……」楊日升闖了進來，一見嫣然卻驚訝道：「小六姑娘，你怎麼會在這裡呢？你……渾身都濕了，別是落水了吧！」

「先別管這麼多，日升，你去幫我瞧瞧外頭的狀況，再來回報。」思齊趕緊道。

待日升離去後，兩人卻也沒說什麼，思齊只是更牢牢地將嫣然擁在他懷裡，彷彿就要將她瘦削的身子給嵌入自己的肋骨之間般，嫣然懂得，那是一種深深的恐懼，還是她先開口了，「不好了，思齊，他們來找我了。」

「不……」當下思齊感受到前所未有的苦痛，人生最不幸，並非從頭到尾都一無所有，而是當你以為幸福就在面前，幾乎只差一步、唾手可及的距離，卻被硬生生，讓無情的運命給拉扯走了。

「思齊，他們不找到我，不會善罷甘休的，你讓我先回去了結一切，我再來尋你，等我！」

「等等！」他一把捉住嫣然的衣袖，從懷中取出金鯉匕首，放在嫣然掌心中道：「南京城長干里第三棵柳樹邊上有一名王相士，是我大哥底下的人手，有任何事情，就派人取這匕首去見他。」

21 呂宋

回到水寨後，待船舶入港，金額與貨品點交完畢後，李旦隨即去見曾一本，聽完了貿易中發生的事件，以及最終朱印狀的獲得，曾一本忍不住拍手道：「你是個人才，可否願意加入我的麾下，我可以將玄武一旗交與你。」

「多謝，但這次出航，我一人出力甚微，大部分的生意，都是透過心素斡旋的，因此，若要獎賞，真正該獎賞的人應當是許心素才是。」

「功成不居，有骨氣，但如此灑脫的原因究竟為何？是因為懂得上善若水、虛懷若谷的智慧，抑或是內蘊蛟龍之志，因而不屑我這小小淺水呢！要知道，我曾一本底下共分四旗：青龍、白虎、朱雀、玄武，其中，玄武一旗負責的乃是北上日本的生意，底下共三十多艘福船、七十多艘鳥船，共統領一千多名水上弟兄，其編制，可不下於一般官軍水寨。」

「李旦不敢，只是，李旦自知才能薄弱，不足輔佐頭兒。」

「不過你此行，就賺進了五百多貫目的驚人利潤，以初次貿易的手腕，真的十分驚人，說什麼我都要獎賞你的，說吧！你想要什麼？」

「若頭兒恩准，李旦只想要用此次獲利，換一樣東西。」

「什麼東西？說。」

「我的自由。」深吸一口氣，李旦道。

打從離去平戶，李旦內心便思索著，一回到水寨，該如何向曾一本開口此事，對於海寇，他雖然不像思齊一樣有著沒齒的仇恨，但想到自己母親畢竟是遭倭寇所殺，且思齊雖然目前亦在海寇手下，但總有一日會加入官軍，雖不知此刻他近況如何？但自己若在海寇的一日，總有可能狹路相逢，到時若非得兵戎相見，說什麼他都是不願意的。

「為什麼？」

「李旦生性閒散，能力微弱，此次經商順利獲利，不過是因緣際會罷了，而且我幼年家人遭倭寇所殺，雖然與曾頭領無直接干係，但若加入海盜，面對九泉之下的親人，內心寢食難安。」

「你在明國的身分乃是流犯，如若離開此處，你又能去哪裡呢？」

「關於此點，我也思索過了，頭領若是恩准，我將前往南洋發展。」李旦抬頭道。

「李旦，我縱橫海上數十年，一雙眼睛閱人無數，從你的眼神我看得出，你是不世出的商業奇才，做這一行，你覺得最需要的是什麼呢？勇氣、運氣、領袖群倫的魅力，都不是，最需具備的只有一樣東西：能謀善斷，有些人長於謀略卻當斷不斷，反受其害，你不然，從你身上我能感覺得出一股敏銳且強大的直覺，只要不出十年，你絕對可以成為這縱橫海上的霸主，然而，你卻要浪費上天賦予你那獨一無二的才華，南洋安居樂業、終老一生，這樣的日子，你難道不後悔？」

李旦道：「多謝頭領的錯愛，只是鐘鼎山林，各有天性，李旦一生無欲無求，只望能有個平靜無波的日子，這份微末的心願，還望頭領恩准。」

「平靜無波……」曾一本的眼神有些迷濛，像是陷入某種深遠的想像，或許在他心中也曾經存在這樣的桃源，幾畝薄田靠山吃山，過著葛天氏無懷氏之民的小日子。

過了半晌，他才道：「你不後悔？」

「不後悔。」

「好吧！我即刻派人將你的賣身契取來燒毀，你若有什麼想要帶走的同伴，只要你說，我也一併取來燒毀，你此次做生意的銀錢我讓帳房算過本錢後，將利潤折算與你，好讓你做點小生意。」

李旦趕緊深深一鞠躬道：「多謝頭領，這銀錢就不必了，能給李旦自由，已是天大的恩德，小人又豈能貪得無饜！這樣不顯得我是個人心不足蛇吞象之人。」

「我這個人說一不二，你也不要和我爭論了，就這樣吧！」

此時，他那惴惴不安懸住的一顆心終於落下，打從一進入房門，他便感覺掌心傳來的濕黏汗水，雖然他跟隨曾一本的時日並不長，但畢竟一入鹹水中，要全身而退到陸地可是難上加難，若是被官軍查到倭寇身分，個人有牢獄之災不說，最怕的還是會洩漏水寨機密，但曾一本卻願意放他自由，他心底不由得升起一股感激之情。

「既是你應得的，我說給你就給你，你也別再推辭，不過古人說臨別贈人以言，我也有句話要送你。」

「頭領請講。」

「不論去了哪裡？不要忘了，在明國的眼中，我們是天朝棄民，一出了這海，朝廷眼中我們便是一群皇土外、不受教化的『天朝逃民』，雖遠必誅，永遠永遠，也不要相信官府的承諾，儘管那是多麼甘甜如蜜。」

當李旦走出房門，眾位兄弟趕緊圍了過來，為首的許心素看起來面色凝重道：「大哥，方才首領他……」

「他應允我了！」

許心素的表情放鬆之餘，又感到些微的遺憾與不捨，此時李旦內心不禁也充滿一股暖意，與這些夥伴雖然相識不久，但卻都真心為自己著想，一想到自己此後或許再也見不到他們，內心不由得升起一股不捨之感。

「大哥，我跟你一起離開！」

「心素，萬萬不可。」李旦趕緊道：「你家仍有七十多口人與八十多歲老母，他們都需要你來養家活口。」

「但大哥不在我身邊，我恐怕自己獨木難支……」

「你莫要這樣說，你在商業上的靈敏度與統御能力，不在我之下，更何況我已經開拓了與日本的貿易航線，此後你只要年年率船艦前往平戶以生絲交易伊萬里燒，即可賺取高額利潤，我已經向曾一本頭領推薦你為我的繼承人選，你無須擔心。」

「多謝大哥你了，你之後就要啟程去南洋了，今日我們這些兄弟大擺筵席送你離去。」

「這……怎麼好意思讓你們破費呢？」

「你說的這是哪裡話，若不是大哥你眼光獨到，我們眾兄弟哪有可能短時間內便賺得盆滿缽滿？方才我便叫大壯與華宇這兩個小子划著舢舨至鷺江酤了五升羊羔酒、又買了一些下酒菜來，咱們不醉不歸。」

李旦並不是善飲之人，但內心亦拳拳不能自已，此刻亦難掩激動道：「那也多謝你們看得起我，願意聽我差遣，既然大家情意如此深厚，咱們今晚不醉不歸。」

「大哥，你此去南洋，可有想到在哪裡落腳？」心素問道。

李旦自懷中取出《海鯤遺音》中的輿圖，指著地圖上一塊巴掌大小的島嶼道：「此島名叫呂宋，自從隆慶開關後，明國開放部分海禁，不少漳州月港的居民都南下貿易，此地已經聚集了三、四千名生理人[18]，此地腹地寬廣，可種植水稻，又有天然深港可供貿易，且佛郎機人占據此地不久，正在招攬生理人定居屯田，我打算去這裡。」

18　呂宋當地的土著以閩南發音的「生理人」稱呼這些來自漳州、月港的閩南人，因此，西班牙人也依據 Sangleys 來稱呼這些商民。

「你今天一走，我們兄弟可是群龍無首了。」

「你別這樣說，明國雖然有限度開放海禁，但只限於南洋各島，北方的日本仍在通商範圍之外，呂宋此地附近的爪哇島出產香料，我若能以此地為根據，購買香料、大米與珍珠，再將貨船交給你，讓你負責與日本的交易，商人者：互通有無，那段時間我注意到他們在飲食與衣著上對香料和各式薰香有大量需求，這是個契機，而這也是曾一本頭領同意讓我離開、拓展南洋貿易的原因。」

「那我們要在何處接頭才好呢？」

李旦指向地圖上一點道：「此島名高砂，這次去呂宋之前，我會先往此地探勘，在此處建立水寨。」

在馬尼拉市區西北處，一處被叫做屯多（Tondo）的村子裡，這裡與馬尼拉的距離約莫一河之隔，原先這裡是沼澤地，排水問題得到了妥善處理後，土地不再潮濕炙人，飄移來此的生理人也紛紛在此建構房屋、落地生根，這天又是曉風殘月之際，李旦覷著遠方，煙嵐在水面上飄蕩如紗，水上縠紋淪漣如輞，他細睇了眼睛再瞧，煙嵐卻扭轉成裊裊蒸騰的炊煙，原本空曠的沼澤地，都化成了長方形的長屋，開滿了酒肆食肆茶坊店鋪。不知不覺，李旦已經在這裡住了近三年了。

而不到三年間，李旦便透過經商，累積了高額財富，並成了生理人貿易圈中的首腦人物，佛郎機人稱為甲必丹（Captain）。

這段時間，他也見識到了澗內[19]急速的成長與發展，當他來此時，這裡不過是三、四千人罷了，但短短數年間，自沿海內地遷移至此的生理人，已經比原先多了一倍有餘，初期移民多以蘆葦蓋房子，但隨著火災的頻繁，改為防火的紅磚瓦片。長屋彼此之間以筆直的道路間隔，而最西側的大河與海相通，漲潮時不時可見數十艘戎克船鵲首相連，入水塘卸貨的壯闊場景。

在中央的長屋中，李旦開了一家絲綢鋪子、三家瓷器鋪子窯燒各種精細的器皿，雖然此地生產的瓷土黏性不如景德鎮的高嶺土與糯米土，但稍加魚目混珠，製造一些簡單的器皿與瓷器雕像，仍綽綽有餘，為了迎合客人，他很快就仿製出栩栩如生的天使或聖母雕像，並且以極度便宜的價錢，攻占了原先的市場，此外李旦也雇了幾名佃戶，在丘陵地間開墾梯田種植佛郎機人習慣食用的生菜，品質良好，專門供應此地官員廚房。

此外，李旦還命人從船舶運來麵粉，再找了幾名手藝精湛的擀麵師傅，沒多久，便開了數家包子鋪，每當炊煙裊裊升起，蒸氣與肉香四溢，那熟悉的家鄉味道彷彿點點水滴匯聚出一條河，將離鄉背井的閩人纏繞一塊，以臍帶的姿態。

負責管理店鋪的第一把手，便是土伯，還有大壯、擅長管理的二官、其弟三官，分別在仁義禮智信分部中，各負責不同的工作。

雖然李旦在此地已經賺取高額的財富，但他內心仍是醒覺的，每當他駕著馬車，來到呂宋島最高的聖地牙哥堡，這座由佛郎機人建立的堡壘時，他遠遠地窺見裡頭香氣瀰漫，花園處種著奇花異木，樹枝上懸掛著飽滿的金果，金色的雕塑與尖塔聳立其中彷彿穿破雲霄，隔著柵欄，他清楚地感覺到一條楚河漢界、涇渭分明出統治與被統治界線。

李旦明白，佛郎機人需要他們這些廉價的勞力，但又不希望他們離自己太近，畢竟，人們喜歡豢養牲畜的原因在於他們能夠帶來財富，但沒人想與禽獸同處一室，這個道理，自己約莫也是懂得。每當鐵門開啟，他永遠只能在門外，任憑裡頭的黑奴幫忙將各式高價、美味的農產品送入其中，接著鐵門關閉，沿著山坡拾階而下，回到閩人聚落的澗內。

「頭兒，門外有人找你。」二官敲門道。

19 **Parian**，澗內為明朝官方文書稱呼，在西班牙統治馬尼拉的初期，是一個功能齊全的中國城，也是海外早期唐人街的縮影。

「進來吧！」

「原本我想夜深了，請他隔日再來見您，不想得這人卻不願離去，我聽他說話是漳州口音，因此便請他在外等候，好向您稟報，對了，他還交給我這個，他說只要頭兒見了，必定會見他。」二官自袖中取出一封信。

李旦自油燈前挑亮燈芯，一拆開，隨即闔上道：「你請那人到後堂的書房談話，記得，不要驚動他人，我等等就去。」

此刻應當亥時了吧！桌上銅製自鳴鐘此刻聲響，這是崑曲中《皂羅袍》的曲調，當初訂製這具有著銅製小人偶的自鳴鐘時，他特別設定熟悉的曲子，只見頂端戲子打扮的生旦兩人旋轉，後方是裊裊柳樹與一樹盛開的桃紅。

約莫一生一旦旋轉完畢之時，他聽見了腳步聲與拉開桌椅的坐定聲，來者是一名瘦削的男子，細白的面皮，鼠鬚，頭上卻戴著一頂笠子遮住眼簾，見了李旦鞠了躬道：「許久不見了，您可還記得我嗎？我家大人要我來問候甲必丹一聲，許久未見，別來無恙。」

「莊公？許久未見了，不料今日竟會在這裡與你相聚，你家的大人是？」

「鳳凰鳴矣，於彼高崗，梧桐生矣，於彼朝陽。」

此刻李旦內心雪白通透，沉吟道：「林鳳分舵主，許久未見，多謝掛念，近日呂宋民間流傳著：『雙木成林處，凡鳥海上來。』說的想必就是你家大人吧！不知今日大駕光臨，有何貴幹？」

作為朱雀分舵主，底下至少統領數千海賊、百艘戎克船，然而，數月前據許心素那送來的消息得知，林鳳與曾一本反目成仇，如今反水了，果然印證了他當日所言。

既然如此，今日莊公來此的目的，他也可猜出。

遠處一陣陣震耳欲聾的聲響，像是魑魅在海中的吞吐，不斷翻攪怒吼著，這幾個月下來，少則旬日，頻繁則三、五日，不時便會聽見一陣陣咫尺海島上傳來的地動天搖聲響。

「近月來地震頻仍，小人不才，曾經念過幾年書，進過學，上觀天象，發現客星犯朱雀星宿，這是上天欲降林鳳為王的預兆，我研讀道教天書，發現因佛郎機人不仁不義，因此我王欲藉此時機掃平紅番，在海外建土扶餘，我們已在玳瑁港[20]建立一座城寨，近日正在厲兵秣馬，打算找機會一舉向佛郎機人進攻，之前那些遭到佛郎機暴政的土人、酋長紛紛派兵遣使歸附，為了謀畫大事，今日來請甲必丹相助，待大事一成，將許以丞相之位。」

難怪，三日前送麵製品與生菜蔬果上聖地牙哥堡時，卻發現原本木製的柵欄，已經換為石砌，看來是西班牙人也風聞會有海寇入侵，因此建築防禦工事。

「李旦雖才疏學淺，但據觀察可知，地震乃間歇性火山活動，無須過度渲染，豈不聞『天行有常，不為堯存，不為桀亡。』」

「莫非甲必丹不信上天示警。」

「非也，地震之事連本地三尺童孺都知曉，近呂宋十里格處小島上，火山活動頻繁，多數人見怪不怪。」

「莫非甲必丹還記掛著當初給大王鞭打之仇嗎？」

「李旦不是記仇之人，只是西班牙人船堅炮利，底下士兵雖少，卻擁有強大的火器和嚴謹的訓練，非一般民兵可比，林舵主若是魯莽進攻，恐怕只會落得鎩羽而歸的下場，依在下微見，不宜硬攻，更何況生理人在西班牙人羽翼之下安身立命已久，只需繳納稅金，便可安心從商，婦孺皆能過著衣食無缺的生活，戰火一來流離失所，此種情景，想必無人樂見。」

20 沿菲律賓海岸北上，到達林家延灣，此地爲阿諾河的流域，當地人稱之爲幫阿西楠，中國人稱之爲玳瑁港。

「讓蠻夷統治，有何樂趣可言？」

「對我們生理人而言，統治者仁或不仁，才是最終選擇關鍵。」

感覺莊公的神色有些不豫，或許是沒有想到會被拒絕得如此徹底吧！猶豫了一下又道：「甲必丹是本地華人首領，但竟然自願雌伏於佛郎機人的統治，令人感慨，若甲必丹願意，大事一成，與林鳳大王共同瓜分呂宋國土亦可。」接著自懷中取出一枚巴掌大的珍珠道：「此珠名海鱺，月下能生輝光，若甲必丹同意，此珠可為信物。」離去之際，他猶豫了半晌道：「今日之事，還請甲必丹……」

「請放心，李旦不會對外人透漏一字一句，我只知道今日有同安家人差信客來此，其餘，都不清楚。」

「頭兒，我送茶來了！咦？方才那人離去了？」只見二官手上拿著一個木托盤，上頭擺著一只青花雙花鬥草長嘴壺，並兩個杯盞道。

「不過那人有點眼熟……好像是？」二官自言自語了半晌，突然道：「難道是他？莊……」

「噓！」先示意他確認屋外無人，又將門窗打開以防有人經過聽到任何隻字片語，李旦低聲道：「你說得沒錯，方才來了個舊識呢！就是當初的朱雀分舵主：林鳳底下的莊公。」

「他？他來這裡做什麼？」

「來找我們合作。」李旦躊躇了半晌道。

「那……大哥意下？」

「林鳳此人野心太大，他若統治呂宋，必定會建國改制，而明國對化外諸島的外交策略，向來是『寧與外邦，不與家奴。』若是林鳳在此建國，朝廷必定派大軍連同佛郎機人軍隊圍剿，他底下海盜弟兄的武力必定無法與之抗衡，更何況，林鳳此人性格殘忍嗜殺、刻薄寡恩，他如今因為與曾一本頭領爭奪勢力，敗走才遠遁南洋，我若與之聯手，不是辜負曾一本頭領當初對我的恩情嗎？」

作。

當然，最重要的是因為自己的生母：李月白便是死在此人手上，母仇不共戴天，說什麼，也不可能與之合作。

「但……要是林鳳驅除了呂宋島上的佛郎機人，會不會對我們展開報復……」他猶疑道。

「這倒不會，佛郎機人兵力強大，就算一時之間被林鳳倉促攻下，之後他們必定會與明國海軍合作，兩國軍力對抗敗亡的軍隊，勝負已分，更何況攻戰初期需要安定人心，他以驅逐夷人暴政為號召，若屠殺民眾無疑自打嘴巴。」李旦篤定道。

此時，一陣傳自地底深處的震動傳來，彷彿地軸翻攪，又如沸鑊與驚濤間雜，二官內心仍惴惴不安，一時失手打落手上的釉裡紅金魚杯，只見几案上書籍筆墨搖搖欲墜，李旦卻有些見怪不怪了。

「放心，縱然有些小災小難，很快，就會回到風平浪靜了。」他道。

22 復仇

就在地震間歇震動的黎明薄霧，一陣陣火炮自海面上射來，連同幾十發火槍不間斷射擊，一瞬間，炸得呂宋沿岸險些天崩地坼。

多數生理人都還陷入深沉的夢境，又或者他們太習慣火山活動的頻繁出現，隨著一陣陣轟炸聲響，多數人依舊回返香甜的夢境，甚至連駐守在海岸的佛郎機人，也忽視入侵的徵兆。

粼粼甲浪間，一波船艦排列成箭矢的陣型，為首的是吃水萬斛的鳥船，左右側翼則是大福船數十艘，後方跟隨海滄船、鳥船不可勝數，如此的陣勢在夜色掩護中如同移動的利刃，正磨刀霍霍地入侵馬尼拉灣。

約莫在清晨與夜色交替之際，封船於外海拋下重錨後，改以小船自帕拉尼亞克登陸，這是一支由數百名火槍手與弓箭手組成的偷襲隊伍，一開始突襲攻勢勢如破竹，乃因地震火山頻繁，多數守軍並未注意到槍炮聲響，直到突襲隊經過巴貢巴揚，進攻至總指揮戈伊特住家時，才激起強烈的反抗，戈伊特一面迅速地組織家中的黑奴與家人進行戰鬥，一邊發射信號用火槍，一時之間尖銳的哨音劃破了夜空，聖地牙哥堡的防守迅速動員起來，一時之間城牆上的烽燧全部點燃，綿延不絕如同擾動的火龍，此刻突襲隊也已經進行第一波的衝鋒，然而，卻被城內的火槍隊給擊退。

「真可惜，如果伏襲能夠成功，不被戈伊特給發現的話，或許，現在聖地牙哥堡已經是囊中物了吧！你說是吧！大哥。」站立在山巒之上，從三個時辰前，便一直目睹著戰局的變化，此刻，華宇道。

李旦不語，從方才便不斷地觀察戰爭的局勢，由此看來，林鳳此次的突襲受挫，對地形與馬尼拉城內的局勢不明乃是第一原因，但第二原因，應當還是在火器使用上的嫻熟度不足，據前日的探查，此刻聖地牙哥堡中僅有五十多名正規守軍，一百多名黑奴，火器與兵力都無法與林鳳的軍隊匹敵，但由於地利的掌握，使得林鳳一開始的攻擊便受挫。

此刻正是破曉時分，鴻濛的日色如同雞子般在海弦之處露出一點微亮的色澤，此刻突襲軍再度重組陣勢，又是第二波的猛攻，但為首的數十名前鋒才衝到半山腰的位置，便被埋伏於凹洞內的黑奴一躍而出，遭彎刀斬殺。

見此李旦也了然於心，多半城內火銃與彈藥不足，因此佛郎機人才採取埋伏的打法，第一波先以火銃密集地攻擊，塑造出城內守軍與彈藥充足的情勢，但為防敵人再度猛攻，因此趁攻擊間歇時派遣黑奴與土人組成的二軍埋伏於凹洞內。

果然，第二波的攻擊受挫後，突襲隊的攻勢瞬間土崩瓦解，殘餘的海盜開始退卻，此刻牆上的重炮開始轟炸，破曉時分的地動天搖，連李旦足下的土地都能微微感受到震動，真是可惜呀！如果林鳳底下的軍隊有不計代價猛衝的氣勢，再將封舟停泊在甲米帝港，以船上巨炮猛攻，應當可以一舉攻下聖地牙哥堡吧！但前提是得要有攻堅後死上數千敢死隊的覺悟，以及知曉城內僅有少數守備的軍事機密。

此刻日光已經冉冉升起，馬尼拉灣間沾染出明亮的色澤，出航的甲米帝港、彎曲繚繞的澗內與市井街道也漸次沐浴在牛奶色的光線之中，李旦不禁慶幸林鳳並沒有一舉攻下馬尼拉的決心，否則，這座他視為第二故鄉，眼看著不斷發展、茁壯的都市，恐怕會在戰火下毀於一旦，所有櫛比鱗次的商店與生活圈，都將焚於熊熊戰火，如同第二個月港般。

回到了澗內，半個多時辰後，仁義禮智信各船隊之下的堂主都來了，連同店鋪的總管、協辦一共十二人魚貫而入，引入大廳內的圓桌前，寬敞的廳堂內，後方以紅檜製成的神明桌上擺放著湄洲媽祖的聖像，後方刺繡金絲繡出兩行行書道：湄洲聖母慈悲垂護，呂宋黎民同感恩慈。這是此地多數閩南人的共同信仰，也是凝聚這些外出海商們的共同信念，此地除了是李旦私宅外，每隔一月，便會在正廳此地討論議事，不分年齡大小、職位尊卑，在此都可以暢所欲言，提出一己之見解。

「林鳳的軍隊眼下的進展為何呢？」方才坐定，大壯便開口問道。

「據仁底下的探子回報，林鳳率有軍艦六十多艘，部將數千人，自從攻勢受挫，他們將船艦停泊在甲米帝港，為戰亡者舉行了哀悼儀式後，便沿海岸北上，率其眾來到林加延灣。」作為「仁」船艦的堂主，李華宇負責打探消息。

「他們為什麼不直取馬尼拉呢？此刻佛郎機人的總督拉維薩維茲只留下了幾十名士兵和少數幾具大炮，要是他們硬攻，整個佛郎機人的要塞便會被連根拔起。」大壯好奇道。

「那咱們應當要派人去通知他們才是，好讓林鳳率軍直搗黃龍！」土伯年近花甲，近年來不常出海了，以打理店鋪進出口生意為主，他年紀雖老大做事卻沉穩謹慎，而大壯與他有同鄉之誼，因此常協助在他身邊，一方面學習各項商業技巧。

「頭兒，咱們該怎麼做呢？」二官問道。想起之前在水寨下，曾被林鳳及手下莊公尋釁生事的經歷，二官與一些人反而希望林鳳水軍失敗，快快離開。

「澗內其餘生理人，對林鳳大軍來此的反應如何呢？是視作仁義之師，還是草芥寇讎？」李旦問道。

「其實就我聽聞到的消息，當中也是有不少人，打從心底盼望著林鳳來的。」

「土伯！」二官皺眉，語氣略微不悅道。

「我說的是真的，雖然現在咱們生活在佛郎機人的羽翼之下，但畢竟不是自己人，非我族類其心必異，再怎麼樣，給自己人當大王，還是比較好的吧！」
「但本朝對倭寇的政策，向來是寧與外邦，不與家奴的，據『仁』底下的兄弟自心素大哥那傳來消息，林鳳自從與曾一本頭領反目後，便往南海上劫掠船隻維生，以高砂的魍港為基地，此刻明國派遣總兵胡首仁追討林鳳，極有可能會與佛郎機來個內外夾擊。」華宇道。
「那咱們就應該盡快去裡應外合，才可壯大林鳳的聲勢，好讓他在此地站穩了腳跟。」土伯說完，也有不少人附和。
「不可，早在水寨處咱們就知道了，林鳳性格嗜殺貪婪，幹的向來又是殺人劫掠的勾當，若真由他拿下呂宋，未必為我們有好處，相反地佛郎機人法度森嚴，只需繳納稅金便可安穩做生意，說實話，我寧可維持現狀。」二官道。
「這不能這樣說，立場不同呀！人心是會變的，更何況當初我們有利益衝突，但此刻為他建功立業，此一時彼一時也呀！」土伯道。
李旦沉默不語，他原本便對林鳳殊無好感，再加上殺母深仇，心中正煩亂之際，耳畔只聽眾人你一言我一語爭相討論不休，沸沸揚揚無休止，不知不覺談論幾個時辰，卻殊無定案。
就在此時，外頭聽見了敲門聲，只見一名灰衣信使模樣、臂上繡著仁字的男子入內，為了各分部聯絡信息方便，李旦命華宇養了許多信鴿，以便傳遞最新消息，那「仁」字號的部下將懷中的信鴿交與華宇後便離去。
「大哥，我們恐怕得快點做決定了，信上所言，總督拉維薩維茲已經調遣在費爾南丁納的薩爾西多派兵回防，此人嫻熟海戰，深得拉維薩維茲信任，而麾下除了配備精良的佛郎機士兵六百五十人外，尚有六千多名紋身島上的土人為傭兵，援軍一到，林鳳的軍隊恐怕便會被擊潰！」
「大概多久，薩爾西多的士兵會到馬尼拉呢？」大壯問道。
李旦起身，赭紅色的圓桌上，刻印著呂宋島與附近南海諸島的地圖，他以手指著費爾南丁納道：「此處離馬尼拉不過十多里格的距離，以近日東北風的風向來看，不出三天，就會到此處。」

眼看眾人又紛紛爭論，此時，李旦清了清喉嚨道：「不如，咱們投票吧！以投票決定，看是否要襄助林鳳？」

奇楠圓桌上，李旦左邊坐的大壯、土伯一干主戰之部屬，右邊坐著是二官、華宇這幾人……冀望維持現狀，此刻眾人面面相覷，隨著李旦朗聲詢問，主戰之人舉手，共六票。

「那請兩不相幫之人舉手。」

亦是六票。

「頭兒，你還沒選呢？」二官道。

李旦皺了一下眉頭，只見眾人皆殷勤地望向他，他突然感到一股難言的沉重，第一次，他感覺自個的聲音有些啞，道：「我決意襄助林鳳，今日之事到此了結，離了此桌之後，兄弟得共同遵守今日決議，莫再起爭執，二官，你取香來，我們在媽祖面前立誓，所有人都得遵守今日的決議，不可私下有異議，否則，天妃在上，此後出海必不靖。」

眾人神色複雜，有些人鬆了一口氣，但也有人面容露出鬱鬱不平之色，但往日眾兄弟若有什麼無法決定的事項，都是以先投票再在媽祖前立誓的方式，使眾人服膺，閩商多數以海為生，海上氣候風險莫測，即使再怎麼經驗老道，也難以預測所有的天候，也因此海神媽祖信仰占了極大分量，李旦也知道，雖然今日決議非人人心服，但航海經商，出海不靖可是最大忌諱，再怎麼不願意，奉神之名，也得遵循。

待眾人捻香，他在前領了大夥兒拜了三拜後，他逕自走入後門，穿過長廊可以直通自己臥房，他有一股沉重感，雙肩壓著前所未有的疲憊，關起門來。

房裡懸掛著十字架與精雕細琢的聖母瑪利亞，他跪了下來，虔誠地在聖像前祈禱，比起香煙繚繞的天妃，這是他更熟悉的祈禱方式，他口中喃喃地念出《馬太福音》的經文，就像最初，那帶給他知識與光的傳教士，將手放在他的肩上，他虔誠地祈禱，希望自己的決定，不要有錯才好。

林鳳的船艦自林加延灣出海，前往阿諾河，並在河口上的玳瑁港建立一座簡易水寨，一時之間吸引數百名生理人，多數是無業者前往投靠，不過數十天，便號稱已有數萬之眾，聽聞到消息的佛郎機人自然是不甘示弱，由薩爾西多為指揮官，此人是總督拉維薩維茲的外甥，之前在海外貿易上便立有赫赫戰功，他帶領兩千五百多位佛郎機士兵及船艦，每艘船配備著新型可發射一里之外的重炮，先以小船串聯封堵住了河口，接著再將火炮連續數十天攻擊，一時間彈如雨下，連海嘯聲都淹沒了，在此強大攻擊下，烏合之眾多數被擊殺，阿諾河上滿是死去的屍體，傍晚期間，河水幾乎無法流動。

落日長河上，此刻，窮途末路的林鳳正面臨一生最大的艱難選擇，面對佛郎機人大炮的攻擊，他辛苦建立的水寨幾乎要被土崩瓦解了，他也知道此處不是久戰之地，因此將部眾分為兩部，一部分在前線迎面作戰，暗中已派遣部下日夜兼程，自後方鑿通一條祕密河道，打算撤退，他的想法是如此，面對佛郎機人的船堅炮利不可攖其鋒，待入夜後率領殘黨自阿諾河撤退後入海，在海上盤旋一圈後來到林加延灣，接著趁夜色掩護下前往聖地牙哥堡，攻其不備。

當然，會下這樣的決定，還是因為得到了那人的指引，原本半月前他內心仍惴惴不安，但直到那人的使者遞來了橄欖枝，並帶來物資與呂宋的輿圖，並協助他挖通逃逸的運河，他才放下心中的大石，眼前一輪落日即將沒入了地平線，遠處傳來不知是炮擊亦或海嘯的聲響，這數日間，他竟也分不清了。

此刻應當是申時了吧！淡墨一般的夜色緩緩降臨在寬廣的河水之上，視線最難辨清的逢魔時刻，蘆葦叢中，數十艘舢舨已藉夜色掩護下迢遞而來，為首的便是他等待的那人。

「甲必丹，你來了！」當舢舨靠岸後，一見為首的男子下船，只見此人穿了深黑圓領袍，衣袖上以雲紋為飾，正是李旦。

「林鳳，你準備好了嗎？」李旦並未稱他為王，這點令林鳳有些不悅，但形勢比人強，他知道，此刻不是慍怒的時機，他趕緊道：「已準備好了，我軍尚有數百精銳將士，可與佛郎機一戰。」

「城中尚有老弱婦孺嗎？」

「也有七、八百人。」

「好吧！那你讓他們先上船，之後才是士兵，我會派遣手下隨船保護。」

林鳳猶豫了一下，才道：「那些婦孺速度太慢，讓他們上船，我擔心會誤大事。」

事實上船上婦孺多是林鳳自沿海一帶擄掠而來，自從離開曾一本底下，他便沒少做這項拐賣人口的勾當，此刻逃難在即，原本打算讓婦孺穿上甲冑佯裝士兵，充當逃跑用的棄子。

「放心，我底下的小船尚有餘裕，且我已備有武裝，可以保護他們，事不宜遲，快行動吧！」李旦的口氣沒有一絲毫妥協之處，且眼下形勢今非昔比，猶豫了一下，林鳳也只能道：「好，就依你。」

不到一個時辰，水寨裡的人員便已全部撤出，此刻夜色已經低垂，舢舨在夜色指引下駛往海上的船舶，眼看最後一艘舢舨駛來，離開前望了一眼水寨，此刻，一陣炮火重擊最上方的瞭望台，熊熊的濃煙湧入上空，就在這一刻，林鳳也幾乎同時聽見了子彈聲響，自他的體內。

一轉頭，一開始帶點詫異，但逐漸了然的神情，林鳳道：「好你個李旦，看來你還是想要殺我嘛！」他從腰間拔起匕首，想衝過去與他同歸於盡，但李旦輕輕一側，便撲了空，林鳳道：「為什麼要這樣做？夷人給了你什麼好處？你這漢奸、走狗！」

「殺母之仇不共戴天，你應當不記得了吧！月港、梅花村中……那些慘死在刀刃底下的亡魂，但我卻記得真真切切，日夜不忘……」此刻，天空緩緩落下了墨水般的雨點，雨水灌注下，碉堡的火焰逐漸熄滅，此刻，僅僅能聽見遠方的海嘯聲，一陣一陣，如怪獸的低吟。

林鳳眼睛望向遙遠的過往，像是回憶什麼卻始終想不起來的神情，或許是他一生殺人太多，竟想不起雙手之下究竟沾染了多少鮮血，就在眼神逐漸渙散，遠處，竟傳來了火山爆發的聲響，豔色的岩漿自山頂尖緩緩流下，在夜幕完全降臨前，點亮了夜空。

「所以你是要報仇是嗎？好，殺人欠命，總有一日要還清的，恭喜你為佛郎機人立功了，但我告訴你，作為海寇，我們不過都是佛郎機人面前的芻狗罷了，我死了，之後就是你了，黃泉路上我恭候大駕。」

待所有舢舨確定都出航後，華宇返回，此刻，他正看見林鳳中槍倒地這一幕，他顯得訝然，但面對親如大哥的李旦，卻不知該說什麼？

「所有人員都已經安頓完畢了嗎？」那是他沒見過的大哥，他自幼父母雙亡，在道明會的收養孤兒裡，也是年齡最幼小的，自從教士遇難以來，對他而言，李旦就是親生大哥一樣的存在，此刻，李旦的臉上沒有任何一點神情，像是素淨未施油彩的神像般茫然且空洞，不禁令他感到陌生。

「已經安頓完畢了，要前往林加延灣，是嗎？」

「不，前往高砂，自魍港入。」李旦道，華宇有些驚訝，但李旦的神情不容一絲遲疑，於是轉頭，小跑步離去。

黑夜密實地籠罩在整個島嶼沿岸，他聽見風吹動帆船的聲響，此刻，他們應當揚帆上路了吧！是的，打從一開始他便想好了，待手刃仇人後，下一步便是將餘下黨羽送往高砂開墾，那些婦女多半是劫掠來的百姓，而黨羽亦多是沿海地區難以維生的閩人，除卻某些堅決想回家便送其回沿海各村落外，餘下便前往安平一帶，他之前已建立了十寨，招攬沿海無以維生的閩人，並打算將事務交給思齊和他的兄弟打理，讓這些人前往安平安身立命，是再好不過的選擇。

23 小青

「小青，我來見你了！」自從旬日前父親接到馮家送來的賀壽帖子，嫣然內心便不斷輕跳著，而閨房內的時間總是如此聊賴且漫長，她細細拈起欄杆間落下的桃瓣，點點飛花、流水落花杳然去，而房裡那香蜜沉沉，自獸形金爐內緩緩吐出，直到燒成灰燼之際，她扳起指頭慢慢地數。

終於，十日到了，唐聿領著數名女眷，前往馮府拜壽，一早，門外早已備好了幾十輛車馬，在凝香的攙扶下，嫣然和眾女眷一一上了馬，這馮府原是金陵此地的世家大族，今日又是馮家太夫人大壽，為此馮家自然是輕忽不得，早請了一個戲班子，要連唱三天三夜的戲，以賀祖母生辰。

「嫣然，你這趟出來，不容易吧！你我姊妹今日相見，實屬不易，等會兒咱們可要好好聊聊，不如，你今晚就在這裡住下吧！正好我爹爹請了一班梨園，申時便要在戲台子上粉墨登場，演的是湯顯祖的《牡丹亭》中的〈驚夢〉、〈尋夢〉兩折，我偷偷告訴你，這班子裡的兩大名角，一個名喚霍天香，專攻旦角；另一是艷冷露，專攻生角，待會兒你可好好聽聽，莫要看霍天香演那杜麗娘，可是身段婀娜如弱柳憑風，一開嗓，彷彿翠玉瓊琚一般的玲瓏剔透，聽者餘音繞梁，三月不覺肉味，但他卸了妝後的相貌卻是身形如玉，如同柳夢梅一般呢！你可不許回去，就在這裡住個幾天，好好陪我聽個兩回戲。」

戲台上又熱鬧了約莫半個時辰的光景，鑼鼓喧闐後只見曲終人散，戲班主領著台上生旦二人下台領賞，隔著湘簾，只覺得那艷冷露蓮步輕挪、顧盼有情，更如梨花帶雨，堪讓雲雨巫山為之斷腸，而那霍天香卻是面如冠玉，行走起來如崑山瓊瑤、碎玉鳳鳴，只是神色卻高傲冷然，見了主人也只是輕輕一揖。

方才她聽小青說了，這霍天香原來是個故家子，只因父母早逝，因此無人管教，他又偏愛流連歌樓曲坊，自小彈詞唱曲鼓吹雙六，無所不精，族長嫌他敗壞門風，將他逐出，他也索性一心沉溺於勾闌間，只是他性子畢竟和尋常伶人不同，若對主人看不上眼，管他達官貴冑，拂袖而去也是有的事情。

隔著湘簾，她聽見小青的父親馮敏道：「霍師父，我聽你唱的曲子真是動聽，只覺入耳有聽不盡的妙處。」

「若是你們聽過我師父的曲藝，恐怕才要讚歎萬分，她不單單會審詞度律，還擅彈琵琶，尤其是她彈奏的一曲清商，才真是此曲只有天上有，人間哪得幾回聞？」

「聽你這樣說，更叫人好奇，不知何時，有緣能請尊師來我府上獻藝一曲，也算一飽耳福。」

「我師父是個隱居世外的高人，非伶工優人之屬，向來是不屈從權貴的。」

嫣然此時正在簾後，雖未見此人神色如何，但作為一名戲子，此話卻未免有些唐突，她不禁擔心起馮伯父此刻的神色，想必不會好到哪裡去，還好，戲班主畢竟見多識廣，此時立刻緩頰道：「馮大人莫怪，他這師父是位女尼，年齡也大了，那點微末曲藝恐怕也入不了大人的法耳，大人若有喜愛的戲曲，您任意點選，我叫他們下去搬演，今日大家高興高興，賀老太太瑤池春暖，萱堂日永。」

「不了，今日聽了幾時辰，也有些乏了，我先將這戲帖子傳入閨閣內，看老太太高興，想點什麼再差遣人告知你們一聲，只是我看你們這戲帖中的折子，故事雖是新奇，只是情節卻多是荒誕不經，料想故事中若是一個才子，卻不專注於功名舉業上，一心只思念著某佳人，而深閨中的小姐佳人又不待媒妁之言、父母之命，這樣的情節豈不敗壞人心，這樣的故事，是萬萬不可在我家搬演了。」

戲班主一逕地唯唯稱是，最終馮敏道：「這五倫之道、禮教之防，不可不知，今日趁此良機讓你們知曉，日後有機會粉墨登場，當以忠孝節義之故事為主，這樣才好，好了，這幾日也辛勞你們了，先收拾行囊，自有家丁領你們去廂房裡好生歇息。」

戲班主連聲道謝，接著便是腳步離去聲響，此時小青輕拉嫣然衣袖，在她耳邊低聲道：「不如今日，就在這兒住下吧！我可有數不盡的體己話，要和你說個幾天幾夜呢！」

其實嫣然何嘗沒有此意，畢竟是從小就認識的姊妹，她輕點頭道：「待我稟過爹爹，求他允許，再做打算。」

聽聞嫣然的請求，這唐聿倒也不計較，加上小青一逕地在一旁敲邊鼓，道多個人便是多一份熱鬧，馮敏也慇懃慰留，兩家便約定旬日過後再來接嫣然回府。

是夜，月明星稀，一更更鼓方響，只見家丁巡過了宅院門房，隨著守夜的梆子聲響漸次遠去，小青便差遣婢女寒螢提著燈籠，來到圍牆邊站立。

只見桂影參差、明月半牆，卻突然聽見幾聲貓咪叫春聲響，接著，兩下重物落地的頓挫，寒螢趕緊提了燈籠過去，領著翻牆的兩人進屋來。

一入門來，只見小桌上已擺了一壺菊花酒，青瓷小碟上分別擺著桂花糕、酥油泡螺、一碗碧筍粳米粥。

來者不是別人，卻是艷冷露與霍天香。

只見兩人此刻已換上平常的衣著，艷冷露穿了一襲青色的衫子，一雙秀眉平分如左撇右捺，容貌清雅，談吐有節，而霍天香卻是一身灰色的袍子上繡著一對松鶴延年，卸了妝後的天香，膚白勝雪，比之思齊線條如劍如刀般的稜角分明，多了一份水潤從容，比之李旦溫潤如泉的煦煦春風，多了一份不屬於人間的冷色傲然，第一次見到霍天香粉黛不施的模樣，忍不住令嫣然想起莊子裡藐姑射之山中，那肌膚若冰雪的神人。

當下，嫣然也內心雪白通透，果然是這樣一等一人才，難怪，會讓小青一見傾心了。

「小青，再幾日也是你的生辰了，我與冷露兩人偷偷算好，要趁今日替你做東，好讓你過一場生辰宴，今日可要熱熱鬧鬧一回，來，你瞧瞧，我帶了什麼給你。」

天香手提一個竹製提籃，寒螢取來一看，是一籠香氣四溢的肉包子，擺在桌上後，又將方才放在八角金鏇裡的酒取來，一人一盞，斟滿放於桌前，六人坐定後，小青道：「你們倆今日一生一旦，唱的那〈遊園〉可真是字字珠璣、入耳動聽，方才，我這妹妹嫣然可不斷地讚二位呢！」

「罷！罷！這我可不敢當，你肯定是讚賞天香吧！更何況……」冷露望了一眼天香道：「自始自終，你的眼底裡只有一人，我可是一清二楚的。」

小青臉色微紅，天香趕緊道：「你莫要胡說八道，我先拿一個肉包子塞住你的嘴，看你敢不敢孟浪。」

冷露笑道：「好，我吃，這老籠師的包子用餡扎實，香聞十里，這天香可是排了半個時辰，才買著的，還不是為了要給小青……」

「還說，快吃吧你……」

見這兩人說得親切，嫣然也道：「其實小青方才說的是真的，我今日聽兩位唱曲，卻是喜愛異常，曲藝如餘音繞梁，故事好，曲詞更是好，想那麗娘小姐雖是閨中女子，卻也懂得擇其所愛，如此佳人，真是難得。」

「可惜，這樣的戲，明日卻看不著了，因為今日老爺已經下令，所有礙於風化的戲碼不可上演，明日只可演出《二胥記》、《五倫全備記》一類故事……」天香說罷，語氣不無遺憾。

「是呀！枉費咱們排練了半個多月的《節義鴛鴦塚嬌紅記》，這是新譜的戲，還沒幾個戲班子上演過，你們一定未曾聽過吧！鋪衍的是王嬌紅與申純的愛情故事。」冷露道。

「這故事說的是什麼內容呢？」

「嫣然妹妹，你可聽過《嬌紅記》呢？這原本是北宋年間一件實事，通判之家的小姐王嬌紅與表哥申純兩人一見鍾情，以詩詞互通心曲，但因申純還未有功名，王家決議將嬌娘嫁與元帥之子，嬌娘得知後傷心抑鬱而亡，而申純亦絕食以追隨嬌娘於九泉之下，死後兩家合葬，名為鴛鴦塚。」

嫣然蹙眉道：「這故事倒是悲戚了些，還不如《牡丹亭》中麗娘死而復生，與那柳夢梅最終同成眷屬。」

「故事的確是太過悲戚、頭緒也是有些繁瑣，但曲詞卻是極好的。」霍天香淺酌一口酒道。

「這樣好了，不如等等你們倆一生一旦，唱裡頭〈分燼〉這一折與我和嫣然妹妹聽，可好。」

「那有何難，莫說你要聽一折，要聽一整夜的戲，我們都唱與你聽。」

只見天香起身，略整了一下袖袍，凝神便唱道：「他曾傍妝台畫出螺黛巧，他曾入鴛幃照見雙鳳小，他也曾陪笑靨特地把繁花爆，他也曾照朱顏閒將繡枕描．你親手兒常自調，用意兒收的好。是佳人積久方成也，可不道蠟炬成灰淚未消。」

聽聞此曲嫣然不禁沉吟不語，心中沉思道：「這曲詞果然寫得極美，只是在此日子唱這樣的曲子，卻隱隱透漏著些許不祥，蠟炬成灰，更是讓人想起李義山的一寸相思一寸灰了。」

四人吃了一陣，寒螢又斟滿酒，小青道：「咱們這樣吃吃喝喝，倒是有些無趣，不如玩點遊戲可好，我平日聽聞爹爹筵席時，也會玩些花鼓酒令分曹射覆之類的，前些日子正好新得了一款酒令花籤子，不如，咱們便來玩耍玩耍，可好！」

見眾人皆無異議，於是便命寒螢取來，只見一巴掌大的竹節筒子，裡頭密密地插了數十枝毛筆大小的籤子，小青道：「這玩的人少也有些無趣，寒螢，你再去將我那兩張紅楠木小椅取來，你和凝香一塊坐，今日咱們不分主僕，一同耍樂耍樂。」

「這……」凝香還要推辭，嫣然笑道：「小姐都開金口了，你們坐就是了，平日都是你們當差，讓你們服侍，也辛苦了，今日便不拘禮數，快快坐了吧！」

於是凝香傍著嫣然，寒螢倒是先出門吩咐了守夜的丫鬟冰梅一聲後，才挨著凝香坐下，只見籤筒便放在正中央，眾人凝視了半晌，冷露才緩緩道：「那要誰先抽呀！」

「你們先抽吧！其實我還沒有玩過這花籤，不知道上頭寫了什麼？好生好奇呢！我瞧瞧……」小青取出其中一枝較長的籤子上頭念道：「花籤十二，分屬天下千芳豔魄，得籤者當以本命花為題吟詩一首，以謝百花仙子。這倒也有趣，大家可都聽仔細了，待會兒，咱們就照這籤上的題詞辦，可好？好啦！現在，誰先抽呢？」

眾人默默不語。

「我說你今日是主人，自然該先抽，莫非上頭寫了都是些胡話，我們抽了，好讓你取笑。」過了半晌，冷露調侃道。

「我是這樣的人嗎？冷露就是個疑心病，也罷，那就我先抽了，但要真抽了什麼胡話，那可不算，我要再抽下一個。」說完，小青伸手抽了一枝花籤，上頭刻著一朵蜀葵，下方蠅頭小楷寫道：朝開暮落，得此籤者，飲一杯送春，在座諸人各以酒酹地送春。

「這倒不知是何解？」小青蹙眉道。

「這有何難，蜀葵乃是十二花神之一，代表女子為李夫人，李夫人傾國傾城，深受漢武帝喜愛，這籤自是讚你有傾國之色的！還不快喝。」冷露一邊幫小青斟酒，又一面將各人眼前的杯盞斟滿。

「不過要以酒酹地，卻不知要澆於何地才好呢？」嫣然道。

「咱們自斟自飲算了，何必拘泥呢？」天香道。

「這不可，除了我之外，若是有人不遵照這籤的指令，可要一律受罰，不如……我窗外正巧種了一株紅梅，年歲也有四、五百歲了，每年元月之時那疏影橫斜、暗香浮動的美景，可是如那孤姿韻絕的佳人一般，不如，就將酒澆灑於古梅之下吧！」

接著，小青飲了一杯，又斟了一杯走至百蝶穿花的窗櫺間，吟道：「金風甫動即歸去，懶共寒蟬泣曉昏。」接著玉手伸出窗外輕輕一潑灑。

手擒著杯盞，嫣然心底卻隱約升起一絲不安，雖是尋常遊戲，但小青所吟之詩卻帶不吉之兆，「朝開暮落」，想那李夫人雖是絕色，又受帝王寵愛，卻青春早逝，於壽筵中卻抽中此籤，嫣然心想，莫要一語成讖才好。

接著，籤筒便傳到霍天香面前了，他捋起袖子一抽，只見這籤上卻刻著一樹桂花，下頭寫道：金風玉露、幽香暗渡，得此籤者，有蟾宮折桂之兆。

「大吉、大吉，『桂』者，貴也，依我看，天香日後可是非富即貴，功名不可限量！」冷露笑道。

「胡說，我一生最厭惡功名兩字，你莫要骯髒了我的耳，我不怕功名兩字無，只怕姻緣一世無。」

「好個天香，這是《嬌紅記》的唱詞，我看你可是瘋魔了，活脫脫一個才子申純。」冷露擊掌笑道。

「說我是個申純，倒是好的，還是冷露知我，我倒不指望能如同那柳夢梅般高中狀元，只望能生同舍，死同穴……」

「好了，壽宴之中也別再那死的活的啦！好不吉利。」冷露作勢就要摀住他的口，天香自覺失言也笑道：「都是我胡說，該罰，該罰，我自罰三杯。」說完滿斟三大白接連一飲而盡後吟道：「今夜月明人盡望，不知秋思落誰家。」

「再來換誰呢！按照順序，應當是凝香姑娘了吧！請。」

凝香依言抽了一根籤子，上頭寫道：梨花，玉容寂寞，含情待雨，得此籤者心志清明，可飲茶一杯，座中同月者陪飲一杯。

小青道：「這梨花雖不在十二花神內，卻也是極美的，梨花一枝春待雨，倒也配凝香你呢！來，寒螢，你去取我宜興紫砂壺，來斟壺祁門茶，正巧大家醒醒酒。」

「小姐，這可不好，凝香受之有愧……」凝香趕緊起身道。

「不要緊的，你就坐著吧！我們小姐向來是說一不二的性子。」寒螢起身也笑道。

凝香見狀，緩緩坐下，一眼卻巴巴地望著嫣然，嫣然知她心意，笑道：「不知要吟什麼詩是吧！我為你賦一首吧！」略沉吟了一下吟道：「浩氣清英，仙材卓犖，下土難分別。瑤台歸去，洞天方看清絕。」

接著，籤筒便傳到嫣然面前。

伸出一隻素手，半空中嫣然卻舉棋不定，她暗忖如今好些籤子都已抽過，不知還剩下什麼花名呢？莫要是些渾話才好。

小青諧謔一笑道：「你緊張什麼呢？抽了便是，說不定這籤，便保你得個貴婿。」

嫣然轉了幾下，抽出一籤還未仔細看，便遺落在地，正巧落在冷露的靴旁，他拾了起來念道：「水仙，湘靈鼓瑟，情之所鍾，得此籤者，若有意中人當與明月共飲一杯，否者則取百花之露水自斟自飲一杯。」

此時嫣然一陣臉色潮紅，只覺三人六隻眼睛全落在她身上，竟不知該如何啟口。

「來，嫣然，你可是有……」

「這籤不算，方才我本來要取另一枝，結果不小心……」嫣然趕緊道。

「哪有你這樣說話了，籤只要離了籤筒，就是你的了，好妹妹，你別急呀！看你這模樣，應當是真有了意中人吧！他生得是什麼模樣，我真想知道，到底是怎麼樣的偉男子，才配得上我的好妹妹……」

嫣然微微一蹙眉道：「別，就會胡說。」

「好，好，都是我胡說，該罰，我自己喝一杯，嫣然妹妹隨意便是。」

此刻只見一陣碎步聲響，冰梅推門而入道：「小姐，我遠遠地看著有幾盞燈火熒熒而來，像是守夜的家丁去而復返。」

「那不好，可別讓他們給發現了咱們。」寒螢冰梅幾人立即吹熄燭火，室內一下暗了下來，只有三、五盞燭火在夜色中兀自燃燒著火光，映照著各人半邊的臉龐，閃爍不定。

此時，嫣然感覺小青屋內的擺設，那架上累累的書，案上的筆墨與硯台，與那映在牆上的陰影像是墨韻渲染的山水，又像變換莫定的海浪，此刻，大家都極有默契地噤聲不語，因此外頭的聲響便顯得格外清晰起來，那一步步腳印踩在冰霜上留下了一個個破碎的印子，還有些微的冰裂聲。

遠處的梆子聲傳來，一陣短、一陣長，是那樣的沉悶又悠遠，點出此時已三更了，隨著那聲音逐漸地遠去，嫣然有些百無聊賴，此時她專注地望著前方那一只紅杏色的燭光，上頭繪飾的不知是杏、桃，還是梅花，而自那變換不定的橘色焰火中，她驚訝地發現，竟然有三枚燭心，緊密纏綿、燃燒著。

「好了，不如，咱們今兒就先到這裡吧！」冷露推開窗扉瞄了外頭一眼後道。

「也是，小青，嫣然姑娘，為免驚動旁人，況且來日方長，我們兩人還是先告辭好了，你們也好生安睡吧！」天香道。

是夜，嫣然將螓首靠在白瓷枕上，才方闔上眼，卻又睜開。

「怎麼了，不睡？」此刻，小青便在她眼前幾乎一個鼻息的距離，那淡橘色的光燄在她眼瞳中幽魅閃爍著，像是朔日的月牙。

遠遠地，她依稀聽見漏斷的聲響，一滴滴，漸次不可聞，彷彿當水滴自銅壺落至地面之際，凝結成冰晶似的白露後，便悄然不動了。

「你覺得……他怎麼樣？」

嫣然心中會意，便低聲道：「我瞧他不論模樣還是才氣都是一等一的鍾靈毓秀，能與此種人才匹配，倒也一生不枉。」

小青輕嘆道：「不愧是妹妹，最知曉我的心意，你方才所言我何嘗不知呢？只是天香對我，不知……」

「我看霍公子對你也是情意殷切的，你若有心，不如賦上幾首詩，表明心意，也好過在此單相思呀！」

「你說得是，就算他真與我心意相通，我卻有另一則煩惱，便是爹爹那裡，我爹自恃門第高貴，想必是不會讓我嫁與伶人為妻的，只是想那《嬌紅記》亦有言：『紅顏失配，抱恨難言，所以聰俊女子，寧為卓文君之自求良偶，無學李易安之終託匪材。』每每讀到此處，更是讓我一陣心驚，卻不知該如何是好？」

「你莫要多想，咱們，也只能靜觀其變了，說不準，伯父他會許這婚事的……」話雖如此，嫣然內心卻也是猶疑不定，莫說是小青了，自己家教甚嚴，雖然已與思齊私訂終身，但父親向來不大理睬閨閣之事，大權全落在姨母李夫人手裡，李夫人對待自己向來是冷心冷情的，要真為自己終身著想，是萬萬不可能……

「你呢？你已經有心上人了吧！他是個什麼樣的男人，好妹妹，你也說來讓我聽聽吧！」

「你又胡說了！」

「誰胡說呢！方才，我就看出來了，依你的性子，要是真的沒有心上人，你自是舉杯自飲的，哪會猶豫那麼久呢！就是那日我在西湖見到的那名男子吧！我瞧他雖不是書生公子，卻別有一股英氣勃發，你要再瞞我，看我怎麼處置你。」接著作勢要搔她的胳肢窩，嫣然一躲過笑道：「好姊姊，好了，別，別，我招了還不是，你說得沒錯，他是個……」嫣然閉上眼睛思忖半晌道：「他是個海一般胸襟廣闊的男子，雖非世家大族，也未飽讀詩書，但，不知為什麼，只要在他的身邊，我便心安。」

「這可不是，好妹妹，真希望我與你都能姻緣美滿，就像今日《牡丹亭》的故事一樣，那杜麗娘能與柳夢梅白首至老。」

真的能如小青所言嗎？夢中隱隱約約，她回到了那雕欄玉砌的花園之中，盛開的紅白芍藥令她想起了，娘親自縊時，下身穿的羅裙，以及脖子上纏繞的白綾，突然，那暗黑色的妖魅自假山玲瓏石間湧出，伸出森森白爪與獠牙，此刻一名穿著柳綠色、手持梅枝、面如冠玉的男子救了她，細看他的容貌，卻是李旦。

24 屠殺

林鳳事件平定過後半個多月，馬尼拉的街道上又恢復了元氣，商鋪紛紛開張，像是忘卻了數十多天前那場近在咫尺的槍林彈雨，街道上盡是殷勤的生理人，店鋪上擺著南來北往的貨品。

核對完底下二十八鋪的帳目後，李旦起身，想去外頭走走順道解個手，卻聽見曲道彎曲處有人問道：「那日，咱們不是已經說好要襄助林鳳了，但為什麼最後卻是這樣的結果呢？而那林鳳，又是怎麼死的呢？」

「噓！事過境遷，何苦要追究這事！」

「土伯，這不是我想追究，那日，只有頭兒和林鳳兩人獨處，雖說後來頭兒說林鳳因槍傷而亡，他為了避免衝突造成的損害，最後決定讓林鳳的手下離開呂宋前往高砂，但，誰都知道頭兒與林鳳有私仇，我在意的不是林鳳是怎麼死的，而是咱們那日在天妃前立誓了，若有貳心出海不靖，這對我們海商可是大忌呀！頭兒也真是的，就算他信洋人的教，也不能……」

他咳了幾下聲接著刻意踩踏地面，果然，當他走出時只見土伯與大壯兩人的臉色有些尷尬，見他出現，趕緊道：「老大，今日真早，就來鋪子巡視。」

他點點頭，沒有否認，這時，只見土伯臉色有些猶疑，遲疑了半晌對他道：「有件事情，想跟老大您告知一下。」

「什麼事呢？」

「佛郎機人決定修築碉堡與防禦工事，近日以高價收購鐵器，澗內幾百戶家紛紛將鐮刀菜刀拿去換了銀子，咱們是不是也該收集鐵器，遲了，恐怕就沒這等好事了。」

「為什麼要如此收購鐵器呢？」

「聽說是因為半個月前林鳳來襲，佛郎機人決心要加強城內防禦，因此蒐集鐵器以建築防禦工事。」

說不出的一種詭異，但一時卻又不知道該如何抉擇，李旦道：「日常生活少不了鐵器，吩咐打鐵鋪子莫要躁動，先見機行事。」

「是。」

轉身離去，此刻，李旦卻禁不住心底的躁動，他向來不是這樣的人，凡是兄弟們有意見時，他總會不厭其煩地訴說自己理念，然而此次不同，因為殺母之仇不共戴天，自從那日後，即使在夢中，他都恍若站立在火光四濺、搖搖欲墜的火宅之下，見著那上身赤裸著有著鳳形紋身的男子，一次又一次地，發出刺耳的吶喊。

「大哥，外頭的佛郎機人每戶都發通知，要我們澗內中的生理人以三百人為一院，分批前往城中檢錄其姓名戶口，並討論市民證的核發。」這日，李旦方清醒漱洗完畢，便聽見二官在外頭道。

「是嗎？」

「靠城中心的那幾百戶前日就接了通知了，昨日便出發了，像那大壯和土伯幾人也昨日去了，今日說是輪到咱們這院了，其他弟兄也準備好了，想說應該頂多耽擱半日，早去早回！」

不過一炷香的時間，外頭已經站滿了生理人，有些人缺乏站立的位置，便擠到了屋簷、騎樓間，佛郎機人帶領下，往山丘下的碉堡前進，原先生理人的居住環境僅能住在澗內，而稅金繳納亦是佛郎機人的數倍，除發有少數能取得市民證者，但此類人極少，多是神職人員，因此一聽到有降低核發市民證門檻的消息，無不躍躍欲試。

一眼望向身邊綿延數十里處的白浪如潮，遠方，一隻海鷗緩緩地停在檳榔樹上，李旦有些說不出來的怪異，以檢錄而言，沿途的武裝士兵似乎多了一些，是為了防範海賊的再度來襲嗎？應當不是，否則，仁字部的弟兄應當會先告知他消息，他只知道佛郎機人近日搜刮了澗內近十分之六、七的鐵器了，然而，放眼望向前方碉堡，卻不見明顯的防禦工事。

白石砌成的碉堡便在眼前，這由當地石灰岩和頁岩組成的堡壘，城垛處還可見刀刃斧劈的痕跡，依稀是數月前林鳳率軍來襲，在此攻堅遺留下的，左手處原本木製橫梁已包上了鐵皮，覆蓋處依稀可見火燒焦燎。

大門開啟，隨著眾人依次而入，不對勁，一進到裡頭，雖然帶有覆蓋了強烈的石灰氣味，但或許是對這樣的氣味太過熟悉，他隱隱約約，聞到了一股血腥味。

人群中他四處張望，此刻，在城垛上方，一列竹架之上，海鷗正巧飛來，立在帆布外一截裸露的小腿之上。

一轉頭，只見兩名荷槍的佛郎機人，正要將兩扇重達千鈞的鐵門給關閉。

他迅速地衝到門前，自懷中掏出火銃一個聲響，左邊軍士應聲而倒，他一手拉住鐵門，對面軍士手執刺刀朝他撞來，又是一聲彈子聲響。

那褐髮山根高聳的佛郎機人表情似乎還有些納悶，緩緩地觸摸胸口那不斷滲血的窟窿，為何已發射的火銃竟然還有彈子在其中，但望著白布纏繞下的三個銃口瞬間明白，那是三眼火銃。

此刻，走在前方的生理人也發現了隱匿於角落的屍體，發出驚恐地大喊，一時之間尖叫聲四起，推擠、撞擊不斷，後方的人紛紛往門外奔出，李旦大喊：「大家快逃！」

依稀聽見有人被踩傷的哀叫聲，眾人紛紛往門口擠去，李旦高舉火銃，方才離去時，他總覺得心神不寧，思來想去，便將前些日子私下製作的三眼火銃以白布包起，纏成手杖的模樣，只見身旁的二官第一個衝過來，和他用力壓住另一邊的門，瞬間幾十人蜂擁而出，望著華宇卻被人群遠遠隔著，李旦大喊：「華宇，快走。」

此刻他卻聽見一陣轉輪聲響，原來是上方的佛郎機人牽動大門機關，鐵鍊隨著轉盤扭絞，鐵門右側門閉，此時李旦當機立斷，一槍射斷左側鐵鍊。

又逃了二十幾名生理人，但此刻門僅存一半的空間，逃亡速度畢竟受到了阻礙，此刻，華宇也擠到他面前喊道：「大哥！咱們一起走。」

「你先走，二官，你也是。」李旦大喊，這時上頭觀看的佛郎機士兵衝了下來，打算徒手將門闔上，李旦將火銃掄起如長棍，一個撞擊直中那人面門，此時又逃了好幾人，但除了主絞鍊外尚有副絞鍊，門仍再緩緩靠攏，李旦將火銃卡在中央，此刻的空間緊容一人側身而過了，此刻二官與一個士兵纏鬥在一塊，李旦自身後抱住那人，二官抄起一旁的石頭砸向那人面門，瞬間鼻血噴濺，兩人掙扎來到門口，當二官擠出去之時，此刻，火銃已經因為外力而歪曲變形，李旦正要衝出，卻聽見二官喊道：「大哥，小心。」

原來方才那名鼻梁受傷的士兵，自後方一整個將他擒抱住，瞬間他看見火銃整個彎曲斷折的聲響，與二官最後的表情，接著後腦一道撞擊，便人事不知了。

再度清醒，只見自己倒臥在一灘泥濘之間，前方以竹子和鐵絲、玻璃等尖銳物品架起了隔柵，前方則是數十名荷著火繩槍的士兵，感覺後腦兀自發疼，方才自己應當是被槍托擊中後腦吧！華宇他們呢？已經安全逃離了嗎？他抬頭四望，卻見到令他驚悚的景象。

左側一排幾十根竹竿上，高懸著新鮮的頭顱，但底下更多是被槍殺的生理人，堆積成一座小丘，而一旁站立著數十名赤裸上身的生理人，臉上木然，正在協助搬運屍體，佛郎機人很懂得利用勞力，先讓生理人將槍殺的屍體集中後，再將剩餘的一併射殺完畢。

幾名佛郎機的士兵笑鬧著，發出刺耳的喧囂，其中一人鼻梁上覆蓋著紗布，突然，他自隊伍中，拉扯出一個滿面塵土的生理人，另一人見狀，也拉出一人。

那人拿出小刀，割開了兩人的繩索，接著做著示意要兩人跑走的手勢，一時之間，暫時獲得自由的兩人神色蒙昧，有些不明就裡，直到士兵拿著槍托狠命地戳著他們的後背，並不斷揮手，其中一人才飛也似的奔去，另一人卻呆若木雞，張望一陣才開始跑。

兩名佛郎機士兵仍沒有任何舉動，將菸捲放在口中，緩緩吞吐了幾下，待煙圈緩緩上升之際，突然各自取起火銃，砰砰！左邊一人倒地。

再一下右手那人也倒臥在地，先得手的士兵一陣哈哈大笑，另一人則咕噥發出一陣陣謾罵聲響，接著自口袋掏出菸捲，作為賭輸的補償，接著扛著槍又自後方被綁索著一串犬雞似、滿面塵垢的生理人，尋找下一個對象。

他先挑了一個老者，看似不大滿意，又拉扯一名瘦小的年輕人，但看了一眼露出嫌惡的表情，最後拉出一個高壯之人，露出滿意的神情。

大壯，身後的李旦見到此景，險些大喊道。

另一名士兵此刻也挑出了一個年輕的漢子，顯然又是要重複剛才的賭局，其中一人不斷哆嗦著，但士兵拿著火銃發出威嚇的聲響，將兩人繩索割斷後，一名士兵撮口發出哨聲，那哆嗦之人起先還顫抖著，過了幾秒鐘才往前跑去，但大壯卻充耳未聞，只因方才兩名士兵以生理人為賭注之事，他已看得清清楚楚，此刻他傲然不屈，說什麼也不願移動自己的半分腳步。

眼看先前那人已經跑了幾百步，而己方俘虜卻一點動靜也沒有，鼻梁蓋著紗布的士兵不由得惱怒起來，拿起槍托不斷地撞擊他的胸腹，發出一陣陣謾罵，接著將口水吐到他身上。

大壯顯然是給惹怒了，一個暴衝直接與之拚命，士兵一開始閃避不及被撲打在地上，然而一拳未落，後方士兵直接拿起刺刀刺入他的頸項，殺雞似的鮮血噴湧而出，又幾名士兵跑來，將他拉開，一陣槍擊掃射，那方才被打傷的士兵臉上濺了血，更顯凶殘可怕，他憤怒地踹了大壯屍體幾腳，接著拉開褲襠，射出一泡尿。

天地不仁，以生理人為芻狗。

從方才，李旦便看見了這一幕，他不自覺地咬住自己的嘴唇，以免叫喊出聲，自從幼年目睹娘親被殺的慘劇時，他不自覺便養成了這習慣，四周真安靜，沒有人想戰鬥嗎？對了，手無寸鐵要如何戰鬥，他逐漸明白了，外頭佛郎機人嘻笑如故，轉眼下一輪又是新的賭局。

此刻外頭正傳來火炭灼燒的聲響，數十名士兵架起了人牆，前頭有人手持鐵鏟，正預備為奴隸烙上所屬的烙印，證明此後此名奴隸是西班牙總督的所屬物，直到死去之際，都是聖地牙哥堡的資產。

「寶蓮娜公主，有何事吩咐？」

「奉總督大人之令，需要幾名強壯的生理人，來修葺西北西處損壞的堡壘，還有總督府內的後花園，裡頭的噴水池和雕塑也需要更新整理，因此，請您應允我從這些人中挑選五十人左右，帶他們離開。」

「沒問題，公主放心，這些生理人身體健康體力強健，絕對可以負擔起粗重的工作，我再派遣幾名傭兵給您，他們若是稍有反抗，抽幾鞭子便是，待我挑選完畢後，剩下的便送到總督府去。」

「修建堡壘的人選，勞您挑選便是，但是負責修葺花園的工人，我希望是手藝高超的匠人，請務必讓我親自挑選。」

「尊貴的公主閣下，不是我拒絕您的請求，但這些生理人渾身汙穢，連豬狗都不如，我擔心會使您身上沾染到一絲一毫的汙泥。」

「不要緊的，我自有分寸，更何況再七日，總督大人便要宴請西班牙皇室的使節，到時若是有所閃失，令總督在王室前蒙羞，這份責任，恐怕誰也難以擔當。」

「這……好吧！那請公主閣下務必當心。來人呀！快緊隨在公主殿下的身後。」

睡了又醒、醒了又睡不知過了多久，當清醒之際，李旦發現自己身處在一間石頭砌成的小屋裡。

從窗扉間流露出一些牛奶似的日光，李旦起身，雖然身體仍有點乏力，但感覺精神已經好許多了，摸了一下肩胛，傷口處已經用繃帶給緊緊纏縛住，看來自己又是讓人給救了，他不禁自嘲了一下，看來自己也是命大，經歷了數次與死亡的擦身而過，卻都僥倖逃得性命，不知是因為蒼天保佑，還是命硬到連閻王也不收呢！

屋內中央處擺設一套石砌的桌椅，桌上擺了一只閃亮的黃銅壺並兩杯，一碟塗著黃油的麵包，他坐下後斟了一杯，帶點澀味的紅茶，還是溫熱的。

看來最多一刻鐘前，才有人將這點心，送至他房裡。

數日的折騰，他也真是餓了，沒多久便吃了杯盤朝天，接著他輕推了門，沒鎖，他傾身離去。

外頭卻是一個花紅柳綠的世界，一大叢紅豔、嫩黃的玫瑰生長在金色雕花的欄杆裡，潔白碎石鋪成的小徑上，迂曲蜿蜒的人工河上，機械發條人偶正答答地磨磨、僅有一腳的芭蕾伶娜兀自旋轉跳舞，中央噴水池綴飾著有著金色小翅膀的天使，與胸脯雪白如凝脂的女神格蕾西亞像，而周匝的海豚呈現音符的弧度，當中央的水柱雨露均霑在那俏皮的鼻端時，恍若散落的金色珍珠，而石壁竹子搭成的棚架上垂掛著結實纍纍、恍若絳紅色寶石的受難果。

這裡的東西每樣都精巧不已，但每項物品也都同樣地令他莫名熟悉，因為這些商品全部是來自他的店鋪。

他內心已有七分的答案了，但還不大敢確定，他走至圍牆邊，一處以岩石砌成，上頭爬滿常春藤之所，從缺口處他清楚看見了，以居高臨下的姿態，俯瞰底下新月般的港灣，迂曲迴環的帕西河以恆定之姿恍若一條閃耀的銀蟒橫亙，將馬尼拉一分為二，接著便隱入港灣之中，大片石磚砌成的深水海港間，數百艘艦隊井然有序的，以牙籤之姿細細地插牢在岸邊整裝待命，而紅黃相間的國旗逆風飄揚，纜繩以針線的姿態，牢牢地與港口補綴成強悍的海上長城。

這是聖地牙哥堡，由佛郎機人所建立的王城，是呂宋島上最高之處。

在呂宋島上住了數年，他卻連這裡的邊緣都碰不著，別說是他了，其餘生理人何嘗不是如此，他們只能在由佛郎機人所劃分的澗內，即使是每個月運送貨品來聖地牙哥堡，也是只能待在門外，由黑奴協助將貨品運送入內，每次隔著大理石砌成的、由雕花欄杆裝飾逐漸關閉的大門時，他都會有種嚮往，何時，自己方取得入內一遊的資格呢？

他踉蹌地退了幾步，不小心驚擾了一名經過的洗衣婦，只見她手中衣服掉落，說了一串菲律賓話後轉身離去，李旦一時手足無措，就在不知該如何是好的當下，此刻，他聽見了一陣腳步聲，像是光篩落在鹽晶體上的反射，他轉頭，一名膚白如鹽的女子站立在他面前。

「你醒了！」

不是西班牙語、菲律賓語，而是官話。

「這裡不適合說話，快進房裡。」接著她提起裙子，見四下無人後，轉身離去。

回到房裡，他感到一陣暈眩，再度靠在枕頭上，但閉上眼睛，他就想起方才的畫面，李旦幾乎不敢相信自己的眼睛，方才雖然只有短短一瞥，但那是青蘭無疑，青蘭竟然還活著，竟然就這樣出現在他面前，猶記得弘窯大火，裡頭幾十名製瓷工人全都葬身火海，燒到連枯骨也認不得，那時他想青蘭應當也是死了，那份火焚般的記憶，現在想起來仍是一陣痛楚，不料今日竟然再度見到青蘭，一時之間反倒令他震驚不已。

昏昏沉沉，不知睡了多久，再度聽見門輕輕的開啟聲響，只見青蘭端著一盤食物進來，身上穿著珍珠白的塔夫綢蓬裙，上身的馬甲緊緊地束出楊柳一般的腰肢，胸前卻是一道波濤洶湧的海溝，記得她以前總是將頭髮給牢牢地藏在布巾之下，偶爾露出一點點鬢角，穿著像個男人一般，但眼前的她卻大喇喇地招展著那一頭火焰似的頭髮，唯恐他人看不見，彷彿波光瀲灩的海浪般，彎曲成大小不一的弧形。

「你好些了，我趁四下無人為你帶了些吃的。」青蘭道。

「青蘭，你怎麼會在這裡？那日我見弘窯失火想去救你，雖想靠近卻因火勢太大被阻攔在外，我一直以為，此生此世，再也見不著你了。」

「那日我全身被牢牢綁縛住，雖然有聽見你呼喊救我的聲音，但無奈嘴巴被破布給塞住，一點聲音也發不出，還好角落處尋了一個破掉的瓷片，想盡辦法終於將繩索給割除，我還想去救爺爺和其他人，卻被困在火場之中，手臂也被燒傷了，好不容易終於逃了出去，就蘆葦叢中躲了一夜，隔日就聽見你被送入死獄、弘窯上下被抄家的消息，我那時心底害怕，又不知該如何是好，緊張間不意被人販子給盯上了，就這樣被抓走，中間輾轉逃了幾次，約莫也是和你一樣，來到了呂宋。」

「對了，青蘭，我聽這裡的人都稱你為公主，沒想到你的身分如此尊貴，我真是替你高興。」綁縛之際，他依稀聽見士兵對她的尊稱。

但青蘭的臉色卻顯得冷然，像是曉風殘月般，她緩緩道：「我不是什麼公主，你知道的。」

「這是怎麼回事？」她話中有話，李旦聽得出來。

「後來我逃了出來，卻找不到回去的船，路途中碰上幾名佛郎機傳教士，他們發現我的髮色不同，我又會說佛郎機語與漢語，引起了他們的注意，為了……為了引起他們的同情心，我就編了一個故事，我說我的父親是一名王爺，而我是小妾所生，卻在父親死後受主母迫害，無奈只好逃離，他們看我的容貌有幾分像佛郎機人，又不全像，對我便生了親近之感，我只需亂湊一些悲慘的故事，偶爾背背幾首歪詩、唱唱小曲，他們便相信了，有時候有些女人聽了我的故事，還會撲簌簌地掉下眼淚呢，我很厲害吧！」

「原來如此。」李旦點了點頭。

「你不相信我？」

「不是。」青蘭的故事感覺太過離奇，她隱瞞了什麼，他不確定。

「你先好好歇息吧！近日軍隊的風聲緊得很，畢竟總督拉維薩維茲可是下了命令，生理人只能留百分之一的人口數，你先躲在這裡，放心，不會有人追到這裡的，等風聲過去後，再做打算。」

拉維薩維茲為什麼會對他們下達殘酷的屠殺令呢！此刻，李旦內心隱隱有一個答案，卻不確定。

他開口說了兩個字，只見青蘭輕點頭道：「沒錯，就是因為林鳳。」

果然沒錯，雖然多數生理人對林鳳的到來一無所知，甚至作壁上觀，但對於統治的佛郎機而言，一支有著強大武力的海上軍隊令他們恐懼，而殖民地上日益增加的生理人又成為芒刺在背的隱患，因此，為了避免養癰遺患，才會採取以殺治亂的手腕。

「青蘭，你實話告訴我，我們這些生理人，究竟留下了多少活口？」

青蘭的臉色顯得猶豫，是不忍說出那殘酷的真相。

「三萬、一萬……你說吧！我只想知道。」

青蘭緩緩搖頭，看著李旦悲愴的臉龐，緩緩說道：「不可超過四千人……」

數年的休養生息、安居樂業的數十萬人口，竟然被屠戮至十室九空，他彷彿整個筋骨要被抽離開，但仍不死心，再問道：「為什麼？少了生理人，不就無法為佛郎機人賺取利潤嗎？」

青蘭躊躇道：「旦，我這話只能跟你說，你可別傳出去，此次剿滅林鳳，便是得了明國的命令，明國派遣使臣王望高，偕同總督拉維薩維茲，一同剿滅海賊林鳳，事成後，佛郎機可比照葡萄牙人入澳門，入國內進行貿易，而林鳳突襲馬尼拉，追根究柢，也是因為獲得線報，探得此地防禦空虛，可以乘其不備，拉維薩維茲認為必定是有生理人為內應，裡應外合，因此若要斬草必要除根，加上，加上……」

「你說，再怎麼殘酷的事實，我都想知道。」

「明國已同意，若剿匪有功，之後會核發船令，每年讓數千名閩人渡海來此，因此，總督才……」

原來他們這些人，在佛郎機人眼中，不過就是隨時可更換的棋子，因此只要有危險之虞，寧可錯殺上萬人，也不可放過一人，但最諷刺的是即使在自己的母國跟前，仍是棄民的存在，可利用、替換的籌碼，像極了卑微的草芥，即使憑自身努力提升自己的高度，仍不過轉變成了芒刺，令君上除之而後快。

曾一本說錯了，他能謀卻不擅斷，千算萬算就是沒有想到西班牙人竟然會直接來一個釜底抽薪，為防叛亂再起，直接殺光大多的生理人，他一直以為只要好好從商，避免政治的曖昧不明即可，沒想到，一念之差落得此下場，還害了這些與自己胼手胝足、打拚的同伴們。

如果，如果當初他真肯放下私仇，與林鳳共同抗敵，今日局勢是否會大有不同。

「旦，你還好嗎？」青蘭望著他，一臉擔憂的神色。

身上的創傷此刻傳來一陣陣火焚的疼痛，他感到暈眩，青蘭扶他躺下道：「你的傷口還沒有好，我自醫務室中偷來一點鴉片，有鎮定效果，你食用後好好睡吧！什麼都不要想，一切不如意的事情，終究會過去的。」

最後幾個字恍若海上飄蕩的帆索，感覺自己落入了繁花盛開的花園，接著，便僅存無盡的黑暗。

25 招安

自從與嫣然分離後，無時無刻，思齊便陷入一股不安的躁動之中，尤其數月前他接到仁字號送來的密函，裡頭提到原先劫掠魍港的林鳳順著季風來到呂宋，最後被誅殺的消息，並提到殺母之仇已報，使思齊不禁有一種痛快之感，一時間卻又不知如何是好？

此外，信中尚提到李旦已經在大員諸羅山一帶開墾，建立十寨，信中並提道：而今各方勢力紛紛擾擾，彼挾帶國家力量兵臨於我，而我輩閩商出海，一無武力、二無國家勢力，為求自保，宜在海外尋一蓬萊為根據地，遠可作為航行接駁中繼點，守可自給自足……

文末並提到，彼若不經營，早晚落入夷人之中，慎之，慎之……雖然思齊識字不多，但加上海圖的說明，思齊也能了解現在局勢如何？但此時思齊顯得游移，在他原本的心願裡，還是盼望能留在明國這塊土地，成官軍，娶嫣然，生幾個娃娃安穩一生，而那未知的海島對他而言總覺得不過是一個未知的荒陬，他其實不大能理解為何李旦要棄國遠去南洋，更不希望離開足下熟悉的土地。

倒是偶爾與日升這些兄弟幾人，提起大員之事，他們卻兩眼放光，顯得躍躍欲試。

「大哥，你是說你自個兒的大哥在諸羅附近建立了水寨嗎？那真是太好了，咱們再隔幾日東北風起，便去那看看吧！我其實也是聽說，想那大員四季溫暖、土地富饒，只可惜黑水溝海流湍急過於凶險，一直想去走走。」日升道。

「是呀！而且大哥你說那裡已經備有耕牛、鐵犁、稻穀……只因地廣人稀欠缺人手，若咱們將水寨裡的兄弟全數帶去抵這空缺，豈不甚好。」張弘也道。

見眾人紛紛附議，思齊忍不住道：「你們先別急，這事我還在琢磨。」

「大哥，在等什麼呢？七月一到便是夏日多颶風，到時出航更加凶險，咱們兄弟不就只能掩旗息鼓，無法出船嗎？」

先示意過山猴去關閉前後門，思齊低聲：「你們應當聽說了，總督劉燾大人已經祭出了招安令，首犯罪責難恕，但從犯改過自新，則可戴罪立功，納入軍籍之中，我這幾日前思後想，正是這事！更何況若是前往大員，咱們勢必就得做好離開閩地的打算，說實話，這還真是捨不得……」

眾人面面相覷了幾眼，還是日升年齡較長，才開口道：「大哥，你的意思是要咱們一塊去……接受招安嗎？」

思齊道：「我知道兄弟中有些人，比如說過山猴吧！就是個漁民，當初被劫掠來此身不由己，更何況現在頭領底下各個舵主分崩離析，若是這樣坐以待斃下去，也不是辦法，身為大哥，我也得思索何時才是個出頭！」

過山猴性格直率，立即道：「大哥，你莫要這樣說，原先我的確是個漁民沒錯，但打魚的生計微薄，還得負擔水夫的繇役，苦不堪言，因此自從加入了海盜，就沒抱著回陸地上的打算了，因為走私的生計，比漁民強上十倍，靠著這些收入，我才能讓陸地上的妻小過好日子，更何況官軍一點也不值得信任，做官的老爺，只把咱們這些賤民出身之人視若糞土！」

眾人紛紛附議，一時之間直娘賊之聲不絕於耳，思齊猶豫了一下，瞬間，他眼前出現顏如龍的神情，他從來都不是這樣的人。

還好此刻日升開口，化解了僵局道：「大哥，據我所知，倭寇接受招安後多數都是落得過河拆橋的下場，早先的淨海王『汪直』、徐海、巨寇吳平莫不如此，你是我們的大哥，莫要輕信了官家的招安之說，以為能如《水滸傳》中的梁山好漢般為朝廷效力，自己輕易交出的性命，反倒成了地方巡撫向朝廷邀功取賞的投民狀，明國從未以仁義對待我們，奈何我們以草芥待之呢！」

見狀，思齊也不好再說什麼，三言兩語支吾過後，但過山猴與張弘幾人依舊不依不饒，非要打探何時前往大員，見局不過眾人，思齊便定下數日後前往大員的行程。

一日，尋了一家酒肆與兄弟胡亂喝了數十杯，飲得醺醺然，趁著夜色正要返回時，突然有黑影在身後尾隨，思齊覺察，於是佯裝醉得不省人事，緩步走入暗巷之中，趁那人逐漸靠近，伸手要碰觸他後頸時，他迅即轉身一個將手反折，那人縮手甚快，他左手突進直攻那人小腹，他卻以肘格開。

思齊一驚，這人的手法好生面熟，竟是仙人指路第七式。

「你還記得我嗎？」那人後退兩步安全距離，低聲道。

「你是……洪升。」

來到城郊外，見此處空曠無人可躲藏偷聽，思齊記得，自從軍營那日與洪升分別後，便再也沒有相見，事隔數年，也已經有些忘記此人的面容了。

「我是奉顏如龍總兵之命前來的，底下線報得到消息，海盜曾一本，即將要趁著東北風進攻廣州，要請你帶領麾下兄弟為呼應，到時若能順利破敵，便可恢復你的軍籍，其餘兄弟若是隨你一同接受招安者，亦可既往不咎。」

這話如一陣強勁的季風，吹撓著思齊的心底如同風帆般那樣的鼓盪不已，他趕緊道：「那何時出發呢？」

「據總兵底下探子來報，曾一本自從底下各舵主叛離後，為了擴大勢力，打算劫掠月港與南澳，眼看戰事在即，總督劉燾自然得迅速調集廣東與福建兵馬，加上有旅居澳門的佛郎機人願意派船援助，但由於風勢不順，調集軍隊恐怕還需一個多月，但擔心的是曾一本與紅毛番人相互呼應，這可是繼幾十多年前汪直以來，勢力最大的倭患了，加以他們又與紅毛番互通聲氣，總督打算派遣一支浯銅遊兵埋伏於浯洲嶼附近，阻撓他們！」

「此話當真。」

「顏總兵人也已經來到此地，你若是不信，不妨親自向他求證。」

屋宅內，熒熒燭火前正放著一本《止止堂集》的線裝書，雖然只是一名世襲的武將文采並不出眾，但其詩作卻仍得到有才子之稱的王世貞的讚賞，並為他的著作親筆寫序，然而，這位顏如龍一生所崇仰的將領，最末的人生卻是在「口雞三號，將星殞矣[21]」中寂寞地過世，為此，每每想到此事，他都會一陣嘆息。

只見黑檀木几上已然擺放了戚繼光的靈位，香爐上捻香三炷，今日正是戚帥的忌日，每一年的今日，顏如龍必定準備香燭與銀紙，以祭祀戚元帥，作為底下的戚家軍，儘管戚繼光在晚年受到朝中文臣的彈劾與東廠的祕密監視，但他心之所繫的，恐怕還是沿海一代百姓的安危吧！眼下曾一本挾其部眾進犯，說什麼自己也要率領部眾，保衛百姓安危。

自懷中取出一截琵琶的斷軸，那麼多年了，他始終留著，以粗糙的指尖細細地撫摸過上頭的紋路，彷彿那死去的琵琶聲，再度於他心底湧動。一陣門推開的聲響，略帶風霜的臉，他忍不住道：「思齊，這麼久沒見，你高了、也壯了！」

桌案上將酒斟滿，那是羊羔酒，辛辣而濃烈。

記得兩人分離之時，顏如龍也是以此酒送他的。

兩人分述了一些別離之事，酒過三巡後，思齊忍不住道：「總兵大人，我想問……」

「你想問什麼？」

「為什麼不能開放海禁呢？我的意思是……這些被稱為海寇的人，只是想要光明正大地做生意而已。」顏總兵的臉色逐漸變了，像是晝夜交替之際，海上升起的雲霧，不知為什麼，思齊感覺自己似乎問了一個很唐突的問題，其實早在一開始，他就感覺到了，但他還是開口了，因為這段時間，這問題就像魚刺般如鯁在喉，不吐不快。

「思齊，你知道自己說的是什麼嗎？這海禁乃是自我洪武大帝傳下的祖制，怎可動搖，更何況那些番邦若想瞻仰我大明威儀、與我朝做生意，亦可朝貢，以勘合貿易交易。」

「但這一年才一次，供需遠遠不足……」因為大哥李旦便是私梟首領，他也清楚貿易對閩人生計的重要性。

思齊還想說些什麼，但卻被打斷道：「思齊，你怎麼會有這樣的想法，難道，你久處在倭賊中，已如入鮑魚之肆，無法區分是非對錯了嗎？犯我大明天威者，雖遠必誅！」

「總兵大人，你放心，思齊絕對不敢通倭。」

「好，那你敢不敢在戚元帥的靈前起誓，發誓你絕不通倭。」

思齊見狀立即下跪，對著蒼天傾吐誓言，至此，顏如龍的神情才逐漸緩和，雙手將他扶起後，一雙眼睛熱切地望著他道：「思齊，你莫要怪我對你太嚴厲，只是，我擔心你一念之差，實話告與你，多年前我曾親手訓練出一名要員，卻因為臥底多年最終踏上不歸路，我真擔心你也會一去不返……」

「總兵大人，你放心，思齊絕對不敢！」

21 汪道坤爲戚繼光所作墓誌銘。

顏如龍的臉色稍稍緩和道：「我明白，也能理解你的疑慮，這樣吧！我修書一封，數日後不帶一兵一卒，親入你的水寨進行招撫，料想底下的兄弟見此，必定也會放下疑慮。」

數日後，顏如龍果然依約前來，只見他輕裝簡從，手無寸鐵，原本尚有疑慮的弟兄見此，表情也不若之前警戒，當晚大擺筵席，思齊取來數十斤的羊羔酒，席間，顏如龍以大義與封賞勸服眾人，並承諾除了首犯曾一本與諸多作惡多端的舵主之外，其餘遣散回原籍恢復農戶身分，若無土地者便會編入軍籍，絕不追究，一時之間酒酣耳熱，竟令人嚮往起祥和的田園生活來。

席間，只見楊日升卻始終獨立一人，不與眾弟兄划拳為戲，僅是靜靜著站立於船舷間，望著天邊一輪明月。

顏如龍上前，遞過一杯酒，又以大義與封爵將砥礪，然而，日升卻只是淡淡地看了他一眼，道：「人之患，束帶立於朝。」隨即轉身離去，留下顏如龍獨立，海風呼嘯吹來。

26 鳳凰涅槃

自城垛間凝視著港口出航的帆船，此刻，幾十艘帆船形成了水滴般的陣型，前後左右各有數艘武裝戰船護衛，這一趟出航的目的地不知是熟悉的月港，還是更北的平戶，但李旦光想像著船肩上飽滿且強烈的海風吹拂而來，象徵國家的旗幡隨風舞動、狂捲般的騷動，他的心，便如同飛鳥一般，時時刻刻都想要飛騰起來。

「青蘭，可以請你幫我一個忙嗎？」眼睛依舊熱切望著海平面，此刻，風帆早已化為視線上的數點，漸次隱沒在海天一線間，但他仍捨不得轉頭，彷彿望斷海天蒼穹一般，急速的，想讓自己如同一尾箭矢給激射至遠方。

「什麼忙？」

「我想出海。青蘭，或許你不懂，清明之後將會吹起穩定且強烈的西南風，一直到仲夏颶風來臨之前，是最適合遠航的時候，我若不趁此時出海，就得再等一年了，不，我不能等下去。」他不斷地將掌心握拳、再度鬆開，一次又一次，彷彿這樣就能抓到一點無邊無際、流竄而自由的風似的。

「你的意思是……你要離開我，是嗎？」這不似青蘭平日的語氣，當然，也或許是要塞上的風實在太大了，風呼嘯撞擊耳殼，使他不能確定，轉頭，凝視著這雙淡褐色的眸子，李旦疑惑道：「青蘭，你對我的恩德，我一輩子都感激不盡，但我一定要離開這裡，因為在我的故鄉，還有我最重要的人，我得回去守護他們，你若願意，我們可以一起走，只是我不確定，畢竟你在這裡身分尊貴，若回到明國，也只是……」

青蘭卻打斷他道：「你要走就走吧！我根本不在意什麼，只是，只是呂宋島不夠好嗎？此時佛郎機人尚未對生理人放鬆戒心，但等風波過後，最多一兩年，總督拉維薩維茲自然會放鬆對生理人的控管，到時，我再拿些首飾去變賣，讓你，讓你……回澗內做個生意，以你的手腕和能力，一定很快便能將財富積累起來了，你又何苦回去做海盜，過那樣危險的生活呢！」

「青蘭，你的好意我心領了，其實你的想法我不是沒有想過，只是你想想，我們這些生理人能力再怎麼出色，在佛郎機人眼中，不過是被豢養牲畜的存在罷了，這一點，在眼見數萬同胞慘遭火槍掃射與刺刀的殘殺後，我便豁然通透了，我們能力越強，佛郎機人只會越害怕，因為非我族類，犯我主權者必誅之。」越說，李旦不由得激動起來，他一拳擊在碎石間，顧不住拳頭上的點點鮮血，這段時間，只要一閒下來，他腦中出現的便是屠戮的慘象，堆疊的屍體，被砍下排列的首塚，種種惡念纏繞，不止不休。

「於是我只好開始思索，為什麼會這樣？想了許久許久，我才找到了答案，那答案是什麼？你知道嗎？」

「是什麼？」青蘭的臉色感覺有點恍然，他不確定她有沒有聽進，但他仍熱切地道：「就是國家，我們這些生理人，就是失根之花，無國無家、無君無父……」

青蘭緩緩轉過頭來，這話像是針尖似的，一下子刺進了她的心底，她沉沉地望了李旦半晌，才道：「你說的這話，我豈能不知，但你我身分天生便是如此，如果你不出生賤戶，而我體內流的不是番人血液，或許我們永遠都不會相識，仍舊在景德鎮之中，過著小門小戶的平淡生活，更不須流離至海上來，但這就是命，又能如何？」

「總是有辦法了，之前，為了預防萬一，我在海外一處小島上藏了一批貨物和白銀，只需要一艘船，一只通行令，讓我出海就可，到時，我就可以聯絡志士，因為即使我與林鳳有著不共戴天的殺母深仇，但是在佛郎機人眼中，我們都是有著潛在威脅因子的生理人，因此我真真切切地感受到，非得放下過往仇怨不可，若是持續內鬥，只會落得親痛仇快的下場，得想辦法團結，而此刻我有一個想法，我跟你說過了，我的弟弟，顏思齊他也是在詭譎莫測的海上，與諸多弟兄努力求生，我就這麼一個弟弟，得去幫忙他才可，如果，如果真有那麼一天，青蘭，我真的找到一處合適的土地，我必讓所有你我一樣的人們，能在此地獨立建國，此生此世不受任何欺辱。」

見李旦說得如此熱切，青蘭悠悠道：「說的容易，但……普天之下，不都是王土嗎？」

「總是要想想辦法的，只要能出得了這裡。」

深濃的白露凝結於香蜂草之間，在這馥郁且芳菲的花園裡，處處可以聞到一種蜜釀般迷醉芳菲的氣息，然而，李旦卻嗅到一點格格不入的氣息。小徑邊緣，由鵝卵石所砌成的花圃之中，膝蓋高大小的枝幹上綴著一串串深褐色、乾枯的種子，張牙舞爪成髑髏的形狀，一瞬間令他想起那些被殺戮的同伴，無數被砍下的頭顱，扭曲猙獰的五官，一串串被懸掛在城牆間。

「旦，你怎麼了？」聽見裙裾輕拂過草叢傳來了窸窣聲響，他轉身，今天青蘭穿了一身寶藍色緞子的洋裝，上身露出一抹酥胸，合身剪裁的下襬，卻自小腿處縫上了蓬裙，中間紫羅蘭色的蕾絲以爬藤的姿態在腰間交叉出十字的圖案，袖子卻是波斯菊一般的寬大百褶袖。

夕陽的金粉在微紅的捲髮上跳躍著，淡藍色的眼眸像是如煙的海浪，襯著陶瓷般的臉頰，盛裝過後的青蘭就像是一名尊貴的佛郎機公主般，令人難以逼視。

「啊！你是看到這個了吧！」瞥了一眼他身後，她會意道：「看起來很可怕吧！這其實是金魚草，生長在地中海沿岸，盛開時美麗異常，但當枯萎死去後，卻會留下這樣面目可憎的種子，拉維薩維茲原本想要剷除，但我拒絕了。」

青蘭蹲了下來，當視線幾乎與骷髏等齊的高度，緩緩道：「紅粉髑髏，你不覺得這花與種子，卻是與我有些相像嗎？」

感覺出青蘭話中的意有所指，李旦知曉，青蘭自小便因髮色與容貌的關係飽受欺辱，因此，養成了她多心眼的性格，此時雖在異邦貴為公主，但處處仍得戰戰兢兢，如履薄冰，因此骨子裡仍是那多愁多怨的性子。

李旦寬慰道：「你別想多了，金魚最早產自於我中土，是宋人養殖培育而來，之後自海路傳入歐洲，成為觀賞珍品，吸引名媛貴族們爭相養殖，此花既然以金魚為名，自然是蘊含高貴、典雅之義。」

青蘭微吐了一下舌頭道：「我開玩笑的，你幹麼這麼認真呢！」

「你說得對，是我多想了，你可別放在心上。」

「對了，我今日探聽到一消息，特來告訴你！」接著青蘭向前低聲在他耳邊道。

「此話可當真。」

「是我親耳所聽聞的。」

李旦內心一陣鼓盪道：「看來就是今晚了，我一定要把握機會，機不可失，青蘭，今晚之事能否順利，全依靠你了。」

「我知道，我已經準備好了，今晚咱們見機行事。」

揭開淺盤上的黑絨布，擺放著摺疊整齊的衣袍，最上方是一只潔白的面具，眼窩處渲染出黑與銀十字交錯的銀河。

是夜，聖地牙哥堡的宴會廳內金缸華燭、衣香鬢影，這日，正是為了迎接佛郎機使臣、與明國負責征討林鳳的水師把總王望高，總督拉維薩維茲特地設宴款待，為了使兩位使節能在化外小島上感受佛郎機那股熱烈又華貴的氛圍，特定舉辦彼時歐洲宮廷最流行的化妝舞會。

青蘭盤起的頭髮上串著銀製的骷髏妝飾，燭光閃爍下，寶藍色動人的裙襬像極了一尾人魚，她手上捧著由金魚草和白雪花組合而成的花束，正跟隨在打扮成海盜的拉維薩維茲之後，殷勤招待使臣，以及穿著青色官服，胸口繡了一大方形虎彪補子的王望高（Captain Omoncon）。

原來西班牙人在征討林鳳的過程中，無意與福建把總王望高相遇，雙方在征討林鳳的戰略上一拍即合，為了促進雙方有效的合作，王望高並提出若是征討過程順利，剿獲林鳳及其黨羽的項上人頭，他將上報朝廷，給予西班牙期待已久的居留地和經商權限。

為此，拉維薩維茲更是傾全力向王望高示好，畢竟，與明國通商，獲得與葡萄牙相同的權利，是西班牙長久以來夢寐以求的目標，今日得此天時地利，只差最後一步，若是順利達成，他可是創下歷任總督都未達到的功勳，可望得到王室封賞，然而，薩爾西多卻在對林鳳及其黨羽採取圍困戰術、以逸待勞的僵持過程中，讓林鳳與其黨羽揚長而去、不知所蹤，如此一來功虧一簣，令他又怒又惱。

幸好面具下隱藏了他皺眉的神色，眼看圍剿林鳳失敗，影響下一步棋，便是與明國通商一事，為此他特意封鎖圍剿林鳳失敗的消息，並打算以死去的生理人首級魚目混珠，畢竟萬一結果功虧一簣，自己恐難逃罪責。

一道道山珍海錯羅列而出，此刻，使臣的眉頭微皺，似乎在這如交響樂般炊金饌玉中，發現了一點不和諧的單音。

「為什麼會出現那個呢？」使臣維西公爵問道。

「請問您所指的是？」青蘭向前屈身行禮問道。

維西公爵的指間指向銀盤上的橘色蘿蔔，上方排列成整齊的金字塔形狀，與下方銀色的倒影形成上下對稱的金字塔。

「這……這是廚房採買來品質最好、最新鮮的蘿蔔，口感甜脆，只要食用過的人，都對這口感讚譽有加，您是否要嘗一點看看？」

「該死，你是真的不知道嗎？橘色是荷蘭皇家的顏色，這是荷蘭園藝家培育出來，專門獻與荷蘭皇室的御用蘿蔔。該死的荷蘭，犯我西班牙皇室主權，一天到晚便在不斷鼓動著造反，那群人都是烏鴉，整天就在那瞎攪和，搞得我們不得安寧，最最可惡的，還是歐倫治親王竟然自立為王，還縱容那些野心者成立了惡名昭彰的荷屬東印度公司，在海上肆無忌憚地尋找新的殖民地，對我西班牙的主權侵門踏戶，可惡，我一看到這種橘色的蘿蔔就泛胃，可惡！」

「好，我立即命人將蘿蔔撤下去。」青蘭行禮道。

「話說你又是誰呢？我聽總督說了，你是明國的公主，寶蓮娜公主殿下，我聽說是家人被海盜所殺，我看你的容貌，倒有幾分像是荷蘭人，你真的是明國的公主嗎？」

王望高望了她一眼道：「我明國幅員廣大，公主自是留在深宮禁院的紫禁城才是，不然，就是殿下尊父是本朝的王爺？真是來自我國，不如跟在下回國，也勝過留在此番邦異域。」話雖如此，但那雙眼睛卻亮出蛇蠍般叮咬獵物的神色。

面對維西公爵步步進逼，此刻，突然一名男子低沉的聲響道：「在東方有一句話，一切有為法，為夢幻泡影，你眼中以為的表象，往往是戴上一層面具，就像你，真的是來自西班牙的使臣嗎？而你，真是福建的水師把總嗎？」

「你是誰？」拉維薩維茲蹙眉道，今日冠蓋雲集，為了維護使者與自身的安全，所有人皆須出示邀請函，方可入內，但不知何時，聚會出現了這樣一名神祕人物。

「尊駕是誰？請問如何稱呼？」王望高也疑惑向前道，雖然身著六品官服，但由於背上披著拉維薩維茲所贈的披風，脖子上垂掛著粗金鍊條，乍看卻有種不倫不類感。

「請叫我中國船長。」這謎樣的男子有著一頭漆黑墨的黑髮，晚風中如同小蛇般扭攪著，他臉上戴面具，臉上交錯的黑線像是海盜臉上的眼罩，他腰上配著一把綴著翡翠與水玉的長刀，背後披著綴著深藍色披風上繡著豔紅色的有鳳來儀圖樣，予人一股不容忽視的威嚴感。

說時遲那時快，那人瞬間一個跳躍，彈至宴會最前方的舞台上，伸出一隻手指頭，示意一旁的管弦樂手停止演奏，順利取得眾人的注視後，他一手至前一手拉著披風，優雅的一個深鞠躬道：「各位嘉賓，我來自神祕莫測的海平面上，聽聞此處有一場精采絕倫的化妝舞會，因此特意來此造訪，今日，還請諸位不要去追究面具底下的真實面貌，讓我這個遊歷過最奇特東方世界的旅者，為大家訴說各地天方夜譚的珍奇故事，可好？」

幾位不明所以、手持孔雀羽扇的名媛貴婦紛紛鼓掌，他們以為這是總督府安排的精采把戲，加上這群仕女平日深居簡出，最愛聽各種稀奇古怪的故事了，見狀，拉維薩維茲也不好動干戈，只以警戒的眼神、獵犬一般地注視著。

「聽過人魚之島傳說嗎？」

「據說，在被金魚草給團團圍繞的人魚之島中，那些半人半魚者，有著世間難以企及的美貌，她們將人類的腸子拖出來，曬乾後製成琴弦，抹上鯨魚的膏脂、裸著身子在月光下跳舞，等到有漁船被歌聲吸引過來，金魚草聽見了琴聲的祕密，緩緩地將船給包圍起來，當迷途的海員被人魚迷惑之際，他們就會化成怪物的形狀，將獵物給吞食得連骨頭也不剩，當海面上渲染著血腥之際，那美麗的金魚草，便會變成髑髏，那是那些死人的亡魂，即使死了，也要成為人魚的傀儡，為牠唱歌。」

「這……真是可怕！」一名年約六十的貴婦吐了舌頭道。

「再來，讓我為大家訴說一則，關於『鳳』的傳說吧？」

「你說的是鳳凰嗎？」維西公爵的夫人問道。

「鳳凰鳴矣，於彼高崗，梧桐生矣，於彼朝陽，在東方明國，鳳凰是被視為祥瑞的徵兆，只要鳳凰一出，便代表太平盛世，但在歐洲小島上，有火鳥名菲尼克斯，不老不死、不生不滅，與明國的鳳凰一樣，五百歲能涅槃再生，近日，有大海盜名曰林鳳，與徒眾雖然暫時失敗，自運河遁逃，但日後必然浴火重生、捲土誓與周旋。」

「你是誰？是如何進入舞會之中的？」拉維薩維茲一個箭步向前，右手抽出西洋劍道，引得不少仕女失聲尖叫，但此刻他已經顧不了這許多了，這是何人，竟知道林鳳逃走的祕密？若不將此人立即擒下，難以與使臣和王望高交代。

然而，對方卻只是露出一股曖昧不明的微笑，奇怪，是因為蠟燭的煙燻使得眼睛有些疲憊嗎？為什麼感覺視線逐漸模糊，使臣、宴會的眾人，身影都漂移且朦朧不已。

「吾乃林鳳，雖然形軀已灰飛煙滅，但一縷精魄永存，誓與外邦鏖戰生死。」

「別在那裡裝神弄鬼。」說完，只見拉維薩維茲舉刀一刺，卻只戳中一團黑色的虛空，不知何時此人已消失，只覺漆黑的披風如同一尾嗜血的蝙蝠，齜牙咧嘴後不知所蹤，他大吼道：「侍衛，快！」此時一陣凜冽的夜風自窗外席捲而來，燭火瞬間熄滅。

「李旦，你順利地從舞會裡脫身了嗎？」

回到後院的小屋中，青蘭已在其中等待，一見到穿著中國海盜服的李旦，便焦急地迎向前。

「還算順利，因為你趁亂自燭火中丟入了曬乾的曼陀羅細絲，導致所有人都陷入了一個略為迷幻的狀態，我之前就聽說過，曼陀羅有致幻的副作用，因此當拉維薩維茲要舉刀刺我時，卻撞上了燭台，我趁亂鑽入陽台之中又順勢開啟了門窗，春汛後西南風強烈，有時風勢強勁甚至會吹亂屋內擺設，正巧燭火都被吹熄了，我便順勢離開了，相信日後提到此事，他們也只會認為是林鳳的鬼魂作祟罷了！這也是我的目的，破壞西班牙與明國的通商，倒是你，你可取到我要的東西了。」

「你放心，你要的東西，已經在我手裡了。」青蘭自裙襬處取來一個信封，打開，裡頭正是拉維薩維茲簽署蓋印的通行令。

此刻正是東方未明之際，「二官大哥，你說，頭兒真的會來嗎？」華宇神色不安道。

「放心，頭兒有交代，一定要在這裡等待，此時還未到約定子時，你們稍安勿躁。」二官向來性子較平穩，忍不住出聲安慰眾人，然而，自己卻也沒多大把握。

「我知道，只是，只是佛郎機人看守如此嚴密，雖然大哥得青蘭姑娘襄助，但……」此時，華宇也忍不住憂心忡忡道，自從半月前自碉堡內逃離，便與其餘的生理人組成游擊軍，以叢林為基地，但由於糧食與彈藥短缺，沒多久便陷入了困境。

「你吵什麼？咱們的命都是大哥救出來的，如果不是大哥透過青蘭姑娘從中斡旋，咱們都成了槍下鬼了，監獄裡是個死，修堡壘的苦役遲早也是個死，老子要死，也要死在海上！」龍安也道。

遠遠的，只見兩匹馬一前一後，響亮的馬蹄聲響在夜空不斷迴盪著，前方是一名蒙面黑色衣袍、臉掛面具的男子，後頭則是一名髮色豔紅、身著馬靴窄褲的女子。

當男子揭下面具後，幾名躲在暗處的男子便不約而同地湧出道：「大哥，你來了，你沒事吧！」

「我沒事，你們呢？」

「我和華宇還有幾人逃了出去，趁夜色跑回澗內將藏好的武器取來，和佛郎機人打了數天的游擊，後來接到青蘭姑娘派人送來的信，就來此處與你會合，依你的吩咐，已經準備好舢舨了。」

「那好，我們趁夜色搭乘舢舨至林加延灣，那裡停有福船一艘，我手上已有總督的通行令，事不宜遲，快出發。」

「那好，青蘭姊，你也要和我們一起走吧！是吧！」華宇轉過頭，一雙眼睛看著她道，數年前華宇仍是沖年，此刻卻已長得比青蘭還高了。

她望向李旦，緩緩地靠近他，像是在等待著什麼？但最終，僅在他耳邊道：「我想要把你變成我的髑髏，但沒有辦法，或許，最終我只能變成泡沫，隨著一陣陣的潮水，環繞你身邊……」

27 焚餘

「外頭怎麼了呢？那杏樹怎麼被砍了呢？」數日前嫣然得了風寒，不知不覺便病了一個月，這段期間纏綿病榻，即使清醒之際也是懶洋洋的，茶飯不思，好不容易終於好起來，自窗櫺間望著彷彿斷首的杏樹，依稀還記得之前那如煙似霧的芳霏豔紅。

「夫人說，這杏樹生得太高，遮蔽了陽光，因此……」凝香端了藥進來，見嫣然一雙眼睛直勾勾地盯著外頭，囁嚅了半晌道。

見她眼神仍是不定，凝香向前攙扶道：「小姐，你別看了，好好歇息吧！」

待服侍嫣然飲下湯藥後，凝香道：「小姐，方才有一名女尼自稱覺緣，說要尋你，讓夫人給打發了回去，我在一旁偷聽到似乎是要為小青姑娘送信，因此悄悄出去，向她取了信來。」左右張望看四下無人，凝香悄悄將信拿出。

「此人現在何處？」看完信後嫣然一張臉色若白紙道。

「那覺緣師父是招隱庵的住持，就在西湖孤山。」

「為我備轎，我要去尋小青。」

我這一生要死，也要死在西湖，讓一抹芳魂隨著天際，那蘇堤上滿滿的桃紅，就是我死際，流下的離人眼中血。

坐在轎中，當嫣然知道小青的死時，不知為什麼，她居然哭不出來。

從方才的信中她明白，原來數月前因為御史參劾，小青的爹爹遭到抄家，父親馮敏一氣之下吐血後便魂歸九泉了，小青與她一樣，都是老早便沒了母親，家中萬事由繼母做主，想那馮敏雖曾是七品大臣，但危難之際卻無人可施予援手，家中潦倒之際，為了抵債，姨娘便作主將她賣給了一商人為小妾，一個月前，一頂轎子便將人給抬走了，這段時間嫣然生了病，竟不知曉。

怎麼會這樣，她還記得那日，她與冷露、天香四人，她還偷偷向她吐漏了思齊之事，怎曉得今日卻橫生此變。

來到了招隱庵，待凝香通知後，不久一名年約不惑的緇衣女尼緩緩走出，見了嫣然後問明了身分，接著回頭，取來一個青布包袱，裡頭有她生前穿過的幾件舊衣裳、還有文稿，就這樣，兩袖清風，什麼都沒有。

她記得小青向來在日常用度上都是極其講究的，她喜歡以雪水煎茶、賞花吟詩，但她死時竟然是這樣的赤條條一身，幾乎什麼器皿衣裳都無。

「就只有這些嗎？」

「菩薩在上，寒螢施主來此為小青施主超渡誦經時，便只有這點事物而已。」嫣然從信中知曉，小青嫁與一馮姓商人後便日日遭大婦毒打，後不堪虐待逃至這招隱庵。

「小青是怎麼死的呢？」

「唉！冤孽，大婦是個妒婦，害小青施主吃了許多的苦，他相公懼內，亦不敢為小青說話，一日，夫人發現小青施主懷裡抱著一疊湘繡包紮的包袱，見她那樣寶貝，她一開始還以為那是什麼值錢的物事，將包袱一把搶來，結果打開，不過是一疊皺巴巴的紙，這下她可惱了，她想，這樣不值錢的東西但小青卻寶貝似的藏著，必定是自己官人寫與她的情書，唉！荒謬，想那相公不過是商人富戶，肚子裡半點文墨也無，哪寫得出什麼錦繡文章呢？但小青卻整個人瘋魔似的衝去，一把便抓傷她的臉，惹惱了她，衝上去便是兩大聲響脆的耳刮子，接著將文稿往火盆裡一丟，小青施主卻也似瘋了，不要命地往火盆衝去，妒婦還要撒潑，卻見小青手持銳利的剪子，才把妒婦給嚇了一陣，領著狠僕離去，後來我瞧，原來她瞧得這樣保命的東西，不過是一疊文稿罷了。」

嫣然緩緩收下這包袱，沉的、冷的，沉得像鉛塊，冷得像是冬日珠江上撞擊而來的寒冰，還沒拿好卻散落一地，此時才發現，一雙手竟是抖的。

小青就這樣死了？

第一張箋子冥紙般飄來，只見娟秀工整的瘦金體小楷寫道：「冷雨幽窗不可聽，挑燈閒看牡丹亭，人間亦有癡如我，豈獨傷心是小青。」

「小青呀！小青，世間豈是獨你傷心一人呢！」嫣然忍不住掩袖悲泣道。

「這稿，就叫焚餘稿吧！」才方說完這句，她忍不住昏厥了。

不知過了多久，她終於甦醒了，只見她已經躺臥在床褥之上，頭靠在白瓷枕上，一臉焦急的凝香守在她一旁，哭紅了眼睛道：「小姐，你昏了好久，我還以為你醒不過來了呢？」

「我夢見小青了。」她幽幽吐出殘稿一般的聲響，是這樣的氣若游絲，她回想白瓷一般的夢，那是冰的、硬的，小青的臉比殘稿還要冷冽，一雙寫文章的素手盡是條條血痕，比硃砂還慘烈，她忍不住哆嗦了一下，李姨娘毒打小妾、丫鬟的那股狠勁她是看過的，一直以來，母親雖是大房但處處皆遭李姨娘欺侮，大房尚且如此，而小青又是納為商人妾，未來命運恐怕是不用說了。

想到小青的死，她整個身子至今還是冷的，像是浸在海水那樣的冰冷，不，如果真的浸在海水，恐怕也不比現在還要寒冷吧！她想起在海中無止盡地游，時而高亢、時而飄渺的笛聲像一抹縹緲的游絲，引領著她前進。

但是思齊的身子卻是熱的，火爐一般的熱、烙鐵燒紅的火星子一般，一下子跳躍到她的眼眸裡來，不知怎麼，想起了思齊，她的整個身子都溫熱了起來。

「小姐，你要不要喝口茶？」凝香神色憂傷道：「我聽說外頭送來了高麗產的人參，我趕緊請廚房燉了一壺，讓你喝一口調調氣。」

凝香點頭，走至門口，卻不往庖廚移動，只守在門邊，此時聽見一陣猛烈的敲門聲，令她雙手顫抖。果不其然，一抬頭卻是一張冷然的臉孔。

那是繼氏李夫人，她年約不惑，頭戴金絲鬏髻，上身一件紺色滾邊長襖，下著黑色織金馬面裙，臉上搽著白粉，透著嘴上豔紅的胭脂，令她想起廟會裡賣的人偶，不知怎麼，她感覺一陣冷，雖然房內的炭火仍是旺著的，但她卻手足間感覺到一種徹骨的冷意，她想要喊凝香，來為她添炭火，但一開口，卻發不出半點聲響。

「你不去讀那些《女論語》，偏偏要讀什麼《西廂》、《牡丹亭》一類淫邪之書，都是讓小青給帶壞的。」李夫人用極冷的口吻一字一句道。

「是，嫣兒知錯。」

「看在小青已經自盡的分上，這也罷了，我已經與你爹爹商量好了，你年歲也到了，女大不中留，你爹也已經為你物色了一名世家公子：韓徜內，他可是世襲的百戶，雖非飽讀詩書的書香世家，卻也是難得的人才，唐家能與他結親，卻也是一門良緣。」

此刻嫣然不禁一陣哆嗦，那韓徜內他雖素未謀面，卻也知曉此人鬥雞走狗無所不通，有中山狼之稱，若是真嫁與此人，自己的一生，可真要落入殘酷的地獄了。

「另外，你未得我同意私自出門，雖然知錯死罪可免，但活罪不可不罰，你就在閨房裡罰跪，直到一個時辰，才可起身。」

「夫人，小姐才生病初癒，身子骨尚羸弱不已，求夫人饒了小姐這一回吧！更何況十日後小姐就要出嫁，若玉體有損，恐怕夫家那邊……」

「不要緊的，凝香，扶我起來，我去跪。」她向來是知道這後娘的性子的，自己越是反抗，下場只會越發慘烈，還不如假意配合。

「算了，既然你有心反省便可，起身吧！」興許是凝香的一番話提醒了她，於是她改口道。

悠悠的午後，不知睡了多久，直到聽見外頭道：「小姐病了，今日不能見客，您若要見她，不如……」

她強撐起身子，自窗櫺間望去，隱隱約約，大山玲瓏石間一個剪紙似的人影，她趕緊道：「等等，讓他進來！我要見客。」

只見一孤姿韻絕的男子，白衣勝雪盈盈而來。

猶記得他粉墨登場的模樣，今日卻是一身簡素的長衫，乍看就像是飽讀詩書的世家公子，柳葉平分，雙目有情。

他的眼眶是紅的，感覺哭過，他也是為了小青而哭嗎？

還是他先開口了，「唐姑娘，會為小青之死而一掬同情之淚的，天底下恐怕也只有我和你了！」

說完，露一般的淚，輕輕地自眼角滑落。

是誰說婊子無情，戲子無淚，這淚水是多麼的深情，與她之前所見那些虛偽的言語相比，真誠太多太多了！

「我不過是大明帝國底下，一個供人玩樂用的戲子，然而，你與小青姑娘卻不將我們視為低賤的玩物，以真心相對，這份深情厚意，天香就算是死了，也不能報答萬一的。」

輕輕嘆了一口氣道：「那又能如何呢？我眼下就要嫁入韓府為妻了，那韓家少爺的風流事蹟是人人皆知的，他嫖妓宿娼，有中山狼之稱，嫁與這種人，不過是個薄命子罷了！爭如出家為尼。」

然而，出家為尼恐怕也逃離不了名教的天羅地網吧！想小青隱居於孤山之中，仍逃不過大房的手掌心，而自己僅僅是一弱女子，又有何能力逃離禮教的銅枷鐵鎖呢！

她又想起思齊了，她感覺眼前彷彿有一條道路，只需眼一閉、牙關一緊，便可脫離苦海，一想到此，她的手忍不住顫抖，但她一定得逼自己下定決心，如此此時死了，好歹是清清白白，一抹芳魂不墮汙泥遭踐踏，若真是猶豫不決，含辱忍垢，方是生不如死，只是死了卻是孤單一人、獨赴黃泉，一想到此，她緩緩唱道：「但得個同心子，死同穴，生同舍，便做連枝共塚，共塚我也心歡悅。」

「唐姑娘……」聽聞此詞，霍天香不禁雙眼瞿然，緩緩道：「這是《嬌紅記》裡的唱詞，但，你真不怕死嗎？」

「君子世無雙，陌上人如玉，不能同世生，但求同歸土，霍公子，實不相瞞，我早有一同心之人，他人在海上，無法朝夕相見，我後悔當初未果斷隨他而去，今日後悔已莫及，只是能在人生此刻見你最後一面，我已心懷感謝，若你之後聽聞我死訊，請為我將我屍首焚化成骨灰，灑於海上，隨著海風去迎情郎，即使我死了，恩德也會沒齒難忘的。」

「唐姑娘，你莫要說這樣的話，旬日後就是你的大喜之日，今日來此，我沒什麼好贈達與你的，只有微物聊表心意。」

只見掌心大小的一圓瓷，上勾勒花鳥。

「這是洋人製作的香膏，以日月花脂焚膏繼晷三旬月而成，有神奇的功效，名曰蘇合，若您不棄，還請笑納。」

待天香離去後，她從懷中取出一只月白色的錦囊，上頭繡著一隻好鮮活的錦鯉，還有一朵墨梅。

打開錦囊，拿出一條紙卷，她用髮簪細細地挑開，書寫一番後，她道：「凝香，你來。」接著用恍如蚊蚋的細聲道：「你去市集將這紙條交給看相的王相士，生得臥蠶眉、棗紅色的臉皮，記得，千萬別讓任何人給瞧見……」

28 花霄道中

穿著三枚尺下馱，頭上招搖的伊達兵庫頭配上六枝髮髻，以蝙蝠的姿態在黑夜中鋪展著，豔紫色的紫陽花和服配上蜜柑色與螢綠色的腰帶，右方的一名禿約莫十二、三歲撐著傘，傘下的花魁不論相貌與儀態，都如同弁天神女，有著令人過目難忘的美貌。

「這是桃屋的花魁，她的容貌很美吧！」人群中，一名商人模樣的男子道。

「是呀！」一旁回答的男子穿著黑灰色的交領袍，前頭繡著萬字圖樣，背後繡著墨綠色的蒼松迎客，他兩手放置在寬大的袖袍中，凝神看著馬車上的麗人。

「聽你的口音不像是本地人，是來經商的吧！明國？朝鮮？裴禮島[22]？」

「我是從裴禮島來的，想請問一下，這位桃屋的花魁，她的芳名是什麼呢？」

「若紫，這位花魁的脾氣據說十分火爆，面對不喜歡的客人，完全不假辭色，如同多刺的玫瑰難以親近，卻還是有著不少男人甘心拜倒在她的羅裙之下，聽說若紫花魁本名極為普通，會取這樣的名字，是因為喜歡紫陽花的關係吧！」

---

22 裴禮島：明朝對呂宋島之稱。

「看來這位太夫是個了不起的女性呢！」

「是呀！別小看她是個女人，據說擅長俳句、漢語和五言詩，又能歌善舞，但最令人銷魂的，還是她的床笫功夫，據說得過她的青眼之人，夜間能同床共枕，她會發出極為銷魂的，如同金聲玉振那樣，令人魂牽夢縈的聲響呢！」

推開拉門，送入了清酒與荻餅，咲好奇地看了幾眼，眼前這個男人究竟有什麼本事？竟讓平日不可一世的姊姊，眼角變得溫柔可人，甚至為此拒絕重要客人。

李旦轉頭看了她一眼，咲不自覺臉色潮紅地低下頭，這人生得真好看，雖然穿著素雅簡靜，卻難掩溫潤如玉的氣質，難怪若紫姊姊對他念念不忘。

「好久不見了，沒想到……不，恭喜你真成了太夫了，這真是太好了，只是我卻沒有像當初分別那樣，達成我的願望。」李旦道。

聽著李旦訴說自己在呂宋歷劫的經歷，若紫兩手握著摺扇，不時地握緊又鬆開，半晌才道：「還好一切都過去了，你放心留在這裡吧！你離開之後，差不多第三年，白川先生自己的窯場便與荷蘭人簽訂了十年的長約，也因為得到這筆簽約金，白川先生才有足夠的黃金，將夕霧姊姊贖身，現在他們已經成了親，過著單純而幸福的生活，算起來，你可是他們的恩人呢！他們一直都很感謝你，而我也是因為如此，夕霧姊姊將她所有身為花魁的技藝全部傳授與我，不論是花道、舞踊或是茶道，為此，我才能順利成為太夫的。」

「你今後，有什麼打算呢？」

「我是不會回到呂宋的，但明國也不是居處之地，我現在正在思索要如何尋找一個根據點，重新開始做生意。你是說現在白川師父所製作的伊萬里燒，全部都是和荷蘭人貿易嗎？」

「沒錯，現在此處貿易、居留和傳教的外國人中，荷蘭人占了七、八成，他們透過旗下的東印度公司貿易，除了做生意外也帶來各項知識被稱為蘭學，在平戶吸引了眾多政要，像是領主松浦隆信、長崎奉行長谷川權六以及薩摩島主島津大人與其下屬。」

想起在西班牙人宴會中，聽聞到的荷蘭相關事蹟，加上乘船順著東北風北上時，路途中曾經不期而遇一艘紅藍白的旗幟芙蘿伊特船，船尾圓形，兩側竟配有火炮，移動速度極快，射程又遠，險些被其擊沉，原因應當是因為當時為了順利離開馬尼拉，在桅杆上掛上血與金的西班牙國旗，因此被盯上。

眼下局勢，歐羅巴各國與日本紛紛積極以強大的武力，拓展海上的旗幟，但反其道的卻是明國，不但施行嚴苛的海禁政策，自己空有手腕卻無國家可依怙，若真有機會建立起自己的海上帝國，說什麼也得有自己的旗幟，方可揚眉吐氣。

「現在荷屬東印度公司由誰負責管理呢？」

「平戶商館館長考克斯，與東印度公司負責人宋克。」

「春子，你有辦法可以安排，讓我與這幾人相見嗎？」

抬起螓首睜著一雙多情的秋水道：「就像之前安排你與末次平藏大人見面一樣吧！沒問題的，我一直努力地成為太夫，為的就是今日，之前，因為我只是一名小小的遊女，無法為你效力，但今日不同了，我一定會盡快為你安排的……」語畢，若紫坐到他的身邊，將烏雲一般的髮髻緩緩地靠在他的懷中道：「今天晚上，就留下來吧！」

「我……」

「你該不是覺得我的身體很髒吧！」她轉身，一雙憂傷的眼瞳楚楚望來。

「絕對不是！」李旦道，的確，在這個亂世裡，能好好活著，便已是件不容易的事情了。

「那麼，留下來，我不想再失去你，自從你離去之後，我才深深感受到你的心意，這些年來，我努力成為花魁，等的就是這一天！留下來……」

那炙熱的嘴唇吻在他的身軀，一次又一次的，彷彿花圻般的輕響，當晚，李旦夜宿在若紫的房中，聽見了那皎美的如同金聲玉振般，纏綿的聲響。

隔日清醒，在享用完桃屋準備的朝食後，李旦心想，以現在的局勢，雖然荷蘭人是海上的後起之秀，但作為西班牙人的最新競爭者，如果要取得制衡西班牙的勢力，荷蘭是首當其衝的合作目標，更何況從上次宴會所聽到的消息，彼雖小國卻能與擁有無敵艦隊的西班牙抗衡，其鋒不可犯，若能透過縱橫捭闔之術與其結盟，有助於海上版圖的拓展。大員，他腦中再度想起這塊溫潤且豐沛美好的處女地，至平戶前為躲避風浪由魍港進入，他以思齊之名在此地建立了十寨，並得到末次平藏許可，授予甲螺[23]名號，原本他與思齊面貌便有六分相像，加上數月才相見，因此他人也辨認不出。

「旦，你等等要去哪嗎？」為他斟滿一杯抹茶，若紫問道。

看著眼前的伊萬里燒，李旦不禁若有所思，據許心素所言，近年來伊萬里燒的外銷量大量成長，但去年卻陷入了停滯，由於一開始伊萬里燒能夠迎合歐羅巴人的喜好，依照客戶需求燒塑大量有聖經聖子相關的圖形紋飾，因此搶得了多數訂單，天狗谷窯甚至無法消化，得擴展其他的窯場，但自從去年景德鎮窯廠開始跟進效法後，情況再度陷入僵持。

看來，得要開發新的產品才行。

「我要去找心素，與他去一趟天狗谷窯。」

與許心素數年不見，但兩人一直維持著緊密的貿易關係，李旦在南，許心素在北，兩人貿易線連結緊密，心素原本在朱良寶底下做生意，負責從日本平戶至高砂的海道，由於明國的海上貿易只限於東西二洋，禁止北上日本，因此，他在魍港與李旦的船隊進行走私，透過李旦自呂宋運來香料與蘇木，和月港運來的生絲，換取伊萬里燒，每一次船隊的資產至少都在五百貫目上下，而只要一次成功轉手，便能賺回七成的利潤。

而在來到高砂的轉口貿易中，很快，李旦便又發現了新財源，那便是鹿皮。高砂此地滿山滿谷特有梅花鹿，鹿皮堅韌耐磨，正好日本各地戰亂割據，急需皮革製作盔甲，因此在此除了轉口貿易外，李旦便透過當地土人捕獵的方式，以銅、鐵器物和醫療藥品換取鹿皮，進口至日本。

只是鹿皮的利潤也喚起了其餘人的競逐，其中之一便是曾經的盟友：長崎代官末次平藏，他利用職務之便派遣船舶來大員進行交易。

當初就是擔心此事，因此儘管宴席期間末次平藏如何詢問至大員的海道時，李旦總是含糊其詞，但是紙畢竟包不住火，海上只要有利益，就不乏友伴，更不缺敵人，但此刻正需要協助之時，母國卻又一次將刀鋒對準了自己，由總督劉燾開始了閩粵兩省的海盜合滅，矛頭對準了曾一本，首先被盯上的便是手下朱良寶，由於之前官府屢屢背信棄義，對已經投降的海寇們趕盡殺絕，如此反覆無常的做法，使得朱良寶受官軍圍困後決意誓死不降，即便招降大纛懸了一月有餘，底下弟兄卻無人出降，當時議者以為古之田横不過也。

此刻許心素亦是騎虎難下，想要投降，擔心的便是遭到官軍的欺騙，落得身死的下場，但若拚死一戰又缺乏強大的武力，更何況他本是秀才出身，當時身陷敵寇之中，因此與陸地上的家人都斷了往來，但畢竟血濃於水，加以自小的孔孟禮教，他說什麼還是希望能功成名就地返回家族，哪怕機會渺茫。

當李旦聽聞許心素的難處後，他道：「這並不難辦，因為此刻對海盜的策略上，以閩、粵兩省為主力，粵主張剿滅但閩卻主張招撫，如是，我們可以透過對廣東巡撫私下和談，達成目的。」

「我會派人想方設法，為你安插把總的職位，如果有了官家的職位，屆時，福建官府若想要剿滅你底下的船隊，恐怕也會投鼠忌器，而你有了這層身分，雖是武官而非文臣，但至少那家中的族長與長老，對待你的態

---

23 即管理漢人的頭目。

度，想必也會有所不同才是。」李旦了解心素的苦，他家有七十老母和三十多口親族需要奉養，但當初為了活命無奈捨棄了生員的身分，販海為生，雖然之後賺了許多金銀得以周濟親族，但無法承歡膝下，始終是心內大痛。

29 發棺

她究竟睡了多久了，她不知道，想日前天香將蘇合贈與她，趁四下無人打開一看，只見裡頭的蠅頭小楷寫道：此為佛郎機人所製、有假死效果之藥，服用過半天之內便會脈搏漸息，僅剩心臟微微跳動，不知情者會誤以為死亡，但藥量使用不易控制，太輕不會陷入假死、太重又可能造成昏迷，得依大夫調配方可使用。但她管不了這許多了，想到小青的死，又想那韓衙內的種種劣跡敗行，心一橫，取水化開後服用而下，三個時辰後只覺身子發熱，一個時辰後便悠悠蕩蕩，人事不知了。

為了取信於李姨娘，她還留了封遺書，寫到自己不孝，無顏面入韓家祖墳，望靈柩莫要下葬，寄予招隱庵與小青墳塚相伴，而與此同時她也細細地囑咐凝香，務必要找到王相士，找到思齊，好來救她。

但此刻她卻醒了，究竟是因為藥量過淺，所以她提早醒來了，還是凝香沒有找到王相士，沒有派人來救她。

抑或，思齊根本就不願來救她。

不，不會的，思齊與她許諾過的，他們一塊在媽祖娘娘前起誓的，他絕對不會忘的，但為什麼現在只留她一人孤孤單單地被留在這裡呢？

一想到此，兩行清淚流了下來。

她想起《嬌紅記》裡的唱詞：「便做連枝共塚，共塚我也心歡悅。」但此刻只有她一人孤孤單單被埋在這棺木裡，她究竟得在這裡待多久呢！她害怕地往上摸，冰冷而堅硬的棺木，她想要用力地敲打棺木，如果此刻離服下蘇合還不過三天，棺木還未下葬，大喊救命或許還會有一絲的獲救機會，但，生出棺木，輾轉後就要進入另一個狼窩裡，所有心血皆功虧一簣，倘若此刻三日已過，棺木早已下葬，任憑自己費力敲響，也不過是白費力氣，無人聽聞，還不如把力氣省下來，等著思齊來救她。

會有人來救她嗎？

恐懼的念頭一下子竄了出來，如蛆般在腦子裡不斷亂竄，此刻，她真覺得身子上下彷彿有幾千萬隻蟲子不斷爬著似的，她害怕地拍打身子，一次又一次，任憑嬌弱的身軀撞擊在棺材板間。

這才是她最終的結局，活活悶死在棺材裡，金閨花柳質，終化為汙泥，為蛆蟲所啃食。

恍然，她在幽冥，那索命的無常的舌頭有著三寸之長，吊著一雙滴血卻混濁的眼睛，他開口了：「汝是何人？陽壽未盡，卻入我幽冥界？」

「小女子紅顏薄命，為與男子顏思齊相遇，因此服下解藥假死，求無常垂憐，放小女子回陽間，與顏郎再續前緣。」

「大膽，陰曹地府可是任你來去的，若要回去也行，三魂留下一魂來！」無數的森森白骨自地底竄出，指爪牢牢地抓住她的身子，像是將樹皮給一層層耙落，感覺一抹無垢、赤裸的身軀被拉扯、分離了出來。

「小姐，小姐，你，你可終於醒了。」

「我……怎麼了？」現在是夢，還是那杳不可知的幽冥呢？她感覺身子還是冷的，或許是因為在棺材之中，她醒醒睡睡已經太久，使她不知道何謂真實。

明明就是白晝，但她卻不自覺地打起哆嗦來，突然一個淒厲的、肝腸寸結的叫喊，是誰，是她自己。

她緩緩起身，腳步虛浮，每一步恍若踩踏在雲泥間那樣的不切實際，她胡亂把玩了桌上的東西，有些紅的有些白的，不一會兒手掌緋紅，連臉也沾了一圈，一轉頭瞥見一個臉上搽得花紅柳綠，鬢鴉黑髮低垂著的姑娘正瞅著她瞧，她噗嗤一笑，那姑娘也對她笑了。

「小姐，小姐，你醒了嗎？」一名頭梳雙鬟、鵝蛋臉，曳著靛藍色布裙的姑娘排闥而入，身後跟著一名俊朗的男子，劍眉星目，顧盼有情，但此刻卻一臉擔憂。

她突然笑了一下。

「小姐，你……」凝香忍不住兩行清淚落下，緩緩道：「小姐，你是不是不認得我是誰了！你說話呀！霍公子。」

霍天香道：「凝香，霍某這輩子對你家小姐不住，蘇合的藥量沒控制好，再加上太晚救你家小姐出棺，她活生生在棺木裡悶太久了，就算服下了解藥，一時半刻，仍是無法回復神智。」

「那該怎麼辦呢？」原來自從呂宋發生屠殺，李旦底下的王相士連忙返回馬尼拉打探消息，凝香找不著人，而霍天香正巧又啟程去南京拜親，耽擱了數十日才回來，這段時間，可把凝香急成了熱鍋上的螞蟻了！

「仍舊是按時給她服藥吧！明日，我送你和你家小姐去我師父那，尋一僻靜處靜養，假以時日，或許可以恢復神智至七、八成，但能否全然康復，則要看上天旨意了。」

「多謝霍公子，只是不知，尊師家住何處？」

「城外靜月庵，裡頭女尼法名濯泉，俗名王翠翹[24]。」

---

24 青心才人《金雲翹傳》，篇名是從王翠翹、妹妹王翠雲、情人金重姓名各取一字而來。故事中的王翠翹出身官宦之家，早年與金重相戀，後因事離別，後來王翠翹家中遭逢變故，被賣入馬不進及馬秀媽所開妓院，改名馬翹，先被楚子任欺騙，後嫁束守（字其心）為外室，卻被元配宦氏妒恨，與母親、家奴合謀把她弄成假死，改換身分為婢，改名花奴，被宦氏虐待，後請求出家，法號濯泉，被軟禁於宦家的觀音閣寫經，之後逃到招隱庵，與尼姑覺緣結拜為姊妹，後因被揭發拿去了宦家觀音閣的鐘磬而再次逃走到覺緣乾娘薄媽媽家中，但薄媽媽不想長期收留她，就把她嫁給姪兒薄倖，卻又再次被賣到娼家，後來再嫁海盜徐海，徐海為她報了馬不進、秀媽、楚子任、宦氏母女家奴、薄氏嬸姪之仇。之後勸徐海歸降，卻中計，徐海被殺，她認為自己害死了徐海，就跳錢塘江自盡，又被覺緣救起。而此時金重不知翠翹去向多年，就娶翠雲為妻，後來與王翠翹重逢，有情人終成眷屬。

「唐姑娘……近日好些了嗎？」數日後，霍天香為小青上香祭奠後，與艷冷露兩人一同來到了靜月庵，還未入內，只聽一陣清脆的琵琶樂音大珠小珠迢遞而來，那是濯泉奏琴。

濯泉在剃度前，便以一曲〈琥珀匙〉聞名遠近，那時的她仍是色藝雙全的臨安名妓，凡是聽過這樣妙音之人，都難以忘懷。

一曲終了，濯泉也注意到簾外的兩人，冷露拍了幾下掌，卻見濯泉將食指放於唇間，原來就在一旁蒲團之上，一頭漆黑星流正橫斜於竹簟之上，那是嫣然，正鼻息輕吐地沉沉假寐著。

「你放心，嫣然雖然沒有完全恢復神智，但她服藥的劑量已逐漸遞減，雖然失去了部分記憶，但日常生活至少可以自理，無須顧慮。」雖然年近四旬，濯泉的眼眉還是那樣的嬌豔動人，卻又帶著一股冰心玉映的洞察力，她一直是一朵青蓮，不論在妓院，抑或隱居於此，總是這樣的歲月靜好，出淤泥而不染。

「只是她有時會喊著一、二個名字，我想，那應當是對她而言，很重要的人吧！」

「是嗎？他是喊什麼名字呢？」天香心底想，嫣然為了此人寧可性命不要，也要與他生死相守，這份生死相隨的節義，可令人敬佩萬分，想到自己終究與小青陰陽相隔，遺憾萬分，若真有機會，說什麼都得完成她的心願才好。

「對了，我見師父來信所言，這是真的嗎？你真的與這人相聚了嗎？」天香道。

濯泉低頭，臉色帶點羞赧道：「是真的，經過這樣多年，我終於等到金重了。」

30 自鳴鐘

自似雪的柔荑上接過一盞蜜色的醇醪，今日，是東印度商館館長宋克初至平戶的第三日，由長崎奉行長谷川權六、平戶島主法印鎮信與代官末次平藏聯合為他設宴接風，作為第三支來到遠東的國家，恰逢自己的母國正為了與西班牙進行的獨立戰爭開打得如火如荼，正是需要大量金援之際，但苦於西班牙與葡萄牙的教皇子午線，必須迅速開拓本國的海道與殖民地才能與之抗衡，宋克此行任務重大，除了必須帶回歐羅巴人喜愛的瓷器、茶葉與絲綢外，還得思考還有什麼新貨品可加入海道貿易之中。

此時歌舞結束了，他聽見一陣珠玉鳴響，只見數座輕巧的自鳴鐘正旋繞不已，上頭除了有盾牌與金獅的荷蘭國徽外，最令他驚喜的，那自鳴鐘所奏之樂，還是荷蘭的民謠。

他好奇地上前，一連把玩其他幾座自鳴鐘，只見上頭尚有鬱金香、風車等尼德蘭常見之物，尚有極具東方魅力的紋飾，可以滿足歐羅巴人對遠東美好的想像，比如說伸展著小翅膀的天使，卻帶有東方人明顯的丹鳳眼，一旁還有鯉魚或是金魚的裝飾，作為生意人，他忍不住好奇道：「這樣精美的自鳴鐘，究竟是從何處來的呢？」

花魁若紫上前輕淺一笑道：「是一位明國的商人，您若喜歡，我便請他入內為您介紹。」

第一眼見到這紅髮如𩭽的荷蘭人時，李旦一眼便可以看出這民族的野心不可小覷，他們比西班牙人更殘忍與狡猾，熱切卻又功利，對他們而言，急速地從明國的這塊肉狠狠地撕咬下一塊，是最當前且迫切的一件事，不同於西班牙與葡萄牙人，願意透過談判的方式，宋克的眼睛燃燒著戰火的顏色。

那日的宴會過程中，兩人以西班牙語對談，末尾，宋克提出邀請，希望李旦能前往他們的船廠一敘，正好這也正中李旦下懷，對他而言，能夠快速探敵虛實，以擬定下一步對策，是十分重要之事，因此數日後，依照約定好的時間，在平戶港外，等待約定的人。

一名穿著白領黑衣的男子走向前，臉上懸掛著單片金絲眼鏡，膚色白皙，漆黑髮色中帶點珊瑚的深紅，眼瞳帶有一點海浪的深邃，那是一張混有明國與歐羅巴雙血統的臉。

「您就是安德烈甲必丹嗎？」

「沒錯。」李旦注意到他細緻的外表下，卻帶有一點傷痕，那是長期日曬並經歷過苦役生還者，才可能留下的記號。

他鞠躬道：「請叫我薩爾瓦多．迪亞茲，是東印度公司的翻譯，請上小船，宋克先生已經在裡頭恭候您許久了，但為了避免船廠的祕密或資料外洩，請您和所有前往的同伴都得以黑布蒙上雙眼，造成不便，還請見諒。」

不知在海上繞行了多久，當然，也有可能是故布疑陣，特意在海岸處繞了好幾圈，當黑布取下之際，此刻已經來到一處深水的海灣之內，四周種滿避風的莿桐，只見小巧的也哈多艦、機動性強大的笛型船森然羅列，但這其中最令他驚異的，還是能夠航行萬里的巨艦：蓋倫帆船，原本三桅帆船的架構上，船艏斜桅上加了一張斜桅帆，更能控制速度與行進方向。

「這裡以前是本地漁民捕獵海豚時，將之驅趕殺戮的海灣，之後荷蘭人來此，見此地灣坳水深且極富隱蔽性，將原來的漁民驅趕殺戮，留下了一些俘虜後，占領此地建立船廠。」迪亞茲道。見李旦臉上有被海水濺濕的痕跡，迪亞茲自口袋取出一帕子道：「這是丹後縮緬[25]，將生絲以平織手法製成，若蒙不棄，還請使用。」

「這是英國改良卡拉維亞帆船所製的帆船，我們以方形船尾來代替原本圓形的船尾，並將船身放長收窄，如此一來大大地增大了移動速度。」宋克向前介紹道。

李旦想起當初離去馬尼拉時，險些遭此船擊沉的事件，還有些心有餘悸，三角帆面積的增大，代表的是船隻的靈活度與速度的增加，無須等待最合適的風速出現，只要有微風吹動，即可行進，難怪這數月以來，仁字部底下商船遭荷人蓋倫帆船擊沉、劫掠的消息陸續傳來。

「請問一艘蓋倫帆船上，可裝載多少火炮呢？」望著船側的灰藍色的腰板，垂直的波浪型船尾上的金色盾牌上刻有VOC[26]三字。

「甲必丹是生意人，何必問這種不相干之事呢？不過如果您想知道報水[27]的價碼，那咱們大可以進屋裡談。」

一手臂寬的方形桌上，均擺著以黏土製成的立體地形圖，不似傳統的平面，而能更全面地一覽無遺海域的全貌，其後又尋到幾個曾經為戚家軍製作過地圖的工匠，依樣畫葫蘆，只見在東海的地形圖上，小旗子代表著

25 縮緬（縐綢），是將絲綢以平織的技巧織成的紡織品。縮緬的特色在於布料的表面有稱爲 shibo（凹凸）的細小花紋，因爲有 shibo 所以比較不會變皺，具平滑的手感和有深度的色調。在縮緬之中，丹後縮緬是特別有名的高級絲織品。

26 荷屬東印度公司縮寫。

27 指海上通行的費用，避免船隻受到海盜劫掠。

國家旗幟，自南端澳門的葡萄牙旗的紅與綠、呂宋島上西班牙的血與金，而再往東則是後起之秀、擁有紅藍白三色旗的荷蘭，已經占領了巴達維亞，而日本的八幡旗幟則南下成波浪狀，海道上旗幟交錯，然而，遺憾的是這樣廣大的海域，卻沒有任何屬於明國的旗幟。

「那日，我與宋克聊了許久，我能感覺到他似乎想透過我，對明國有更多更深的了解，想知道如何直接與明國通商。」李旦道。

「荷屬東印度公司不是已經占領了巴達維亞嗎？」許心素問。

「不，荷蘭人占領巴達維亞只是前進遠東的開端，我能看出宋克不過是想以此為跳板，目的是要與明國內直接通商，畢竟依我得到的消息，荷蘭本國現在正是與西班牙發動獨立戰爭，內戰頻仍，因此需錢孔急。」

「怎麼可能呢？葡萄牙人費了那麼多工夫，藉由為明國剿滅海盜，只得到了澳門這彈丸之地。」

「沒錯，也因為在剿滅林鳳的過程中，西班牙並沒有得到任何通商的應許，荷蘭人眼見前車之鑑，應該不會採取此種做法，據我仁字部獲取的線報，荷蘭人與英人簽訂了協議，打算運用強勢的海戰，共同阻斷佛郎機人的勢力，加上近日曾一本預備進攻的消息，只是不知他的目標是月港、廣州抑或澳門，我猜，他背後應當得到了英、荷的奧援，兩國要藉他之手，打擊葡萄牙人在澳門的殖民地，並將西班牙人驅趕回呂宋，而下一步便是占領某塊土地，以武力逼迫明國通商。」

「在葡萄牙人來澳門之前，曾一本便是以澳門、南澳一帶為根據地的，而葡萄牙人一來便將他驅趕至海上，加上官軍的夾擊，此刻應當已山窮水盡，才打算如此，只是，澳門是貿易的重鎮，他若執意攻打澳門，恐怕，會對我們的商船造成損失，日前澳門商會的商人林三官派人送信給我們，提到他們擁有數十艘萬斛烏船，希望與我們共同抗敵。」

曾經被稱為海上天子的曾一本，自從部眾分崩離析，陷入強大的危機中，想曾經的部眾：林鳳率眾遠走南洋、林道乾前往大泥國，而朱良寶遭官軍剿滅，此刻勢力已大不如前，面對明國與佛郎機人聯手，此刻若不孤注一擲，就只能坐以待斃了！

「你目前已是廈門的欽依把總[28]，表面上還是要聽從官府的調度，但，此刻局勢未明，關於此點，我想，先與尼古拉斯相聚討論後，再決定也未遲。」李旦道，自從上次離開荷蘭的船塢，他從宋克口中證實，他們即將對大員至日本的船舶徵收「什一稅」，但他並不擔心此事，因為他已祕密掌握了荷蘭船艦的部署和出航時間點，知道如何避開劫掠與攻擊，但是他真正在意的是荷蘭此刻的意圖，他背後協助曾一本究竟意欲為何？目的是哪裡？

「尼古拉斯？頭兒你說的人是鄭一官嗎？自從他離開曾一本後，已經許久都未曾聽過他的消息了。聽說他後來進了荷屬東印度公司擔任翻譯，後來進一步擁有了自己的船艦，目前從事生薑白糖與縮緬的貿易，似乎還娶妻了，是嗎？」

「沒錯，他已娶妻田川氏，而他此刻正在泉州晉江建立安平水寨，也是機緣湊巧，上次他遣人祕密與我聯繫，約我一敘，待我確定好時間地點後，你替我找人送信給他。」記得上次與飛虹相見，已是數十年前了，人生動如參商，不禁感嘆。

「鄭一官，他可信嗎？」許心素不禁質疑道：「大哥，我與他之前雖都在曾一本手下做事，但此人行事神祕，又與我們無往來，如何會幫我們呢？」

「放心，我自有分寸，你先讓禮字部的弟兄去找二十幾個手藝高明的鑄鐵工匠，最好是曾經製作過火龍出水或是虎蹲炮的，我手上有一份文件，正是尼古拉斯給我的，如若能破譯出來，說不定將能扭轉乾坤，時間緊急，得在十日之內務必完成此事。」

「請問大哥，你要與尼古拉斯相約在何處呢？」

28 把總，中低階軍官，有「欽依」、「名色」等級區別，水寨為欽依把總，遊兵為名色把總。

他將繪有媽祖聖像，代表閩商的小旗子插在大員上，接著，用手指向西側的浯洲嶼道：「就在這裡吧！如果我沒有料錯，荷蘭人下一步就是來此。」

一個夏日的薄霧清晨，曾一本率領數百艘鳥船，以人字形的陣勢，進攻廣州。

灣澳內守軍猝不及防，數十艘封舟遭到火焚，更多的卻被曾一本派遣手下劫掠而去，海盜將木板架過甲板上跳躍而過，此刻，自夢中驚醒的士兵才匆促地抄起武器，但轉刻間就被逼落海，一時之間水面上盡是呼救之聲。

數年前，曾一本也是以如此的氣勢大舉入侵月港，並劫走同安知縣揚長而去，也是那一年，李旦兄弟流落荒島，命運自此扭轉。

一個多時辰後，接到消息的劉燾已經帶領著顏如龍、俞咨皋等一班手下率領底下水軍應戰，此時號令一下，援軍排開陣勢，以火槍配合弓箭射擊鳥船上頭的海賊，無暇顧及落水的水軍，明軍因此得到機會上岸整裝待發。

接著其餘的封舟開始移動，此刻，曾一本與部眾尚不清楚封舟的效能，雖然占領了，卻未能有效地駕駛，此時只見吃水數百斛的封舟迎面而來，周圍鐵皮包覆船舷，遇上己方鳥船時如車輾螳螂，號稱吃水萬斛的鳥船，瞬間給撞毀湮滅。

不過半個時辰，己方的鳥船便已損失十分之四有餘，此刻，曾一本才意識到，為何此次偷襲如此順利，原來，關鍵原因在於這乃誘敵之計，一開始，巡撫劉燾的意圖便是要將他誘入廣州港內，因為封舟雖然巨大且可順海潮之勢撞翻己方鳥船，但畢竟行動不便，若是碰上退潮更是無用武之地，因此以逸待勞。

察覺此點的曾一本，立即率領部眾撤退，然而，在九龍江出海口之外，卻見一艘卡拉維亞帆船以三叉戟的姿態對準己方。

不過是一艘佛郎機人的船艦，有何畏懼，曾一本底下的鳥船以鐵索串聯，打算以圍擊的方式奪船，然而，還未靠近，卡拉維亞帆船便以強勁的火炮射來，擊毀中央一艘鳥船。

此時，鐵索串聯的戰略反而使己方的鳥船成為活靶，鳥船趕緊以炮擊回應，然而，己方火炮的射程卻遠不如佛郎機擊炮的射程與準確度，一次次的炮擊使得串聯的鳥船瞬間燃燒、沉沒，後有封舟，前有火炮，此刻海盜們正陷入腹背夾擊的狀態。

而此時，另一支由顏如龍率領、埋伏的水軍也自浯洲嶼駛來。

那是金門千戶所的防沙平底船[29]，上撐五桅大帆，僅需微風便可航行，加上東南沿海一帶港灣多淤泥，因此不利封舟巨艦的航行，但此種沙船卻能在退潮或淺灘處航行自若，且船上設有披水板可升降，配合櫓、槳的推進，可在漲潮與退潮間自由來去，每艘平底沙船上頭都有近百名官軍，他們以弓箭配合火銃，將海盜的鳥船採取圍繞的戰略，隨著顏如龍總兵的號令，此時船與船之間已架起了木板，手持刀劍近身搏擊。

此戰一直從清晨激戰至傍晚，直到血紅的落日映照在海面上，伴隨著海波上下起伏、飄盪的屍體，明軍終於在一艘正要逃滅的鳥船上生擒了曾一本。

就在不遠處的南澳島上，一艘鳥船正停泊在海灣之內，山丘上，一名身著黑色飛魚袍的男子，正靜靜地窺看戰局的變化，當葡萄牙人的火炮直接命中曾一本底下的船艦時，他的眼眉皺了一下。

「明軍的人數並未比海盜來得優勢，此刻應當以遠距離作戰再佐以火銃射擊，這才是結束戰爭最快也最有效的方法，此刻劉燾巡撫底下負責的總兵顏如龍與俞咨皋兩人，顏乃是直系的戚家軍，而俞更是名將俞大猷之

29 為朝鮮龜船的改良，沙船底平，吃水淺，在退潮時可以平穩擱灘，所以也叫「防沙平底船」。沙船適合在長江口以北特別是江蘇省沿海和渤海淺水海域應用。沙船一般有五桅，掛長方形平衡縱帆。船的兩舷有披水板，舵可升降。在淺水海域兩者均須提起，船依靠操縱櫓、槳推進。到了深水區域，駛帆航行時，船舵和下風一側的披水板要放到船底以下，以提高操舵性能和避免船的橫漂，使逆風張帆航行的能力增強。到二十世紀六〇年代，中國沿海仍有不少沙船。

子，為何會採取這樣的策略呢？」此刻旁邊一名輪廓深邃、目光如海豚的男子道。

「迪亞茲，這你有所不知了！明軍以首級論賞金，若是一火炮下去雖然立即取得勝利，但卻無法換得賞銀，因此，當戰局轉為對己方有利時，明軍便會以大刀長槍改為近身肉搏，更何況……那俞咨皋不過是個酒囊飯袋，徒讀父書之徒罷了！此時說不定只是躲在某處龜縮不前，等待立功時機才會出現……」鄭一官心底清楚，明軍在軍事上存在太多弊病，無論是人才、戰略抑或武器裝備不過都是如此。

「原來如此！」迪亞茲點頭道。

手指著遠方破碎的船艦道：「看來雖然自荷蘭人手中買下火銃、船艦和大炮，但很顯然，宋克賣給曾一本的，僅僅只是即將要報廢的船艦，以及劣質的火器，從不少船艦是因為炸膛而非對方的炮擊，便可知曉。」

此刻，夕陽西下，幾具碎片順著潮水漂浮而來，鄭一官蹲下身子，卻幾乎見不著屍體，他曾經經歷過激烈的海戰，那時武器還是弓矢，他眼見家人如何在弓箭飛蝗射來如雨的狀態下，那時，奶娘也是以身體緊緊地環抱他，待他清醒之際，漂浮的屍體上盡插滿了穿心的鐵箭。

真是孤單呢！戰爭技術的演進，雙手越來越沾不著一點鮮血。

「迪亞茲，你說，宋克底下真的已經研究出射程超過葡萄牙人的火炮嗎？」

「沒錯，我親眼所見，那火炮一射，三百哩外的船艦瞬間擊毀，但宋克之所以能使用如此強大的火炮，還是他與英人交換了造船技術，使火炮可以連續射擊外，又不會因為反作用力而使戰艦受震動而沉沒。」

看來荷人真是一個難纏的對手呢！沉吟了半晌，鄭一官道：「你已經將我給你的縮緬，交給那人了嗎？」

「沒錯，數日後他將此信請他的弟弟李華宇轉交給我了，就在這裡。」迪亞茲自懷中取出信箋。

自從離開曾一本之後，他便在平戶一邊學習荷蘭語，一邊做生意，之後找到一些優秀的匠人，利用生絲獨創了縮緬織法，在市場上大受歡迎，那時他特意將一只平織縮緬上頭暗中織出西班牙文的文字，縮緬遇水便會浮現花紋，他利用這樣的方法，暗中與迪亞茲傳遞訊息，並讓迪亞茲趁機傳遞訊息給李旦。

「對了，方才手下送來的消息，田川夫人已經順利生下了一兒。」

「真的嗎？那麼就將孩子命名為福松吧！」鄭一官仰首道。

對抗曾一本的戰役才剛剛結束，數日後，顏如龍將繳獲的武器、海盜人頭清點完畢後，一併帶回千戶所中，因為明軍乃是以盜賊的首級來論功行賞，雖然知道如此作戰方式容易造成作戰過程的中斷與同袍間的紛爭，且戰局結束後，免不了的清理戰場，分配換賞銀的首級，但此法乃是傳統，也只能如此，待此間大事完畢後，他正準備前往總督的宅邸，向劉燾報備此次的戰功與死傷，然而，方才步入軍營，卻被左右人給抓住，領頭之人正是與他同為總兵的俞咨皋。

「俞總兵，你我同朝為官，敢問顏某究竟犯了什麼大錯，你竟不顧同袍情誼，派人將顏某綑綁。」

「你還敢狡辯，犯下通倭大罪！」

顏如龍怒道：「你說顏某通倭，可有證據！」

「證據，你日前祕密前往海寇水寨，已被我手下探子發現，此刻我已將此事呈報給福建巡撫南居益大人，若非你通風報信，那數日前曾一本豈會來襲，你還不認罪。」

見俞咨皋身旁站著一名士兵，他有些面生，似乎是叫做張弘，曾經派遣去和思齊聯繫過，這是怎麼回事，這是俞咨皋一直安插在他身邊的眼線嗎？自己竟然不知道，顏如龍還待掙扎，卻雙拳難敵眾手，立即被押解離去，口中呼喊道：「我要見劉燾總督！」

俞咨皋冷笑道：「劉總督此刻亦被多名給侍中聯合上表彈劾，自身都難保，你還是死了這條心吧！」

作為名將俞大猷之子，俞咨皋內心卻有股複雜的心理，雖然俞家軍令敵寇心驚恐懼，但卻遠不如那人所創立的戚家軍，真教敵寇聞風喪膽，想父親一生戎馬，文韜武略都是當世知名，曾提出：「海上之戰無他，大船勝小船，大銃勝小銃，多船勝寡船，多銃勝寡銃而已。」並提出應當將陸軍的經費改撥於水軍，直接在大海上將倭寇阻絕於海外，不讓其有任何一點上岸的機會，然而，雖然父親的聲望與武功都備受讚揚，這些觀點卻僅有少數被當朝者所採納，最終只能齎志以歿。

可惡，若不是那人搶走了父親的聲望與功勳，那些榮耀，應當都是屬於父親才是吧！

也是如此，他與顏如龍一向不睦，作為第二代的俞家軍與戚家軍，對陸戰與水戰的立場不同造就兩者間的矛盾，再加上日前對海寇採取招撫亦或攻打的策略不同，更是加深了兩人的芥蒂，也因此，當顏如龍遭遇彈劾，被處以通倭之罪時，他先按兵不動，等收集足夠證據後再出手，之後，便可將剿滅曾一本的功勳攬到自己身上，一想到此他竟感到無比地興奮。

「大人，請問日前招安的海寇該如何處理，要派官軍攻打嗎？」

「不必，將其編入浯銅遊兵，調入金門汛防即可。」

其實顏如龍被安下的通倭之罪，俞咨皋自己也清楚，並非完全是事實，主要是在驅逐海盜的過程中，得罪了本地仕紳，因此遭到參劾，目前海上勢力強大的海寇，除去曾一本後，便剩下私梟首領：李旦了，只要再剿滅此人，便可成就一代名將之名，而對於這些甫被招安的海寇，他倒是另有盤算，不如將這些士卒安排在前線，迎接第一波的攻擊，畢竟夷人就在曾一本身後虎視眈眈。

此刻，思齊尚不知道自己所屬的部隊，已經成為棄子般的存在。

31 十面埋伏

外頭圍籬上種滿了一排癒創木，石牆上爬著受難果的藤蔓，石屋內，一名衰朽的老人此刻正面臨著生命的彌留，當門開啟之際，兩人緩緩走入，當為首的一人將手放在他胸前時，他喃喃道：「是你嗎？安德烈？」

李旦點點頭，如果殷德里還在世，此刻，也是相似容貌吧！望著這個令他想起過往師門一切的老人，他緩緩道：「湯瑪遜教士，我依照殷教士的遺命，將有青花瓷祕密的《青花祕簡》交給你了！」

湯瑪遜道：「你留著吧！自從來到日本以來，我所有的心力，都放在傳教之上，然而，這些年來我卻只能眼睜睜地看著自己的信徒，被綁在十字架上、倒浸在海水受苦，或是被迫踐踏有著神像或十字架的木板，在過程中我不斷地呼喚著真神，但他卻聽不見我的祈禱，是因為我曾經背棄過神嗎？……」

此時，尼古拉斯走到前方，將懷中的十字架取出，放在這七旬老人的手掌，對他道：「絕對不是的，我也曾經跟您一樣，背棄過祂的旨意，懷疑祂的力量，但此刻，我已經深深能感受到，祂其實未曾離開過我的心底，請您也要相信，不論何時、何地，神一直都陪伴在我們身邊。」

見狀，李旦也將手緊緊地握住湯瑪遜，彷彿感受到一股奇異的溫暖，湯瑪遜臨終前最後道：「謝謝你們！能在最後的時刻與你們相遇，這絕對是神的旨意，真是太好了！我終於，要去祂的國度了……」

「飛虹，謝謝你！」雖然已過了十多年，但想起自己至少完成了殷教士最終的遺命，李旦心中有種放鬆的感覺。

「不要這樣說，這幾年日本對待基督教徒十分殘酷，湯教士躲躲藏藏了許久，後來還是被發現了，在幕府的威逼下被迫成為佛教徒，並與當地女人生孩子，此事，我也是前幾年才發現。」鄭一官道。

李旦有種哀傷的感覺，生逢在這個亂世，究竟有什麼是可以合於自己心意的呢？

屋外，海風颯颯吹來，望著眼前這名混血的男子，方才，李旦就是在迪亞茲的指引之下，來此與一官相會的！

沒來由的，他突然想起了青蘭，那張火焰似的臉孔！

或許是察覺到他的視線，一官道：「這孩子是我從澎湖救來的，那裡擄掠了百里之間數千名百姓為奴隸，他身上流著閩人與荷蘭人的血液，然而，我們閩人卻不將他視為自己的同伴，不過幸運的是，因為先天的膚色和天分，他們能比一般人更快學會荷蘭語，我找了幾十名擁有混合的血統、面貌又姣好的孩子，安插在東印度公司之內為眼線。」

李旦哀傷道：「以我知道的消息，荷蘭人利用明軍聯合葡萄牙人與曾一本作戰，無暇顧及東方諸島之際，沿海抓了百姓，強迫他們從事苦役，數月之間原本荒蕪的海岸，聳立起了碉堡，這座以玄武岩和無數閩人膏血構築的堡壘，築城完畢後，竟僅存十分之一的活口。」

此時一官道：「迪亞茲，你來，不要怕，安德烈是像我兄弟一樣的人物，將你的上衣脫下！」

緩緩地將絲質的襯衫褪去，月光下只見迪亞茲光滑的背脊上，有著火焚的烙印。

此時一官亦脫下外頭的圓領袍，那奴隸的印記，清晰可見。

李旦不禁有相似的痛楚，那火焚與屈辱的疼痛，至今仍深深地燒痛著他，在馬尼拉，生理人被屠殺的那日，一次又一次的。

「飛虹，沒想到你和我，都曾經是奴隸……」

「安德烈，你、我和迪亞茲……和許多人，我們都是被命運踐踏之人，但現在不同了，命運使我們相遇，今後，我們要一起攜手，在這片大海上，向欺辱我們的命運，不論是西班牙、荷蘭抑或我們的母國，我們都要團結一致，討回屬於自己的公道來！」

聞言，李旦道：「好，我與你合作，透過你盜出的設計圖，我們一起找出船堅炮利之密，之後，必能生產出強大的武力，在海上與敵人一決雌雄。」

「不過，要製作大量的火銃，目前萬事俱備，只欠一樣關鍵的礦物！若無法取得穩定的來源，將會功虧一簣，據我所知，此物產於大員。」

此話一出，李旦心領神會道：「好，此後我們便是手足一體，我會將前往大員的海圖與調動仁義禮智信的船印與你，讓我們共同建造出強大火器為後盾，方可與荷人相抗。」

料羅一岐，橫出於峰上之外，沙線重護，可泊北風船百餘，岸邊峭壁之上聳立著一座媽祖聖像，由當地所產玄武石為根基，和以石灰彩塑而成，料羅面對東大海，勢控澎湖大員，遠望水天無際，加上此地灣澳水深，船隻可停泊一千多艘，進可候風出海，退可等待補給。

然而，這樣重要的戰略地點，卻僅有浯銅遊兵於春、冬兩汛間把守，待汛期一過，此地頓為空巢，成為海寇叢生的淵藪。

自從接受招安後，思齊就帶領底下的兄弟被收入浯銅遊兵中，由把總方可獻[30]管理，此人性格庸懦又御兵

30 天啓年間浯銅遊兵把總，御兵無體，專以送禮厚薄爲禮貌，不習波濤，登舟即時吐浪，是以一切船務不能查理，武器彈藥悉憑捕盜等任意出入，懵然莫知，且性柔懦，但聞警報一味畏縮。

無禮，引來底下眾人不少怨聲載道，底下弟兄不少人原本就抗拒招安，如楊日升之流，便毅然決然前往大員，思齊口頭勸說，卻也無法挽留，他尚不知顏如龍總兵遭構陷之事，心底還存有指望：大丈夫暫且忍耐一時，等到汛期結束返回廈門中左所，再向顏總兵報告海防廢弛之事。

然而，就在汛期結束，思齊與其餘遊兵駕駛著戎克船返回中左所船塢內，但負責維修的工匠卻將船停泊後隨即離去，一連數天，只見校場上兵油子划拳嬉戲，甲板凌亂，不見工匠維修船帆，多年海上經驗，思齊十分明白海上交戰，船隻效能的重要性，見此不禁一肚子怒火，要是再不保養，任憑鐵皮鏽蝕、桅杆摧折，就只能任憑船船報廢了，見幾名工匠兀自擲骰子，不禁心頭火起，抓起一人正要掄拳頭。

「你……幹麼呀你？」

「你們這些工匠，還不去修船！」

「大哥，咱們都被欠了薪餉了，肚子都快成問題了，誰還顧得了船呢！」另一人上前勸解道。

思齊聞言拳頭怎麼也揮不下去，加入遊兵數月，也未得到任何薪餉，這也是日升那幾人離開的原因之一，自己當初滿懷願景加入官軍，卻沒料到是如此光景，一怒之下不顧尊卑，打算直接與方可獻把總說個明白。

營帳外，一對交戟衛士制止了他。

「讓開，我有話要對方把總說。」

「無禮，把總豈是你想見就見……」

思齊還想硬闖，卻見營帳突然掀開，一名鼠鬚瘦削的男子扶著頭上軍帽，慌忙不迭衝出，口中還喃喃道：「快，出兵，傳……傳令下去，紅……紅毛人來了！」

此人應當就是方可獻吧？思齊上前道：「你可是方大人，出兵何處？」方可獻道：「我……我怎麼那麼倒楣，走了白頸又來了紅毛[31]人，紅毛人竟然在澎湖築城了，要是朝廷知道該如何是好？快，浯銅遊兵全數出擊，此事得速戰速決，否則我……」

此時已有百戶軍階之人上前傳達號令，見狀，思齊也返回船舶待命，半日之內沿海烽燧大起，數十艘戎克船傾巢而出，上懸大明旗號，不過半日強勁的東北風便來到瓊州水道，只見數艘蓋倫帆船以黑雲壓城的氣勢屹立前方，如海上長城。

一聲令下，炮手舉火點燃引信，戎克船左右船舷上皆架有火龍出水，以竹管為三尺長、半尺寬的竹筒為炮筒，中間放置火藥，點燃引信後便會噴射飛出。然而，一聲尖銳的氣流摩擦聲響，只見那怒眼圓睜的龍頭火箭卻衝向與荷人船隻至少差異幾十尺的西北西位置，連濺起的水花，都無法波及如山戰船一分。

沒想到己方的火龍出水竟然如此不濟，於是改為近攻，明軍率領鳥船靠近帆船，思齊乘坐於鳥船最前方，拉起長弓將箭矢紛紛射去，箭鏃處以石脂浸泡後點火，本擬射去後能迅速點燃，將船隻給迅速焚毀，然而箭矢射去撞上如山的船舷卻迅速墜下，甚至還點燃自己人的鳥船，一時之間哀號、落水聲不絕於耳。

思齊不會明白，原來荷蘭的三桅戰船船舷處皆以鐵皮包裹，以人力所發的箭矢自然無法射入，而上方士兵以火銃射擊，一時硫磺硝煙四起，底下明軍毫無遮掩，不少人連哀號也未能嚎叫一聲，就應聲入海。

由於福建海防預算緊縮，加以之前與曾一本對峙焚毀數艘封舟，財政窘迫，不得已只能以火龍出水與弓箭應戰，見此狀，方可獻駕駛著自己的戎克船迅速逃走，而此刻海面上也已亂成一團，隨著數發火炮擊來，其威力較佛郎機人的紅夷大炮不論準度或速度，至少快了一倍有餘，隨著左翼戎克船燃火爆炸，右翼戎克船亦遭擊沉，海面上紅蓮遍布，遊兵墜落海面死傷者不可計數。

此刻的戰場上僅存兩種顏色，海浪滔天的白與熊熊燃燒的火光，火焰像是移動的小山般，接連不斷地湧動，思齊的眼前交迭出童年的影像，那一年自己的梅花村慘遭屠戮，自己卻連倭寇的一根毫毛都沒有碰著，那時他真覺得自己就像蟲子一樣，被狠狠地踩踏在泥塗，那時他就立誓．此後一定要頂天立地、像人一樣地活

31　明代稱佛郎機人爲白頸，稱荷蘭人爲紅毛。

著，但為什麼？儘管自己再怎麼努力，卻還是脫離不了蟲豸的命運呢？

蒼天呀！就算是最卑微的蟲豸，也有活下去的權利呀！此時，傳來一陣陣的震動聲響，不是敵寇的火炮，而是自烏雲間，閃電與雷鳴交錯，一滴、兩滴，瞬間強烈雨水不斷地撞擊在思齊壯碩的身軀、小山般的肩胛上，他迅速地示意兄弟撤退，但叫喊聲都被淹沒在浪濤之中，隨著炮擊聲後一陣巨大的顛簸，浪潮湧來，思齊一個足下不穩，落入了冰冷的海水中。

也在此時，海上颳起了強大的颶風，見天候不利，荷人的蓋倫帆船暫且鳴金收兵，配上一炷香的風搖雨落，傾盆的雨勢澆熄了船上的火焰，及時止住了剩下的三艘戎克船的火焰，殘存的遊兵趕緊往料羅澳駛去。

「感謝天妃娘娘顯靈，護我大明水軍不致滅頂。」原本屹立於浯洲島上，這尊高大的媽祖聖像，此刻首級遭到炮擊而碎裂，僅存半身像，僅存的軍士忍不住全部下跪，虔誠地感謝媽祖顯靈，檢點一番，此戰損失戰船二十多艘，士兵陣亡、失蹤者上千人。

遠處亦有一人在觀察戰局的變化，那是李旦。

他並不知道思齊已經加入明軍，正面對這場實力極度差距的戰鬥，如果他知道思齊正深陷險境，想必一定焦急萬分吧！但由於彼時的通訊並不發達，因此無從知曉細節，他僅是遠遠地觀察，藉此觀察荷蘭人的海戰實力，與明軍之間的差距，此刻他能清楚地確定，此次戰爭失利，與指揮無關，關鍵仍是雙方武力的差異。船堅炮利決定了勝敗，明國在海防的實力遠遜於荷蘭，為了避免無謂的傷亡，此刻只有一個辦法了，他轉頭道：「心素，請你幫我一個忙？」此刻的許心素已成為廈門把總，負責月港至鷺江一帶的海防。

「大哥請說。」

「為我聯絡福建巡撫南居益，我要勸說他與荷人停戰。」

許心素有些猶疑，但還是開口道：「大哥！你可知道此刻你在明國的身分……」

李旦內心何嘗不知，以自己如今是海商首領的身分，早被福建巡撫視為倭酋，一旦上岸，恐怕便是囹圄之災，但自己若不犯險，又如何為底下的夥伴請命呢！

「不然，此事還是由我？」

「不可，我明白明國此刻的處境，巡撫南居益受限於祖宗海禁成法，無法主動與外藩直接對話，需要有一名不具有官銜的中間人為代表，出面與荷蘭斡旋，能負擔如此角色之人，非我莫屬了！」

這日，作為月港最大酒肆，醉月樓上冠蓋雲集，自高樓小閣間往外看，只見巷弄間挑夫簇擁下抬著幾輛轎子，又見車水馬龍穿梭不絕，而車馬後方一人乘坐於黑驪之上，後頭跟隨著幾十匹金鞍白馬，那人臉上蓄著短鬚，穿著茜藍色常服，胸前繡著獬豸，腰上配銅環彎刀。

那是副總兵俞咨臯，今日為了解決荷蘭人屢次占領澎湖一事，與福建巡撫南居益、同安知縣葉柄宴請彼時東海勢力最大的私梟首領李旦，計畫對其招安。

一進入醉月樓，俞咨臯低聲對身旁的親信──李勇道：「巡撫大人與知縣大人底下之人可都到了！」

「稟大人，兩位大人底下的陳師爺和李師爺都已到了，知縣大人與他的公子也都到了，現在都上樓入座了！」

「那你們可安排妥當了？」

李勇點點頭道：「底下安排三十名刀斧手，今日料想就算一隻蒼蠅也飛不出去。」

「很好，但為免過程中傷及無辜百姓，也避免那人趁亂逃脫，你在外頭守著，目標人物一入醉月樓，你立即帶領兄弟把守外頭，將醉月樓給圍得密密實實，閒雜人等不可入內。」

醉月樓登上二樓後便呈八卦的形狀，最高處的邀月閣，有一半懸空如拱橋般於天際，自窗櫺間可眺望繁華如星流的街道巷弄，俞咨皋入內，與在座諸人一一行禮。

「俞總兵，今日之事安排得如何？」葉知縣起身問道。

「千萬放心，卑職已部署完畢。」

葉知縣年約知命之年，生得瘦小、蠟黃臉色，他身邊的衙內雖生得白淨面皮，神情看起來略帶羞澀靦腆，在一旁的則是代表南巡撫的陳、李兩位師爺，俞咨皋之前便聽人說了，葉衙內看起來也是一表人才，只可惜卻誤入歧途，縱情聲色、包養戲子，不過是草包一名，令知縣老爺極為憂心。

「大人，人到了。」

當門推開之際，這是俞咨皋第一次見到被稱為中國甲必丹的李旦，他原先以為作為私梟首領，應當是容貌粗獷且身形魁梧，但當簾子掀開後，眼前出現的卻是一名儒雅男子，劍眉星目、面如冠玉。

「李旦見過俞總兵。」他雙手置前一個鞠躬，不卑不亢。

「請坐。」

待李旦入座後，眾人先是分賓主介紹一番後，陳師爺起身敬了一巡，酒過三巡後，一名手持紅牙板的歌妓娉婷走來，遞來一個戲本，李旦翻看了一下，裡頭的折子戲也新穎，《牡丹亭》的〈驚夢〉、〈尋夢〉，《西廂》中的〈拷紅〉都在其列，陳師爺道：「甲必丹有什麼喜歡的，盡可點來聽聽，今日葉知縣請來的這個戲班，他們的曲藝在咱們這可是當行本色的，聽了可是入耳三月不知肉味，此曲只有天上有，人間難得幾回聞。」

「商為四民之末，李旦不敢居前，還請知縣大人先點吧！」只見葉知縣一臉倨傲神情，顯然是真以自己為四民之首了，正要接過戲本，不料卻被奪去。

「爹，我想點個〈遊園〉，還有《桃花人面》。」一旁葉衙內道。

「沒規矩，今日在座都是你的長輩，豈有你說話的分，陳師爺，依你看，點什麼好呢？」他趕緊將戲本劈頭奪來，遞與陳師爺道。

「依我看，咱們便點個沈璟的《義俠記》，可好？」

李旦道：「詞隱先生的戲，向來是精於審詞度律、合於曲度的，只是雖然曲調嚴謹，卻不能使人擊節叫好，我倒是想聽聽清遠道人《牡丹亭》的〈遊園〉，或是孟稱舜的《桃花人面》。」

「爹，我說的沒錯吧！」

「住嘴……」

「好，來者是客，自是依甲必丹之見，只是依我看，《牡丹》與《桃花》兩齣曲詞雖好，但內容卻不及《義俠記》，想那《義俠記》講的乃是武松故事，武松一身肝膽，最後招安歸順，報效朝廷，方不負了『英雄』與『義俠』二字。」陳師爺意有所指道。

筵席上炊金饌玉，水陸八珍羅列於前，俞咨皋對這婉麗的水磨腔向來興趣闌珊，喜歡的是《義俠》、《寶劍》一類的武場曲目，興許是有些無趣，他滿滿斟下一杯對李旦敬酒。

只見戲台上垂下繡著桃花、小橋流水的軟紗帳，《桃花人面》故事乃是改編自孟棨《本事詩》裡崔護題詩城南的故事，寫那書生崔護清明時節至城外遊賞，巧遇葉蓁兒一事，但隔年再舊地尋訪，卻只見桃花依舊，佳人卻杳如黃鶴，扮葉蓁兒的青衣娉婷走來，行如閑花照水，伸手如弱柳憑風，她頭上插著倩生生的翠玉步搖，豔晶晶的花簪八寶鈿，配上笛聲弦索和一雙美目煙波流轉，隨著蓮步輕移身段，婀娜如飄飛的楊柳，此折正是崔護題詩失望離去，當葉蓁兒見到門上題詩：人面不知何處去？桃花依舊笑春風？她悽悽切切，恰似〈何滿子〉那樣的肝腸寸斷，兩手一甩，只見兩道白虹也似的衣袖吞吐而出，右手水袖一擺，迤邐至李旦的靴旁。

隨即葉蓁兒扯回衣袖滾落如兩道雪白的波濤，唱道：「崔護，崔護？君何在？」便倒地做相思而死。

取了杯盞與俞咨皋敬酒，待來者回敬後，他起身一揖道：「俞大人，在下有些不勝酒力，可否容在下先去吹個風，去去就來。」

「嫣然，怎麼會是你？」原來隨著水袖拉回後，李旦發現靴旁多了一只花鈿，上頭蠅頭小字刻下嫣然二字，他瞬時心領神會，便以醒酒之名離去。

雖然臉上塗著濃豔的妝容，但那雙秋水卻真真切切，是嫣然無疑，他忍不住道：「你怎麼會在這裡？思齊呢？」

神色卻十分嚴肅道：「旦哥哥，先別管這些了，你快逃，官府沒有打算招安，只是借用此機會用計將你們消滅殆盡，樓下早已安排刀斧手，待你喝醉後便一擁而上。」

坐在酒筵間，此時一折戲已唱完，台上生旦都已下場，但說也奇怪，李旦離去之後便一直未回酒筵間，飲滿一杯山東汾酒，俞咨臯眉頭深鎖，此時，一名侍衛向前在他耳邊道。

「立即封鎖醉月樓，任何人員皆不可出入，掘地三尺，也要將李旦給揪出來。」他起身拍桌道。

怎麼回事，究竟是誰走漏了風聲，他安排此計明明是滴水不漏，且筵席間只見李旦亦是沉湎於酒色，怎麼會讓他給察覺了呢！

可惡，看來自己真是太大意了，傳言都說李旦能謀善斷，智如諸葛，看來自己還是太小覷他了。

此時一名侍衛衝入道：「有件事不知該不該向您明言。」

「別廢話，還不快說。」

「大人，在您下令封鎖醉月樓前，門房告知早有一紅衣人蒙面，快馬向城西大道上奔馳而去。」

「還杵著做什麼？咱們快追！要是讓他跑了，你、我都等著受巡撫大人的處分吧！」俞咨臯拿起銅環大刀喝道：「該死，當初見那李旦一臉溫文爾雅模樣，完全就是個文弱書生，想今日引君入彀必定易如反掌，哪曉得竟然還是讓他逃出生天了！」

可惡！究竟是哪一步棋出了差錯，讓他給發現自己布的局呢！

他又想起那人臉上略微嘲諷的微笑：李旦可不是那麼好對付的人，莫要輕忽大意。

只見四、五個侍衛圍著一名騎乘馬匹的男子，月色疏漏如殘雪，映照著馬上的人，只見他身著豔色紅衣，臉上卻戴著面具。

「把面具取下！」

那人依言取下，月光下，臉如紅蕚、眼如寒星，但臉上卻施上濃重的脂粉，畫著如山的眉黛。

「在下霍天香，唱戲到一半身子微恙，因此不及換下裝扮便先行離去，未來得及與俞總兵告辭，在此告罪！」

就在此，李勇低聲道：「大人，方才有人傳來消息，就在你騎馬離去之際，有一衣綾羅錦繡者，模樣像是李旦，與葉家公子同車，已經來到城東，不顧您的號令嚴令開城！」

他大喊道：「快！快調兵力去城西，嚴令下去，沒有我的號令，不許放任何人離去。」

「快！快開城門，今日七月中秋，本公子等著賞花去呢？」

「葉公子，敢問你身邊那名男子，是誰呢？」經過一番拖延，此刻俞咨皋已經率眾前往包圍，據聞知縣之子有龍陽之癖，只見他身邊挽著一名男子，身著鎏銀雲紋大袖衫，他記得，李旦一入醉月樓，身上披的便是這件袍子，當下他手按劍柄，低聲吩咐道：「快將車子包圍起來。」

「俞大人，這……可是知縣大人的衙內呀！」只見葉公子簌簌發抖，拚命熊抱一旁的男子如救命草，俞咨皋臉色陰狠道：「你是何人，快快轉身，莫要再裝神弄鬼。」

那柳眉紅唇、雙眼如點漆的男子盈盈起身道：「在下艷冷露，見過總兵大人，草民只是一名卑微的戲子，不知犯了什麼滔天王法，有勞大人這麼大陣仗。」

只見俞咨皋臉色一陣青白，就在此時，又一名士卒快馬奔馳而來，下馬便道：「大人，您才下令嚴閉城門沒多久，城南處聚集了許多乞丐鬧事，他們轟轟鬧鬧地說要出城賞月！」

「乞丐賞什麼月？」

「這……小的自是不清楚，但當中卻有不少人手中拿著荷蘭人使用的銀幣里爾，有些人直接坐在地板上唱起了蓮花落，我擔心，李旦這賊子打算在人群中魚目混珠……」

「大人，線報傳來李旦已經來到了城東……」又有一名士卒騎馬奔來道。

「混帳！你們這些飯桶，說了那麼多消息，讓本官疲於奔命那麼多個時辰，連個影兒也沒見到，不管了，先撤，李勇，你帶一隊人馬去城東探查消息真假，其餘人隨本官至城南。」

城南處已然是一團亂烘烘的景象，原本杭州城南聚集了許多酒肆茶鋪、六陳鋪子[32]，商家為了招攬生意，便將帳子高高地撐出外頭，底下放了眾多麻袋乾貨之屬，此地又巷弄狹窄，俞咨皋率兵策馬奔騰而來，便覺不妙，只覺得烏鴉鴉一群乞丐擠在街巷中人聲鼎沸，如魔如囈、如聾如啞……

「我們想出城！官府為何不讓我們出城呢！」底下一人像是乞丐頭子，他一陣吶喊，周匝幾十名叫化子亦吆喝不已。

「大人，怎麼辦？」李勇一旁道。

就在此時，一名士卒奔跑過來道：「大人，您方才離去後，陳師爺和葉知縣十分震怒，他們道……」

「吞吞吐吐什麼？快說。」

「他們說，要是讓李旦這賊子跑了，你可就……」

俞咨皋臉色鐵青，但此時又一陣推擠聲道：「救人呀！官爺打人啦！救命呀！」人群瞬間騷動起來，所有人亂成一團，甚至有不少乞丐拿著棍棒衝向未騎乘馬匹的軍士，衝突中有人濺了血、有人掛了彩，發出慘烈的呻吟叫喊。

「來人呀！將這群叫化子全都抓起來，一個都別跑了！」俞咨皋大怒道。

折騰了大半夜，俞咨皋回到了醉月樓，方才忙亂了好幾個時辰，損兵折將終於抓了七、八名叫化子，這些叫化子雖然不懂武藝，卻個個刁鑽奸滑且熟悉地形，追捕過程中一不慎便沒入暗巷中不見蹤影，而從抓獲的少數幾人身上卻搜出了里爾，問他們銀幣從何而來，一人唯唯諾諾道：一個時辰前有一名官人要他們聚集至城南，接著有人身披黑色袍子一把丟去便是響噹噹的銀幣。

「把這些叫化子都給我關入牢裡，沒有我的口令，不可放過一個。」俞咨皋回到醉月樓，拾級而上。

「你派人將醉月樓上上下下給搜查一遍，他又不是飛天遁地的孫行者，我就不信人就能這樣憑空消失，一點蹤跡也不剩，若有任何閒雜人等還是線索，馬上向我回報。」

「是。」李勇道。

「還有，這晚醉月樓上上下下的雜役小廝廚子也全部給我抓起來，說不準便是他們協助李旦脫逃，關入牢裡，我要細細審問。」

此刻廂房內自是杯盤狼藉，拉了張椅子，俞咨皋將一把白瓷酒壺斟了一盞後飲了，又斟了一杯。

這枸杞菊花酒有清心明目之效，因此用於餐前亦有開脾、強身健體之功，只是經過一夜的奔波後，酒卻顯

32 六陳指柴米油鹽醬醋茶。

得冷了。

案上雖不至於龍肝鳳髓，但料理卻也是拔尖的，醉月樓的菜在月港可是極為知名，金盤上青蔥佐著新嫩的鰣魚、一鍋半浮著油光的酸筍雞皮湯、白雪藕片夾金華火腿、一大隻燒鵝、一疊堆成小山、染成胭脂李似的酥油泡螺……他情不自禁地夾了一筷子，方才出菜之際，他便食指大動，但礙於縣令大人與師爺在場，不大敢大快朵頤，本想著捉了李旦後一定要好好享用一番，不料橫生變故，一個晚上的徒勞無功後，再度回到此處，他禁不住飢腸轆轆起來。

好吃，不愧是鰣魚，入口甘腴、觸舌即化，又夾了一片藕片，蓮藕甘脆火腿甜而不膩，真是好吃……

一口接一口，這菜雖然冷了，但還是好吃的，早知道這菜應當先下個蒙汗藥才是，這樣李旦吃了直接昏厥，就不怕他插翅上天了。他又滿滿斟了一杯酒，這是女兒紅，烈而濃醇，他向來喜愛這樣濃烈的酒，淡薄的酒是娘們喝的，他自是嗤之以鼻，回想方才那李旦柔弱如婦人，喝也只喝菊花酒，打從心底瞧不起。

但他究竟是怎麼逃出此地呢！

他索性滿滿倒了一碗，又扯下一隻鵝腿，此刻聽見有人敲門，尚不及開口，那人卻逕自進來，他忍不住發怒道：「是李勇嗎？什麼事？」

那人卻是一名小兵道：「大人，方才上下都搜過了，沒查到什麼異狀。」

「好了，我知道了，你出去吧！」

一手拿著鵝翅，見那人卻還不走，他不免有些尷尬，皺眉道：「還有事嗎？」

「大人，這酒冷了，喝冷酒傷身，讓我為您篩個酒吧！」

「不了，你離開就成。」

「可是大人，冷酒要是進到你的胃，可是要用渾身的血去暖它，這可是大忌！」

「哪來那麼多廢話，滾。」俞咨皋隨手抓起一個碗丟去罵道。

「是……是，小人告退。」

隨著關門聲，他蹲下身，將桌底仔仔細細搜了一番，只見殘食果核，零零散散，揭開簾帳，只見一丈寬的露台之外，月色清輝下屋瓦櫛比鱗次，亥時兩邊店鋪間的街道上人跡已無，方才李旦藉口醒酒，從這門走出去，不過一炷香的時間，卻已人影不見，為什麼他能這麼快地自此地脫身呢？

抑或，他根本沒有離開過這酒樓呢？

俞咨皋轉身後繼續啃著鵝翅，三兩下風捲殘餘，又去扯鵝身來吃，又滿滿倒下一整碗的女兒紅，才飲了一口，此刻，卻聽見門咿咿呀呀地推開，他不禁大怒道：「不是說不准進門打攪嗎？蠢材！」

卻覺一陣刀風自後頸間凌厲撲來，畢竟久經沙場，他左手一格，但風馳電掣間，一劈狠狠撞擊至他的鼻梁，雖力道不大，畢竟是人體要害部位，只覺眼冒金星，恰似各色調料甜的鹹的酸的辣的全一陣澆灌到喉頭裡，只覺一柄鋒利的匕首已抵住他喉間。

卻見方才那名小兵，此刻放下軍笠，清楚可見表情，竟是婀婀如婦人的李旦。

明明進醉月樓之前，早已言明為了確保賓主盡歡，火銃刀劍一類不可攜入，不知他竟藏了一把匕首防身。

「甲……甲……必丹，我盛情邀約，在醉月樓為您設宴接風，你卻刀刃相向，也太過可惡！」俞咨皋皺眉道。

「總兵大人，你與南居益巡撫大人若以赤心相待，李旦自然會效犬馬之勞，但你若只將我們視為島賊海寇，只籌畫著要如何誅殺殆盡作為功名利祿的投名狀，這樣，也莫怪我不客氣了。」

「胡……說……本官以禮相待，你何出此言？」俞咨皋仍要狡辯，但李旦道：「幾個時辰前我出門一探察，一樓左右廂房間，竟安排了五十多位刀斧手，我可算得清清楚楚，於是，便派遣底下仁義禮智信手下，傳我口信四處放假消息，我料想我若逃離你必定會大搜全城，果然之後你與底下之人可是馬不停蹄，我又猜想你之後還是會回到此處，因此以逸待勞，趁亂打昏一名你的手下，扮成他的模樣，眼下你的命運就在我手上，只須我再上前一寸，便要了你性命，但我不殺你，可知為什麼？」

「甲必丹請說。」

「荷蘭與佛郎機各國遠道而來，船堅炮利，雄心萬丈，不在閩海劃分勢力範圍，誓不罷休，長久下來，未成近憂，必成遠患，前日料羅一戰，若非媽祖顯靈，及時天降甘霖止息戰火，否則水軍必是全軍覆沒，如今荷蘭占據澎湖，築城修守戰之具，已成尾大不掉之勢，南居益巡撫念茲在茲，也是如何處理這棘手的問題，不是嗎？」

「沒……沒錯。」荷蘭船艦遠望如一蛋，航行快速波平如箭，這點，俞咨皋也是清清楚楚的，而大明國水軍自成化以來船廠廢弛，雖然在與曾一本的對峙中取得了勝利，但光回想海戰中，佛郎機人僅憑一艘戰船，便擊沉曾一本數十艘萬斛鳥船，這樣的火力，要是成為敵人，恐怕沒有太大的勝算，若要一戰，得製造更多封舟方可，但自己只是一名總兵，也沒有職權參與內閣大事。

「我有一個方法，可以不費一兵一卒，勸退荷蘭人，請總兵大人，為我向南大人進言。」

「請說。」

「以東番代替澎湖，讓與荷人。」

俞咨皋蹙眉道：「東番雖未被劃入行省之內，但事關明國土地主權，此事，南巡撫恐怕不敢答應。」

「這不過是緩兵之計，若荷蘭人同意退出澎湖，拆除島上碉堡，前往東番，我自會派遣底下仁義禮智信手下騷擾沿海，東番腹地狹小，土壤磽薄，如無海上糧食與物資送達，難以維生，只要我命手下截斷荷蘭人的補給線，他們必定無以為繼，只能退出，到時我們明國不費一兵一卒，坐收一寶地，豈非兵不血刃？」

俞咨皋的神情逐漸緩和，但仍道：「好，我答應你，去向南居益巡撫進言，但若南巡撫同意，我該如何告知您？」

「無須麻煩，只要你向荷蘭領事宋克道，你要找安德烈，我自會出面斡旋。」

「好！我答應你，我盡力試試！」見李旦放下手中的匕首，他緩緩地靠近門，正要離開，此刻，李旦卻又道：「等等！」

「還有什麼事嗎？」莫非他要反悔不讓自己離去，他警戒道。

「上個月，與你共事的顏總兵，他是無辜的，並無通倭，此事你應當清楚知曉，請你上疏，證明他的清白！」

俞咨皋皺眉道：「此事難辦，不是我不願意，而是因為日前他為表達一己之忠誠，已在獄中自盡了！此事我也是今早才知悉。」

「你說什麼？」雖然與顏如龍未必有像思齊一般如此深刻的情感，但畢竟是恩人的存在，聽到此言依舊興起一股難言的哀傷。

「那請你恢復其軍籍與清白，厚葬並撫卹家人！」

「我知道了！」俞咨皋道。

自門外右手邊第三個楹柱敲了三下，那繪飾著松鶴延年的牆板緩緩開啟，這是閣樓間隱蔽的斗室，方才他便是隱藏在這裡，才能迅速消失，不留下任何蹤跡。

只見嫣然躺臥在玉簟上，低垂的眼眸，燭光搖曳下清麗的容顏，卻似方才戲台上的葉蓁兒一般成了個活死人，等待著那題詩離去、杳不知所蹤的崔護。

他聽見推門的咿呀聲，一轉頭，方才那名戲台上的男子，身著墨綠色圓領袍，面如冠玉。

「在下霍天香，見過李旦甲必丹。」

「多謝襄助。」李旦趕緊一揖道：「今日之事仰仗你與其餘同伴的幫忙，這個人情，李旦日後必還，之後有任何需求，只需派人來見我，我自信天下事有九成九，可在我掌握之中。」

「不必這樣說，你是嫣然重要的人，自然就是我的朋友，更何況李旦甲必丹在民間聞名遐邇，本地連三尺童孺都知道你底下的生意可涉及千萬黎庶的生計，萬萬別這樣說。」

「但你們是如何獲悉俞咨皋與巡撫的計策呢？」

「冷露他與葉知縣大人的公子向來十分交好，這位葉公子也和我有數面之緣，模樣生得白淨，也是個中人以上的人才，性格溫婉如水，生平厭棄功名與八股文，因此與我、冷露十分投緣，一次，當俞咨皋與巡撫、知縣密議計謀時，正巧便是在知縣的府邸，葉公子心想，冷露與眾多戲子都是嬌弱之軀，到時刀劍無眼，莫要遭池魚之殃，冷露又將此事轉知給我，那時也是我不提防，想說嫣然神智仍處迷濛不清，冷露也未避諱她，便將聽聞到的計謀一五一十和盤托出，說也奇怪，原本眼神仍渙散的嫣然，一聽到你的名字，突然整個人清醒了，恍若大夢方醒，熱切問著你的一切……」天香道。

「但……嫣然怎麼了呢？」方才觸她鼻息仍有呼吸，但卻一點知覺也沒有，李旦擔憂道。

天香將嫣然受父母之命逼婚，因此服下蘇合之事約略說了，接著道：「我已經讓凝香給她服下了解藥，只是，她這幾個月下來，原本藥量已經逐漸控制，清醒的時間多，昏昧的時間少，但或許是因為今日局勢緊張，或者她太擔憂你的安危，因此，才使她的神智受到了影響，我已經稍微增加解藥的藥量，希望她能盡快清醒。」

「原來如此。」李旦聽聞不禁心痛，沒想到他離去後還有這一層故事，自懷中取出一柄金鯉刀，那是方才嫣然遞與他，也是他用以脅持俞咨皋的武器，他記得，當初顏如龍總兵總是刀不離身，沒想到輾轉來到了嫣然的手中了。

「那她之後應當會康復吧！」

天香躊躇道：「這……蘇合的解藥本身亦含有砷，此物有微量毒性，服用解藥，其實，也只是延緩她的病症而已，總有一天，她可能會神智如孩童，回到懵懂無知的時刻。」

32 船堅炮利

飲過了苦澀的鹹水，思齊原先以為自己必死無疑，不行，他不能死，奮力地往一旁游去，然而幾道大浪打來，幾乎摧毀他的體力與精氣，最後，他只能奮力地抱住一塊斷裂的浮木，將身子以衣帶牢牢地纏在上頭，隨波逐流。

再度醒來時，他已經躺在陌生的漁船之上。

「這是哪裡？我……為什麼會在這裡？」思齊問道。

「我叫劉香，叫我老香就成了。」

他想要起身，但，興許是身子骨浸漬在鹹水中太久了，竟軟綿綿的渾身一點勁也沒有，但萬幸的是自己沒有死，還活著！

「唉呀！你這是要做什麼呢？」老香一轉頭，卻見思齊掙扎起身，然而整個上身才撐起，便踉蹌臥倒。

「這位大哥，多謝你救命之恩了！但我得回澎湖去，那裡……那裡有戰事，我還得回去作戰……」四處望了一下，這似乎是一艘舊型的戎克船，除了老香外還有數十人，是海員、漁民，還是官軍？

「這位兄弟，你別傻了，我原本住鷺江一帶，打魚維生，但三天前一群紅髮碧眼、狀如修羅的番人突然闖來，將村裡的男人抓了十室九空，我運氣好，趁那些人不注意時躍入水中，游到了岩洞內躲了起來，你猜，那些番人抓丁要做什麼？我親眼所見，被烙上了奴隸的標誌後，就被送去澎湖，扛大石築碉堡，我親眼所見，有人身子挺不住，就活生生被鞭子打死了！咦？你要做什麼？」

只見思齊猛烈站起，扶著船桅步履晃蕩，掙扎道：「我要回去告訴總兵大人，不然，會有更多無辜的百姓受害……」他想起自己和兄弟遭荷蘭人射殺的景象，得去找顏如龍總兵搬救兵才可！

此刻他步履不穩，險些踩到一人腳踝，他趕緊蹲下道：「對不住。」卻見這人有些面熟，問道：「你是……張弘，為什麼在這裡呢？」見他神色委頓，想必是和自己一樣，落水後被打撈救起。

此刻老香也過來，一把將他扶下，壓著他雙肩道：「你冷靜點，也差不多是三天前，料羅灣遭荷蘭人突襲，金門千戶所傷亡慘重，把總雖然僥倖逃脫，但一回月港隨即下獄論罪，自總兵以下似乎都遭到了處分，尤其聽說領頭的總兵有通敵之嫌，所有的罪責都是因他而起，因此被下了死獄，是姓什麼？姓顏嗎？」

「你說什麼？顏總兵怎麼會通敵？莫要胡說！」聞言，思齊雙手揪住老香的衣領，止不住顫抖。

老香拉開他手道：「我怎麼知道，我也是聽人說的，那日我趁著夜色逃回漁村，拿了些細軟後，想說這裡待不下去了，來到了月港，便聽見這消息，聽人說前日曾一本來犯，與此次的荷蘭人入侵，都是這顏姓總兵通敵所為，此事在月港傳得沸沸揚揚……」

「張弘，你告訴我，究竟是怎麼一回事？」見老香也說不清楚，思齊索性轉頭，問向張弘道。

張弘讓思齊給搖晃了一陣，似乎清醒了點才道：「這……顏總兵他此刻的情況，和方才你聽到的，差別不大。」

「這是怎麼回事？你快告訴我呀！你，不是在顏總兵身邊嗎？」

張弘的神情顯得為難，他道：「這……詳細情況我也不甚清楚，只是那日你與顏總兵相見後，我便被錦衣衛抓了起來，他們懷疑我和倭寇私通，嚴厲審訊，為此，我只得交代我是奉顏總兵之命與你聯繫，並提出當初你加入戚家軍的名冊為證，但不知為何，那份名冊卻消失無蹤了，消息上呈後，俞咨皋總兵忌妒顏總兵的功動，便以此為證據，指控顏總兵勾結番人，企圖將功勞獨攬，並推卸荷人來犯的罪責……」

怎麼會這樣？自己念茲在茲的明軍，竟如此忠奸不分，令他心寒不已，此刻思齊整個人心如死灰，看來，終究是自己害了顏總兵吧！

此刻，張弘又發出一陣呻吟，接著道：「思齊兄弟，我在牢獄裡禁不住酷刑，因而指認了顏總兵，後來我聽說他為了證明自己清白，就自盡了！我該死，不配做戚家軍，對不住他，今日在戰場上受了重傷，也是報應使然，而死前能見到你，也算是前世修來的福氣，若是你有機會至總兵的墳前，請告訴他，我對不住他，若有來生，必定做牛做馬來報償……」話方說畢，便倒臥不起，不論思齊如何呼喚。

此刻，思齊隱隱約約感覺似乎有什麼陰謀，正鋪天蓋地而來，但自己畢竟不如大哥李旦聰敏，怎麼也無法參透背後玄機，正在此時，老香已來到他身邊，指尖探了鼻息發現人已死去後，便將張弘的屍首推到船舷，直接丟下海。

「你這是做什麼呢？」思齊喊道。

老香轉頭，無奈地看著他道：「這位小哥，我也是逼不得已，你看咱們這船船空間有限，屍體放在上頭不出三日便會發臭，一路上，我也是這樣丟丟撿撿的，丟人撈人呀！」

這話說來不錯，當下思齊再怎麼不捨，也說不出什麼反駁之詞來，整個人茫然望向灰白的天空，濃重的烏雲下，此刻雨水一滴、兩滴落下。

此刻老香幾人趕緊將帆給收起，慌忙間，思齊問道：「敢問，眼下是要去哪裡？」

「大員，我聽人說，此地開墾給地給糧，有一牛三金，從笨港入諸羅山，便是可安身立命所在！我和當地的接頭人說好了，帶來一名健壯的男丁，就給我一兩銀子做報償，咱們大夥反正都是爛命一條，不如闖他一闖，看能闖出個什麼鳥來。」

北連二浙、南接百粵，東望澎湖、台灣，外通九夷八蠻。風潮之所出入、商船之所往來，非重兵以鎮之不可，為南洋出入之孔道，與台、澎僅帶水之隔，且港澳寬大可容巨艘，而烈嶼、金龜尾各要口尤為險要。

讀著《海鯤遺音》裡頭的敘述，這是他自童年倭亂後，再度回到浯洲嶼，沿著鷺江內海，乘潮汐駕中型戎克船來到烈嶼灣內的巖穴間，此地漲潮順風時與鷺江不過一炷香的距離，島上雖不過半日便可環繞一圈，但因地形隱蔽且巖穴眾多，可做儲存物資之用。一處平坦乾燥的平地上，擺著排列著數百筐黃土，李旦上前一把手取來，粉塊應聲而碎。

「這是硫磺，至大員北部火山硫穴開採而來的。」

將掌心放在鼻尖前，仍殘留一股刺鼻的氣息，然而，這看似平平無奇的粉末卻有驚人的火力，在汪直留下的《海鯤遺音》中詳細地記載其產地、開採方法與提煉方式、效能，汪直能成為軍火大賈其來有自，正因掌握了作為火藥原料硫土的穩定來源，才能成為東海之王，而李旦也清楚明白，要建立一支強大的海上長城，不論目標是要對抗荷人抑或明軍，都得需要大量火藥。

率領了數十名海員，鄭一官已經在那裡等候多時，一見李旦來便向前道：「我一共派遣五十多人駕駛三艘戎克船，依照你提供的路線，以鐵罐和絲織品與當地番人交易，請他們協助開採硫土，待裝了數百筐約有千石硫土後，便將番人滅口，又將硫穴來徑以荒草枯枝掩蓋，趁夜色祕密離去，因此消息並未洩漏，此刻航行共費一月又旬日，我們在山頂處尋了一個背山的空曠處採鍊硫土，約得十分之六的硫磺，我以鐵桶分裝儲存於此，只要注意防潮外，還可避免大火造成的爆炸。」

「沒錯，在汪老留下的《海鯤遺音》中有提道：硫土需得保持乾燥，潮濕不易點火，但若是遇熱，即使是星星之火，亦可燎原，不可不慎。」

數百台黝黑精亮的炮管，如同砍伐後的柴薪，被整齊畫一地安放在地面上，但亦有幾具已經安放在炮台上，幾名工匠正以墨線仔細地量測每一門炮的大小與口徑，手持乾布以蠟擦拭、打磨。

一官道：「英人改良的火炮，是目前夷人中威力最為強大的，他們設計的射程比佛郎機鐵炮多了四百多米，發射速度亦是佛郎機炮的兩倍有餘。自從那日我與迪亞茲將其翻譯成中文後，便迅速在閩海一帶尋了幾百個工匠，細細挑選一番後，趁夜色矇了這些人的雙眼，渡船至此，我已經給了每人一百兩白銀為安家費，要他們在此安心鑄造鐵炮，條件是不可離去，亦不可與家人通信，他們之前都有製作火龍出水的經驗，只是火龍出水炮身不夠堅硬，準確度也不夠，因此我們直接借用英人的鐵炮技術，師夷人之力以制夷。」

「英人亦是島國子民，但他們卻憑藉了強大的海軍武力擊退了伊比利半島上的西班牙艦隊，我們若要在東番立足，他們便是前事之師，不可不效法。」

「沒錯，此刻我們一共鑄造一百三十座鐵炮，待全部製成後，會找個日子試射，待確認無虞後，便安裝在仁義禮智信各分舵的船舵上，預計大型三桅福船要左右各裝設十具，中型戎克船則是五具，到時，每艘船上懸掛天妃媽祖的旗幟，便可來個鐵鎖連江，管他倭人還是歐羅巴人，沒有我們的印信，無法出航。」

接著，在一官的帶領下，幾十具黝黑的槍管森羅排列，如枝如幹，有些僅有槍管，有些已裝上木製槍托與火繩。

李旦拿起一只未安裝的槍管把玩，沉甸甸的重量，剎那，他想起佛郎機人一槍一個，殺死同伴的景象。

「這是掣電銃，射程與精準度亦都在火繩槍的兩倍有餘，此處有五具已經組裝完畢，火器這玩意最困難之處，便是即便外觀做得極為相似，只要一點失誤，也是失之毫釐、差之千里的，我第一批請工匠仿作的槍管容易卡彈、炸膛，這是第二批，尚未試射。」一官道。

難以言喻的淚水，緩緩落下，之前，不論是閩人或是生理人，已經在夷人強大的船堅炮利下匍匐了多久，終於，有朝一日，可以直起腰桿，挺立於天地之間了。

李旦道：「何時會裝好，我來試射。」

「大哥，你不可親身犯險。」許心素趕緊道。

「心素說得沒錯，這種差事不當由您出手，您若是放心不下，明日天晴，我便派人試射掣電銃，再請你觀看。」

「對了，東番這個名字不大好，番者，刺髮紋身所在也，如果能夠為此地建國，我想，就叫東寧吧！寧者，靖也，希望此地無災無難、無有戰爭苦難，世世代代為樂土。」

說畢，領著兄弟來到後方的神龕上，上頭立著媽祖聖像，眾人捻香三炷虔誠道：「天妃娘娘在上，我與兄弟們自從出生便是天朝棄民，在朝廷眼中，不過是草芥寇讎，但為了生存渡海至南洋，卻又死於外夷之手，因此，為了使後世子孫不再受人宰制，今日，我要為後世子孫開基業，立家園。」

待所有人拜了三拜後，李旦便率眾離去，半路上，許心素覷了前後無人，低聲道：「頭兒，你要小心，我聽手下說了，一官並沒有把所有的硫土全部交出，他其實私藏了一批硫土，隱藏在安平水寨之內，而且……」

「而且什麼？」

「一官此人志向不在小，若有機會，便會併吞您的勢力，取而代之。」

「你不要胡說！」李旦道，但不由得內心卻有些犯疑，飛虹會這樣做嗎？想起那日在醉月樓，要逃走時卻發現原本所安排的護衛全都被調開，若非霍天香這幾名戲子的仗義相助，恐怕，自己下場也與汪老差不了多少，但究竟是誰？

自晃動的簾帳往外望去，寶蓮娜、不，青蘭很不習慣此刻的感覺，打從一踏入明國的土地之上，她總覺得周圍人似乎都在看著她，將她視為外邦人指手指腳。

她原先是不想回來的，自從拉維薩維茲任期已滿返回本國，由佛朗西斯科接任新職，青蘭陷入尷尬的立場，表面上佛朗西斯科對她依舊十分禮遇，但她卻能敏銳地察覺到對方面具底下的窺伺，窺伺自己的價值究竟幾斤幾兩，經歷那麼多年，自己可說對人世再清楚也不過了，要活著，除了讓自己有籌碼或棋子的能力外，別無他法。

更何況，自從那日一別，她心底就懸著那人的身影，正巧數月前明國派遣使者至呂宋要求徵收黃金礦稅，引發流血衝突，佛朗西斯科打算趁此機會率艦隊來此，除了消解誤會外，並且談判如何能開放商人進入明國貿易，因此，青蘭便藉此機會提出隨隊前往。

然而，就在簾縫間她瞅見了一個熟悉的人影，她趕緊道：「停車。」

「公主殿下，怎麼了？」外頭軍士詢問道。

「我……我要如廁！」

趁著跑進巷口的空檔，她從另一頭鑽出，拉起百褶蓬裙不斷地往前跑，被馬甲束緊的胸口波濤起伏著，她顧不住旁人詫異的眼光，她突然有種感覺，像幼年那樣，人們輕易地將瓦片丟到她身上，啐一句：番婆，滾回海上吧！

那是第一個站在她身邊並走到前方保護她的人。

就在此時，有人喊著她的名，一轉頭，只見那清秀的臉龐。

那是華宇。

「青蘭姊，真的是你，我真不敢相信，你怎麼會在這裡呢？是怎麼來的？」

青蘭方要開口，卻見左右人群交頭接耳，趕緊道：「之後再說，先帶我離開這裡。」

換上了一件藕色長襖並銀鼠灰比甲，下著絳色織金馬面裙，華宇又尋了一個婆子替她梳頭，婆子見她年歲，便端來幾個金絲、銀絲髮罩，就要為她梳鬏髻，青蘭皺眉道：「我不梳這個，給我梳個百花分髾髻吧！」

婆子道：「那分髾髻是未過門的姑娘梳的，已婚的小娘子還是梳個鬆髻才是。」

一聽此言青蘭霍然起身，華宇見狀趕緊塞了婆子一些銀子，迅速將她打發走，才回來，卻見青蘭臉色惱怒，趕緊陪小心道：「那婆子真不會看人，青蘭姊，你莫要生氣。」

「有什麼好生氣的，只是，是不是我看起來老了！我小時看見青春的姑娘梳著百花分髾髻看著好看，總想及笄後自己也梳一對，卻不想連這樣的機會也沒有了，看來我果然不該回來……」青蘭悠悠道。

「你別胡思亂想，讓我替你梳個好看的頭吧！」

「你會？」

「不大會，要是梳得不好看，青蘭姊你可別生氣。」

一炷香過後，華宇讓下人推了一架西洋鏡來，望著左右平分的髮鬟，青蘭忍不住道：「沒想到你還挺會梳頭的，有人教你的？」

「不是，我幼年時見娘親梳頭，也曾拿起木梳為她梳了幾回，後來遭逢倭亂，夢中想起娘親的臉，卻怎麼也想不起來了，只記得她有一頭烏黑的好髮，有時就會想，要是娘親在世，定要為她梳個好看的髮髻。」

「只可惜我這髮色卻不是烏黑的，浪費了你的手藝了！」

雖然當初與青蘭相遇時，華宇不過十二來歲，但也知曉她的心病，便勸慰道：「青蘭姊你別多心，我再為你別上幾朵絹花，如此髮色的差異就不會過於明顯了。」

「對了，說來也真巧，你手邊怎麼會有這些女子的衣裳呢？」

「那是大哥吩咐我採買的，有一位唐姑娘是大哥的義妹，因一些事情從家裡逃了出來，無處可去，正是大哥收留她的。」

方進入園林，只見芍藥花叢間蝶亂蜂喧，數十步前便是小橋流水，此刻卻聽見一陣絲竹吹管聲，涼亭之下，只見男子面如冠玉唱著生角，而女子色如桃花顧盼有情，兩人合唱的便是《牡丹亭》。

待兩人唱完後，李旦示意一旁數名樂工退下，嫣然道：「旦哥哥，沒想到你調門唱得這麼好聽。」

「哪裡，真要和天香相比，可是天差地遠呢！」原來嫣然自從服用蘇合後便留下了病根，李旦知曉緣由後心底憾恨不已，知曉嫣然喜歡聽戲唱戲，因此一得空閒便來陪她唱唱小曲，期望她能因此神智清明些。

「大哥，你猜，是誰來了？」見兩人說話的空檔，華宇道。

「你是……青蘭？怎麼會來了呢？」李旦一開始有些認不大得，或許是因為裝扮吧！習慣她百褶綢裙的模樣，第一次見青蘭穿上明服，氣質顯得不同。

青蘭亦有些手足無措，這些年來夜半裡她總不時地想，李旦還在意她嗎？還想著哪日能與她相見嗎？但她向來是個好強的性子，越是神色緊張越要裝作若無其事，她轉頭道：「也沒什麼。」

「莫非，馬尼拉又發生了什麼變化嗎？」李旦皺了一下眉頭，不可能，若是如此，仁字部的密探應當會向自己報備才是，那麼是？

就在此時，聽到一聲響，卻見那名清麗的女子整個斜倚在欄杆之上，如瀑的黑髮垂落在地，李旦見狀趕緊奔回去，一把將她抱起，喊道：「凝香，嫣然又病了，快準備藥……」

她不知自己在亭子內坐了多久，久到感覺自己都老了，風瑟縮吹來，芍藥、紅豔的杏花，不少花名她都叫不出來，她熟悉滿是金魚草、玫瑰和長春藤的庭院，坐在十二曲欄杆與荷塘邊，自己竟像異鄉異客。

紅豔豔的花瓣落下，像自天使的指尖剔透落下，恍然間她想起了一些不著邊際的過去，幼年的景德鎮，也有一個富戶之家，送貨品時她曾經見過那家的小姐，一雙素手就像瓷器一樣白，就像那姑娘——嫣然一樣吧！她的容貌像印壞的線裝書有些記不清了，但她卻記得那烏黑的好髮，上頭綴滿了美麗的簪子，再後來，自個兒讓人販子給抓走了，幾個渾身臭味作噁的男子壓在她身上，那時自己就像一個屍體，不，屍體興許還有一點溫度，那時的自己更像朽木抑或塵土那樣的存在吧！低賤到塵埃裡了。

一想到這裡，她不禁淚流了下來。

苟活了幾年，後來她趁夜色逃走了，慌忙中逃上一艘船，就這樣顛簸地來到了呂宋，碰上了西班牙傳教士，以西班牙語開始編織子虛烏有的故事，到最後，她自己都真真切切地相信著故事的存在，自己真的就是一名落難的金釵，夜半裡她以牙印將這些故事編入骨髓、肌理之中，西班牙人真的相信那些謊言嗎？她也不知道，因為拉維薩維茲總是一邊尊稱她為公主，一邊將她清洗完畢梳妝打扮後，送到其餘政要的床笫之上。

「你說什麼？在與荷蘭的料羅海戰之中，思齊失蹤了！」李旦驚訝道。

華宇點點頭，躊躇了半晌，盡量以平靜不起波瀾的語氣，他深知此人是大哥的親弟弟，也是大哥心中的軟肋，說什麼也不願大哥傷心。

「既是失蹤，也有可能平安無事，已經拜託禮部的弟兄在東澳沿海巡視，一有消息，就會立即通知您的！」

思齊失蹤，應當已經數十天了吧！想起旬日前那場戰役，不，與其說是戰役，不如說是單方面的屠殺還來得貼切，除非那兩日正巧讓人給救了，否則，這種寒冷的天候沉浸在冷水之中，絕對會失溫成為屍體。

「大哥，你怎麼了？」華宇趕緊向前關懷道。

「不礙事！」此刻，他再度感覺到肩上的創痛，之前為了救嫣然的舊創，這麼多年總沒有完全好，久了落了一個病根，一陣陣就會引起一些火焚的疼痛，這麼多年來，伴隨這樣的肩傷也習慣了，但人生就是如此，只要能活著，誰不是帶點疼痛過活呢？

「李旦，你怎麼了呢？怎麼會受傷了！」方才在大山玲瓏石間，聽見他們像是在議事，青蘭本想轉頭離去，不料，卻聽見李旦傳來的一陣呻吟。

「青蘭姑娘，你別擔心，那是之前的舊創，大哥之前為了救唐姑娘，因此受了傷！」華宇趕緊自懷中取出一點鴉片，讓李旦服下。

「唐姑娘？這怎麼回事？」

華宇便將李旦與林鳳衝突之事約略說了，只見青蘭的臉色陰晴不定，此時李旦神色恢復，歇息了一下便起身道：「我出門一趟，得迅速與巡撫南居益喬定與荷蘭談判之事，否則，以明國此刻的武力，與荷蘭船艦開戰，只會造成更多傷亡，還有華宇，你記得，思齊失蹤這事，萬萬不可讓嫣然知曉。」

小睡了半晌，午後淺淺的日光參差篩落而下，隱隱約約，恍若有青春的笑語，不知何處的閨中兒女正盪著鞦韆，不知怎麼的，她的心陡然跳了一下，她夢見思齊了，打從與思齊訂下同心之約後，她便等著這一日，但年年歲歲過了，卻始終沒有他的消息，她想起濯泉師父，俗名王翠翹的她，等了幾十年，終於與金重相逢了，臨別時她彈奏了一曲〈琥珀匙〉，那珍珠的音色、纏綿的相思，至今還是刻骨銘心的，然而人生有幾個十年呢！啊！數十年，幾乎是一個女子一生的芳華了，她能有幾個十年呢？那時思齊還會愛著她嗎？又或者，其實他已經有了其他女人呢？

不知為什麼？寶蓮娜，不，青蘭的心很亂。

隱隱約約，她聽見一陣金鈴的聲響，一顆綴著鈴鐺的小球緩緩地滾到她的腳邊，她看見了那白蓮花一般的女子，李旦口中的唐姑娘。

她上身穿了一件水月色的真絲交領，桃紅色梨花吹雨長比甲，底下一件杏黃柳綠六破交窬裙，眉目如畫，她輕淺一笑，開口道：「你是旦哥哥的朋友吧？我聽華宇說了，你叫什麼名字呢？我聽說你是一名公主是吧！

是佛郎機的公主嗎？你叫什麼名字？」

「叫我……寶蓮娜就好了。」不知不覺，她說出了那個自己不喜的名字。

「你是怎麼從呂宋到這裡的呢？海上顛簸，路途想必一定不輕鬆吧！」

她瞥了頭，不大想要搭話，但嫣然卻踏上白玉石階，坐在她對面輕聲道：「能不能……和我說說，旦哥哥在呂宋的事情呢？」

寶蓮娜忍不住看了一眼這女人，她是怎麼回事？她不是與李旦的弟弟思齊有婚約了嗎？但瞅著她含情脈脈的目光，分明是對李旦有著深厚的情意，這怎麼能如此呢？而李旦對她，卻也是……

「為什麼要問這個問題呢？」

「我？」

「還是你早已經知道，安德烈的弟弟已經死了？」

「你說什麼？思齊他死了嗎？」

她不該開口的，但不知怎麼，她卻不小心說出口，這樣也好，既然說了，也就讓它去了。「那又怎麼樣，這不是最合了你的心意，你就可以名正言順地跟了安德烈甲必丹，不是嗎？」

「休要胡說，對我而言，旦哥哥就是和我哥哥一樣的人物。」

「胡說？你要騙誰呢？從我第一眼看見你時，我就知道了，你就是安德烈喜歡的那個女人吧！」

「我不懂你說什麼？」嫣然有些驚訝，不可置信地看向寶蓮娜，她珊瑚一般豔紅色的頭髮就像火焰，以一種蜷曲的姿態飄動著，一雙善睞的明眸此刻卻如同火繩槍上點燃的火星子，從她眼睛她可以感覺到一絲絲嫉妒的辣味，欲蓋卻彌彰。

「你不要再騙我了，當初就是你，讓林鳳底下的人給抓走了，還害他肩上受了刀傷，每到陰雨天骨頭便泛疼，如果不是你，他又怎會與林鳳鬧翻，無法同舟共濟，最終島上生理人慘遭西班牙人毒手……」

「你說的是真的嗎？」她有點不敢相信，有時她總能感到有種若有似無的目光，風箏線似的，卻不令她靠近，不知怎麼，她有種奇異的感覺，或許自己早早就知曉了，只是自己在躲避著什麼卻不知曉？名教、禮法，像是影子始終躲避著日光。

她習慣了這種保護與溫柔，卻恍然不覺。

只見寶蓮娜步步進逼道：「當日佛郎機人為了商業利益，在呂宋島的澗內屠殺生理人，島上數萬生理人，最終不過四百人，那時他受傷，九死一生，是我救他的，而日後他要組成商團前往日本平戶做生意，也是我去向拉維薩維茲總督求情，為了讓他同意，我還陪他睡了一夜，我很下賤吧！就像個妓女一樣。」

「我沒有這個意思。」

她感覺身子有些高熱，但腳步卻虛浮了起來，她知道那是吃下蘇合的後遺症，使她的體質羸弱，更受不得一點風寒，但這本沒辦法的事情，早在吃下前她就知道了，她只怪自己的身子不中用，成了眾人的拖累。寶蓮娜的聲音本就有些尖，此刻就像匕首劃開綢子般，一刀一刀地扎來，她有些暈眩，起身，卻一整個頹軟在地。

「藥，我的藥……」

「你……你怎麼了？」寶蓮娜的臉色有點驚嚇，嫣然的狀況使她顯得有些手足無措，不知該如何是好？

還不到吃藥的時辰，但她已經清楚地感覺到意識的漫漶，如墜入泥濘般的夢境前，那股起伏縹緲的盪漾，眼前視線所及又開始斑斕起來，像是墮入幽夢般那樣的耽溺，但她心底卻無端地升起一股恐懼，莫非此刻，她的魂魄將真正地返回幽冥，再也渡不了人世！

不！她還有問題，得親口向旦哥哥問清楚才行！

她整個人跌落在地，那小巧的青花瓷瓶滾得老遠，在飄浪中的一抹小白帆，她卻怎麼也搆不著視線的那點，她聽見了有人在笑，笑得眼淚與唾沫滴了下來，桃花癲似的浪笑著，那人是誰？是她自己……

無。

當她清醒時，腦袋已靠在瓷枕上，身上覆著薄被，不知是誰扶她上床的，之前發生的事情，卻一點記憶也

身子骨仍是軟的，但床卻是硬的，但再怎麼樣，都比腐敗的塵土還來得舒適許多，她可是嗅過死亡的氣息的，真真切切，就差這一步就前往鬼門關了，那時她也不怕，反正生如朝露，去日苦多，再怎麼都好過半死半生地活著，墓穴裡慢慢地等待她捱過了，靜月庵裡漫長的青燈古佛她也等過了，但卻傳來思齊死亡的消息，怎能不叫她肝腸寸結。

扶著床沿坐在桌前，案上擺著一本《牡丹亭》，她信手取來略微翻閱一下，然而她卻吃了一驚，只見裡頭好端端地夾著一張紅紙剪的小像。

那不是自己當初剪下的紅紙小像，百花節，西湖紅杏枝頭。

她指尖微微地顫抖著，輕輕拿起仔細地確認再三，上上下下，沒錯，這便是她親手所剪的，原本打算繫在枝頭上，保自己姻緣平順的人像呀！那日一個不穩自指尖隨風飄去了，她也沒留心，沒想到卻還能再見著，此時，此地，讓這人給好端端地珍藏了起來。

原來，旦哥哥一直留著這幀小像，卻不讓她知曉。

她彷彿理解了什麼？卻又仍有些不明白？

恍惚之間，依稀有落葉般的跫音聲響。

「旦哥哥，是你嗎？既然來了，就進來吧！」

雙扉輕推，他卻不進屋內，感覺臉色有些躊躇，過了半晌才道：「我聽青蘭說了，你身子有些不適，所以過來探問。」

「你怎麼如此生分了，外頭風緊，還不進來坐坐。」

她掙扎了起身，坐在黃梨木椅上，緩緩道：「我近日讀梁辰魚《浣紗記》，讀到那范蠡與西施的深情，卻因家國阻攔，不得不生離兩地，內心為此低迴不已，只是有一曲詞不解，還請旦哥哥解惑。」

「請說。」

「『懨懨弱息似風中柳，問君今向誰投？』想那范蠡一生無怨無悔守護施夷光，儘管她已有婚配，面對此深情厚意，該如何報答？」

李旦原本便是聰明之人，加上他自幼亦常於醉月樓聽詩詞唱曲，一聽此戲文，如何不知，他尋思半晌，便道：「別的也罷，我就愛這《浣紗記》劇本詩這兩句：『大明今日歸一統，安問當年越與吳？』你可知為什麼？」

「旦哥哥，你說吧！」

「王土之下，是不容異己的存在的，我們這些海寇即使在海上呼風喚雨，說到底，仍是被朝廷視為叛逆的分子，我這一輩子可以說是受盡欺辱、九死一生，細數身邊親近、摯愛之人，何嘗不是遭到如此命運，說到底，都是因為賤民這身分的關係，我們閩商也是有著越人血脈，因此，我只望有朝一日能在海外尋一處寶地，讓後代子孫萬世開太平，在此大業未成之前，兒女私情都先得擱在一邊了。」

嫣然明白，李旦此語便是表明心意了，對自己並無任何情愛懸念，其實她也想過，為什麼李旦對自己那麼好，說到底，都是思齊的關係，因為自己是思齊的女人，因此他才會這樣費心地照顧她。

此刻，李旦又道：「我知道，思齊海上失聯，生死未卜，使你內心遭受極大的打擊，對我而言，親生兄弟生死未卜，胸口之痛，又何嘗不是如此，但你放心，我有收到思齊的口信，性命無虞，我原本就打算等你清醒後告訴你，你放心吧！等他一回來，旦哥哥保證幫你們倆完婚，好好喝一杯喜酒。」

出門，只見十二曲欄杆外，青蘭正勾著一雙淡藍色的眼睛，以月牙的姿態。

「青蘭，對你的救命之恩，這輩子我沒齒難忘。」李旦的臉色蒼白如紙，方才青蘭神色緊張地跑來對他說嫣然的狀況，他趕緊返回，將蘇合的藥量加到最大，但如此下來他也知道，當藥量最大的時刻，也是嫣然神智清醒的最後防線了。

「那你有想過……要怎麼還呢？還是不需要，反正我很低賤，跟個娼妓一樣，你覺得我的身體很髒吧！」

「你何出此言呢？要論與官府間送往迎來、做娼妓的箇中三昧，我比你知曉太多太多了。」

「是嗎？」青蘭笑了一笑，接著倔強地轉頭道：「其實此次我來，只想跟你說一件事情，就是我要結婚了，對方是薩爾西多介紹的一位鰥夫軍官，據他說，他在與我一見後，就放不下我，因為他覺得我長得和他因瘧疾而夭折的女兒有些像，雖然他的年紀已經快六十了，但至少他真的願意娶我，而且已經在馬尼拉郊外買了一座別墅，你知道嗎？我曾經很厭惡自己的容貌，這雙不屬於漢人的藍眼睛、這頭番人的紅髮色澤，直到遇見你之後，我的念頭才逐漸改變，有空來馬尼拉找我吧！再見了，安德烈李旦。」

青蘭說的是真的嗎？還是只是為了安慰他編出的一段假話呢？他不敢確定，因為他和青蘭太像了，某種程度，他倆都是天衣無縫的大說謊家，寧可自己死了，也不想周匝人滴下一滴淚。

當要離去府邸時，卻聽見有人喊住了她，一轉頭，一張鵝蛋般稚嫩的臉頰，明月之下，華宇道：「青蘭姊，我一直很喜歡你。」他睜著一雙無瑕的雙眼，止不住地看著她。

「不要取笑。」

「我是認真的。」青蘭忍不住有種啞然之感，華宇小了她六、七歲吧！

她微微笑道：「謝謝你，華宇，等你長大後，如果初心不變，請來馬尼拉找我。」

33 落土東寧

合約簽下後的數日，坐在轎內，李旦聽說了，原本的巡撫南居益已經調離，由熊文燦接任，李旦正要去與他相見報告合約內容，然而，他卻顯得神色怔忡。

青蘭臨走前，低聲對他吐露一個祕密。

「那日，我在佛朗西斯科的桌案上，發現了祕信。」說這話時，青蘭輕輕咬住了食指的指甲邊緣，李旦隱約猜到，這事勾起了她與佛朗西斯科上過床的不大好回憶。

「上頭寫了什麼？」

青蘭道：「那是西班牙的探哨船假扮海盜，劫掠南海上的一艘荷蘭商船時搜出的信件，裡頭寫到你已私下與福建巡撫南居益密談好，當以大員換取澎湖的合約生效後，即刻私下派遣智底下專設有英吉利火炮的船艦佯裝成海盜，以游擊的方式驅趕荷蘭人。」

聽此，李旦的內心陡然震了一下，僅有少數人才知曉的機密，竟遭到洩漏，若是宋克真收到這封信件，他苦心孤詣的籌畫絕對將付之一炬，究竟誰是內鬼？

「佛朗西斯科做事一向謹慎，我擔心被發現，只得偷偷將信的一角拉出，卻見下方有著漢字的浮水印，一帆船中央寫一『福』字，我想偷出給你看，卻聽見後方一聲響，趕緊離去。」

「你還記得那船的印子是幾桅呢？」

「三桅。」

只有居於自己之下的二把手，才會以三桅福船印子的書信往來，莫非內鬼竟是他？心素？

不過，幸運的是昨日仁字部傳來消息，那日落水的軍士有不少被漁船所救，其中包括思齊，此刻思齊已和楊日升這幾位兄弟會合，正在諸羅山休養，協助地方開墾，這樣也好，自從合約簽訂後，荷蘭人數月內便會派遣船艦自鹿耳門內進入大員，得在此之前做好所有的準備才行。

到了巡撫的宅第，只見開啟的朱漆色大門，李旦突然感到一絲猶豫，問道：「許把總呢？怎麼還沒有見到他？」

身旁的一名男子上前道：「啟稟頭領，許把總今日一早本要出門，路途上卻突感身子不適，因此差遣小的來說一聲。」

不是熟悉的臉，「心素怎麼會病了呢？前些日子看起來還沒什麼異狀，而他怎麼不派二官來呢？」李旦問。

「二官堂主今早接到底下分舵傳來的消息，因此耽擱了一陣，料想在一炷香之後，應當便會來了。」

直覺感到有異，心素一向不是藉故不到之人，望著眼前這名面生的海員，但自己卻沒有任何一點印象？

此時，一輛馬車停下，裡頭走出一名男子，他唇上留著短鬚，上著玄色流灰滾邊飛魚袍、棗紅織金虎搭膊，腳踩著牛皮皁靴，手上提著一柄繡春刀串著松綠流蘇絛子，見了他拱手便是一揖。

「安德烈，我來了，恭喜你，已經兵不血刃地讓荷蘭人退出澎湖了。」

李旦向前拍了肩膀低聲道：「不，此事還並未完全了結，飛虹，你是知道的，荷蘭人拆除澎湖上的堡壘只是第一步，後續還得派遣水軍以游擊逼其退兵，因此此來我正是向熊巡撫談論此事，以及後續的事宜。」

此刻陳師爺與俞咨皋已經向前，兩人深深一揖說了聲：「請，新任巡撫熊大人已經在裡頭敬備茶水，還請甲必丹入內，不過為了保障大人的安全，官署不可攜帶武器入內，還請兩位大人將隨身武器交出，這點規矩，還請見諒。」

話畢，一官已走向前，將自己的配刀交出。

穿過一排大山玲瓏石，右側數十棵虯松生長在松鶴延年的青花瓷盆裡，其勢如矛如戟、劍拔弩張。穿過小橋中央一座石砌的亭子，青玉欄杆上已鋪上了大錦褥子，花崗石砌成的圓桌上備有一鋥亮嗉壺並杯盞，陳師爺先彎身致歉道：「這……甲必丹，真對不住，熊大人興許是有什麼公務，因此耽擱了點時間，您先請坐，我立即請巡撫大人前來。」

說罷，搖搖擺擺地小跑步離去，此刻一陣清風徐來，然而，叢叢樹影間，他卻聽見一陣聲響，那是劍器落地的聲音。

他一個跳躍起身，此刻一官也發現埋伏了，兩人準備逃離，但隨著一陣尖銳的哨音，此刻，原本躲藏起來的刀斧手，瞬間自隱匿處蜂湧而出。

瞬間一枝箭射來，正中他左手邊的朱漆梁柱上，那是俞咨皋，一面抽出後頭的箭一面大喊道：「來人，擒住李旦甲必丹，此人通敵賣國，死活不論。」

他趕緊一躍而起，方才入內時，陳師爺要他將懷中的武器取出，並提到這是慣例，果不其然，官府又再度重蹈一次兔死狗烹的遊戲，他轉入後方的大山玲瓏石間尋找掩護，然而抓拿他的軍士如潮水般源源不絕，好不容易掙脫出空隙，自一名士卒手中奪來一柄長劍。

此刻俞咨皋向前道：「你們都讓開，讓我來！」

顯而易見，他是想要報當日被擒之辱的吧！他並非善於用劍之人，幾個回合便已左支右絀，他也看得出俞咨皋也知曉如此，此刻他不急於求勝，不過是在耗損他的氣力罷了！當手中劍刃飛出的一刻，俞咨皋以長劍指向他，冷冷一笑道：「你也有今日，看老子不抽你的筋，剝你的皮。」接著長劍落下，上前打算揪住他的衣領。

他等的就是此刻，抽出青蘭送他的那柄匕首衝上前，脅持了俞咨皋。

沒料到這著，局勢再度逆轉，這匕首通體以陶瓷燒而成，李旦又在上頭結上瓔珞和玉珮，佩帶在腰間，乍看之下就像一串環珮。

「和我一起走！」李旦道。

「快！你們都快後退。」俞咨皋顯得狼狽不已，這已經是他第二次被脅持了，而且還是在眾人的眼皮子底下，然而，觸感冰涼的匕首畢竟是抵住他的喉嚨，只能道：「你還是投降吧！外頭已經被我的人馬給包圍住了，再逃也逃不了多遠。」

「住口！」李旦緩緩後退，繞過假山步過小橋，一手揪住俞咨皋道：「我的同伴許心素與李二官兩人呢！你準備一輛車馬，速速將兩人帶來此，還有，一官呢！」

「安德烈，我在這裡……」

他受了傷嗎？他的腳步一跛一跛的，來到他的身邊，一把揪住了俞咨皋的左腕，他的腕力極為強勁，只見俞咨皋額上滿是汗滴，兩人一左一右，逐漸退到大門，此刻，只聽見一官道：「車馬已經備妥了！許心素與二官兩人也沒事！」

李旦轉頭還未看清，但瞬間一個肘擊撞來，俞咨皋掙脫他的挾持，兩人扭打在一起，他聽見了匕首斷裂的聲音，接著整個人被撞擊到地面時感到一陣暈眩，鮮血浸滿了眼眶，感覺俞咨皋的雙拳不斷揍來，逐漸失去力氣之際，他突然抓起斷裂的匕首，以瓷器的斷裂處，插入。

他夠快，在拳頭落下的一刻插入俞咨皋的胸膛，但他也不夠快，不知何處的子彈，射中了他的身軀。

不像刀刃刺入身體那樣明確又劇烈的撕扯，當鐵彈進入身體時，一開始沒有太大的痛覺，使得他幾乎不自覺自己中彈了，直到海一般的漩渦，在身體逐漸扭攪、擴大，化為血色的海水，輕摸胸膛，豔色鮮血轉瞬間渲染了整個上身。

「飛虹，快上車逃走……」

「為什麼？」在眾多士卒間，他看見了熟悉的臉孔，當眾人潮水般紛紛退開，他清楚地看見，鄭一官自其中走出。

「我已經與新任巡撫熊文燦談妥了條件了，當荷蘭人退出澎湖後，只要你一死，我便可以藉此立功，屆時，他會授與我五虎游擊之位。」

「為什麼？」感覺頭腦一陣暈眩，眼前已經幾乎看不見了。

「沒有辦法，朝廷豈可與外蕃簽訂約，此事南巡撫不能承認，熊巡撫亦無法明言，畢竟海禁是祖宗成法，顛撲不可破，為此，朝廷需要一名身分獨立於大明之外的人斡旋，待事成之後，便是你們這些人消失之際，我已經祕密處置了許心素、二官這幾人，我對你沒有任何的恨與仇，只是巡撫熊文燦需要以你的人頭，作為免罪的投名狀罷了，因此，只好請你赴黃泉了，不過你放心，官府對你的東寧不感興趣，而我想要的只有金門、泉州一帶的貿易自由，和你留下的海道貿易而已，從今之後，我將恢復我的本名：鄭芝龍。」鄭一官緩緩向前道，他的眼神無悲無喜，彷彿風暴前的寧靜。

從笨港入內，思齊與老香，以及船上其餘的海員，徒步行走了幾十里，終於來到了十寨，見到了日升與眾多兄弟。

自從知曉顏如龍的死訊後，思齊整個人心如死灰，心想反正無路可去，心一橫，便隨波逐流，先到大員再做打算，也算是運數使然，當初不願接受招安的楊日升兄弟幾人，已早他一步前往諸羅山的十寨，與其他漢人進行開墾，此情此景，思齊也就暫時落土安身。

但他仍心繫著月港的一切，待數日後水寨之事安頓完畢後，隨即遣一派兄弟回杭州，說也奇怪，這段時日卻怎麼也聯繫不到大哥李旦，或許是一向與他聯繫的李華宇，據聞前日與親人返回了馬尼拉，因此音訊斷絕，且奇怪的是他聽聞了一個消息：廈門把總許心素遭殺手暗殺，作為自己大哥底下的二把手，此事令他感到一種不祥的預感。

在拜祭過顏如龍的墳墓，痛哭一場後，他前往了靜月庵。

蒲團之上，只見那熟悉的人影卻神色恍惚，他忍不住問向一旁領她出來那名葵色交領袍的男子：「嫣然她怎麼了？這是怎麼一回事？」

霍天香道：「蘇合的藥量未控制好，她在幽黑不見底的棺木之中待太久了，我救她出來的時間已太遲，雖然服下了解藥，但狀況時好時壞，我將藥量加到最大，此時，已經是極限了，但唐姑娘她，仍是無法醒轉……」

接著，他便將自己如何得知嫣然被迫出嫁，心中萌生死志，自己又如何將蘇合交到她手中之事，詳細說明了一番。

「混帳，是你把她害成這樣的。」聞言，思齊忍不住喊道。

「是！是我害的，顏思齊，你要殺，就殺了我吧！」霍天香閉上眼睛道。

思齊緊握著拳頭，一雙眼眶睜得彷彿要出血了，卻遲遲沒有動手，一個轉身打在黑檀木桌上，瞬間几腳碎裂。

說到底，如果不是因為消息未能及時傳遞給自己，如果不是自己那時出海，說到底，都是自己負了她呀！

「嫣然，你還認得我嗎？我是思齊呀！」

嫣然緩緩睜開雙眼，但眼神仍是迷濛的，如朝煙、夕嵐那樣的縹緲且悠遠，她緩緩道：「思……

齊……？」

「是的，我是思齊呀！我來迎娶你了，你還記得同心之約嗎？白首不分離。」他想起嫣然曾經唱過的曲子，是的，或許這是個方法，他唱：「白日消磨腸斷句，世間……世間只有……情難訴……」

「但是相思莫相負，牡丹亭上三生路。」嫣然睜著眼睛，眼神悠然地看著遠方，眼角，卻落下一滴淚。

「顏甲螺，你真要帶嫣然離開嗎？」

「沒錯，這段日子多謝你的照顧了，我都聽凝香說了，你對我們夫妻的恩德，這輩子，我永遠都不會忘記的。」思齊真誠道。

「你何出此言呢！見小姐能與你相聚，終成良緣，我內心也是十分感動的，只是，只是，唐姑娘這病症這輩子，看來是不會好了，甲螺您可要有心理準備，這輩子，你就是得這樣照顧她下去的。」

遠處，只見嫣然坐在十里亭上，手中拿著一枝芳菲的桃枝，一雙空洞的眼瞳中帶著三、四齡孩童的天真與稚氣，口中不時唱著小曲兒，此時，她已梳起婦人的鬟髻，中央插著絨花鈿兒。

就在昨日，在天香與其餘戲班人馬和結義兄弟的見證下，思齊與嫣然拜了堂，正式地成了親。

「你說的，我已經有心理準備了，我準備帶嫣然去東番，雖然生活不至於錦衣玉食，但至少能與嫣然衣食無缺地生活，我永遠記得，第一次見到嫣然的時刻，那時，我們都還是孩子，那時她的眼睛，就是這樣的無邪且美麗，那時，我就深深下了決心了，我一定要保護她，至死不渝。而此刻的嫣然，她的眼睛像極了我最初見到她的模樣，這樣不是很好嗎？她永遠都不需要再了解這世間的殘酷與卑劣，畢竟，她已吃了太多的苦，之後有任何江湖上的險惡，有我來扛，那就夠了。」

「你能這樣想，那就好了，畢竟，你是嫣然挑選上的人，我信你，一定能給她幸福的。」

「多謝，之後若有機會來到大員，請一定要來找我，讓我盡地主之誼。」

「這是一定的，只是不知孩子的名字要喚做什麼呢？」

「不管是男是女，我都會將他取名為『寧』，這是我和我大哥的共同願望。」

後記

會思考這個故事，記得是十月，隔著玻璃的月子房裡感知不太到外界的冷熱，由於遵守月內足不出戶亦不可用眼規範，思想遂活化起來，開始將閱讀過的種種故實喚出，耙羅剔掘、刮垢磨光。

第一個墜入我腦海中的，是賤民二字，在《朕知道了》這本還原雍正面貌的史書內，我讀到了樂戶此一賤民階級的生成，乃是建文遺臣，歷經明清兩代，來到動盪的香港，成了早期的香港住民。

這樣看來，海果然是沒有邊界，接納了陸地上遭受迫害、壓制的人們呢！遂喚起我無盡的想像，於是我想要去寫一個故事，華裔領袖甲必丹（Captain）的李旦，統領東南沿海的貿易航線，往來日本平戶、福建月港與呂宋，與在台灣設立十寨的開台王顏思齊，但目前留下的官方史料卻郭公夏五，甚至有史料中以爲兩人爲同一人，爲此開啓了我的想像，故事於焉開始。我設想兩人爲兄弟，在輝煌的海道上有著共同的名字，一人自日出島國譜出經天緯地的航線，而另一人流寓至東番，爲紋身的土地銘刻下漢文化之步履。

當然，從之後查到的資料來看，與其說是兄弟，兩人更像是首領與下屬的關係，李旦真正的弟弟是李華宇。李旦是泉州人，而顏思齊爲漳州人；李旦曾經於馬尼拉經商並成爲當地華商首領，但顏思齊一生主要經歷則在日本與台灣，被日本人授予甲螺（頭目）之名。不過這無礙我對兩人關係的想像與思索，作爲兩人交集的重要土地：大員，也是今日的台灣，正因爲兩人有著濃厚的血緣與親情，方顯出土地與情感的羈絆，以及對未來生存的祝願。東「寧」之寧，代表的是海波之寧，也是世道之寧，這大概也是所有海外經商華人的祝願吧。在傳統的陸權史觀之下，海洋並無史也，但若無視於海洋史的流變，對於近代歷史的理解無異於管窺蠡測，因此期許以拙作，爲那些勇敢開拓貿易航線的海商，構築出其輝開拓的史記。

另外在書寫過程中，亦感謝當初成大教授益源師贈我《王翠翹故事研究》一書，上頭鐵畫銀鉤出昭榕女仙斧正，這本好作品亦給我寫作過程中無窮盡的靈感，謹在此處感謝師恩難忘。

九　歌　文　庫　　1　3　5　1

海道：紫氣東來

國家圖書館出版品預行編目 (CIP) 資料

海道：紫氣東來 / 曾昭榕 著 . -- 初版 .
-- 臺北市 : 九歌出版社有限公司 , 2021.04
面 ; 14.8 × 21 公分 . -- (九歌文庫 ; 1351)
ISBN 978-986-450-341-4 (平裝)
863.57　　110003252

作　　者 —— 曾昭榕
責任編輯 —— 張晶惠
創 辦 人 —— 蔡文甫
發 行 人 —— 蔡澤玉
出　　版 —— 九歌出版社有限公司
臺北市 105 八德路 3 段 12 巷 57 弄 40 號
電話／02-25776564・傳真／02-25789205
郵政劃撥／0112295-1

九歌文學網　www.chiuko.com.tw

印　　刷 —— 晨捷印製股份有限公司
法律顧問 —— 龍躍天律師 ・ 蕭雄淋律師 ・ 董安丹律師
初　　版 —— 2021 年 4 月
定　　價 —— 360 元
書　　號 —— F1351
I S B N —— 978-986-450-341-4

本書榮獲 NCAF 財團法人 國家文化藝術基金會 National Culture and Arts Foundation 出版補助